킬리만자로의 표범

킬리만자로의 표범

Leopard of Kilimanjaro

上

최찬혁 장편소설

좋은땅

목차

1장	양극성장애	6
2장	운명의 언어	66
3장	유포리아	132
4장	너는 어디에	202
5장	상실의 시대	229
6장	숨죽인 성	292
	작가의 말	331

1장

양극성장애

한때 나는 웃음이 끊이지 않는 사람이었다. 무슨 일이든지 함께하던 친구들과의 시간은 나에게 가장 큰 기쁨이었고, 어느 누구보다도 외로움을 모른 채 살아가는 사람이었다. 그때는 알지 못했다. 내 마음에 이렇게 공허함이 쌓여 갈 줄은. 점점 더 깊어지는 그 고독은 마치 내 몸속에 구멍이 뚫린 것처럼 확장되어 갔다. 나는 그 구멍을 메우려고 아무리 애를 써도, 그 자리에 아무것도 채워지지 않았다.

오늘도 나를 맞이하는 건 딱히 새롭지 않았다. 아무것도 하지 않은 채 하루를 시작하는 게 일상이 되어 버렸다. 냉장고 문을 열고, 그 안에 차갑게 식은 음료수 하나를 꺼내 마셨다. 아무리 음료를 마셔도, 그 맛은 나의 입속에서 전혀 느껴지지 않았다. 그저 공허한 음료를 삼키고, 나는 다시 창문을 열어 바깥을 바라봤다. 길거리에는 사람들이 여전히 지나가고 있었다. 그들은 대화를 나누며 서로의 일상을 나누고 있었다. 그들의 모습은 내게 너무나도 멀게 느껴졌다. 나는 누군가와 단 한마디도 할 수 없다는 생각에 가슴이 무거워졌다. 나를 이해하는 사람은 이제 아무도 없을 거라는 두려움이 다시 밀려왔다.

시간이 지나면서, 나는 점점 더 나를 감추려 했다. 사람들을 만날 때마다, 그들에게 보여 주는 모습은 항상 "괜찮다"는 것이었다. 그러나 마음속 깊은 곳에서는 그 말이 거짓이라는 걸 잘 알고 있었다. 누군가가 나를 바라볼 때, 나는 더 이상 나 자신을 그대로 보여 주지 않으려고 했다. 그들 앞에서 내가 느끼는 감정은 너무나도 외로운 감정이었다. 그 외로움이 점점 더 나를 갉아먹고 있었고, 나는 그것을 감추기 위해 더욱 더 많은 에너지를 썼다. 친구들과의 관계는 점점 멀어졌고, 나는 혼자 남아 모든 것을 끌어안고 있었다.

고등학교 졸업 후, 내 인생은 정확히 어디서부터 어긋나기 시작한 걸까. 언젠가부터 나는 이 질문을 자주 하게 됐다. 어쩌면 내가 보내고 있는 이 길고 조용한 하루하루가 그 답을 알게 해 줄지도 모른다는 막연한 기대감을 품으면서도, 사실 난 아직도 아무것도 알 수 없었다.

졸업 전까지만 해도, 나는 평범한 계획을 갖고 있었다. 남들처럼 대학 진학을 하고, 어쩌면 전공을 살려서 작가가 되거나, 교사가 되거나…. 그런 어렴풋한 미래를 꿈꾸었다. 하지만, 갑작스럽게 찾아온 병은 내 삶을 한순간에 무너뜨렸다. 처음엔 단순한 우울증이라 생각했다. 누구나 한 번쯤은 겪는 흔한 마음의 감기 정도로 생각했다. 하지만 그것은 우울증이 아니었다. 나는 '조울증'이라는 낯선 단어를 그때 처음 들었다. 하루는 미친 듯이 기뻤다가, 하루는 바닥없이 무너졌다. 극과 극을 오가는 내 감정은 나를 완전히 마비시켜 버렸다. 책상 위에 쌓인 문제집은 손을 대지 않은 채로 먼지를 쌓아 갔고, 대학 진학을 위한 모든 준비도 의미를 잃었다. 한순간에 나는 삶의 흐름에서 이탈했다. 병원에서 만난 정신과 의사 선생님은 내게 조심스럽게 말했다.

"민준 씨, 지금은 쉬는 게 필요해요. 조금 천천히 가는 것도 괜찮아요. 적어도 1년에서 2년 정도 충분한 휴식을 취하고, 다시 차분히 일자리를 찾거나 공부를 시작해 봐요."

의사의 그 부드러운 말투와 조심스러운 표정이 아직도 생생히 기억났다. 나는 아무 말도 하지 않았다. 그저 작게 고개를 끄덕였을 뿐이었다. 나는 결국 대학 진학도, 취업도 하지 않고 빈 둥지 같은 일상을 맞이했다. 그로부터 내 삶은 조금 달라졌다. 아침이면 천천히 일어나고, 가끔은 책을 읽고, 때로는 음악을 듣거나 산책을 했다. 시간이 아주 천천히 흐르는 삶이었다. 어쩌면 정체되어 있는 삶인지도 몰랐다. 하지만 적어도 나는 더 이상 급하게 달리지 않았다. 아무 일도 일어나지 않는 하루하루. 그 편안하고도 고요한 일상이 처음엔 견디기 힘들었다. 가끔은 내가 이렇게 살아도 되는지 불안했고, 때론 주변의 시선이 너무 무서웠다. 하지만 점차, 그런 일상이 익숙해졌다. 오히려 마음 한편에서는 이 편안한 무기력함을 포기하고 싶지 않았다. 이 불확실함과 막연함이 오히려 나를 보호해 주는 것 같았다. 다시는 크게 기대하지 않아도, 더는 좌절할 일도 없을 테니까. 그래서 나는 그냥 이 조용한 삶에 스스로를 묻어 둔 채, 그렇게 천천히, 아무 목적 없이 살아가고 있었다. 그 순간에는 단지, 하루하루가 고요하고 무의미하고 편안했다. 그리고 그 편안함이, 내 인생의 마지막 감정이라고 믿었다.

가끔씩, 나는 과거의 나를 떠올리곤 한다. 그때의 나는 다른 사람이었고, 살아 있었던 사람이었다. 그러나 지금의 나는, 무언가 죽어 있는 사람 같았다. 나는 점점 더 변해 가고 있었다. 빠르고 격렬한 변화가 나를 압도했다. 과거의 나는 웃고 떠들며 세상을 향해 손을 내밀었지만, 지금의 나는 아무것도 하지 않으려 했다. 더 이상 아무것도 하고 싶지 않았다. 그렇게 모든 것이 무의미해지는 순간이 오면, 나는 다시 생각한다. '이게 내가 원하는 모습일까?'

방 안의 공기는 무겁고 축축했다. 마치 눅눅하게 젖은 천처럼 몸에 들러붙어 숨을 쉬는 것조차 답답하게 만들었다. 침대에 누운 채 천장을 바라보다가, 나는 이대로 있다간 무언가에 완전히 잠식될 것 같은 기분이 들었다. 머릿속이 점점 더 흐려지고, 가라앉았다. 기분이 가라앉을 때마다 나는 더 깊은 늪으로 빨려 들어가는 듯한 기분이 들었다. 벗어나야 했다.

천천히 몸을 일으켜 창문을 열었다. 차가운 공기가 한 줄기 밀려들었다. 밤공기는 시원했고, 어디선가 희미한 담배 냄새와 젖은 아스팔트의 냄새가 섞여 흘러왔다. 바람이 내 얼굴을 스치고 지나갔다. 나는 한동안 멍하니 서서 어둠 속의 도로를 바라보았다. 가로등 불빛이 희미하게 흔들리고, 도로 위에는 몇 대의 차가 속도를 줄이며 지나가고 있었다.

'그냥 나가자.'

무언가를 해야 한다는 압박감이 아니라, 그저 이곳에 더 머물고 싶지 않다는 감각이 나를 움직이게 했다. 무거운 몸을 질질 끌며 현관으로 향했다. 신발을 신으며, 한동안 주저했다. 문손잡이를 쥐고, 가만히 서 있었다. 나가서 뭘 할 수 있을까? 나간다고 해서 기분이 나아질까? 하지만 고민하는 것도 지겨웠다. 나는 문을 열고 발걸음을 내디뎠다.

거리는 생각보다 더 조용했다. 네온사인이 번쩍이는 술집들, 간판이 반쯤 꺼진 편의점, 피곤한 얼굴로 지나가는 사람들. 그들은 저마다 무언가를 안고 걸어가고 있었다. 나는 가만히 그들의 뒷모습을 바라보다가 천천히 발걸음을 옮겼다. 시내로 가는 길은 익숙했지만, 오늘따라 모든 것이 낯설게 느껴졌다. 마치 내가 현실이 아닌 꿈속을 걷고 있는 것처럼.

인도를 따라 걷다 보니 바닥에 깔린 낙엽들이 바람에 밀려 이리저리 흩날리고 있었다. 바람이 불 때마다 먼지가 섞인 낙엽 냄새가 났다. 나는 무심코 발끝으로 낙엽을 밀어내며 계속 걸었다. 누군가와 통화하며 지나가는 여자의 웃음소리가 바람을 타고 귓가에 스쳤다. "그래, 나도 보고 싶어." 그녀의 목소리는 따뜻하고 가벼웠다.

나는 잠시 걸음을 멈췄다.

'누군가가 나를 보고 싶어 한 적이 있었나?'

기억을 더듬어 봤다. 한때는 있었다. 어딘가에는 내 연락을 기다리고, 내 목소리를 듣고 싶어 했던 사람이 있었다. 하지만 지금은 없다.

사람들은 사라지고, 시간은 흘렀다. 나는 점점 더 멀어졌다.

다시 걸었다.

조금 더 걷자, 좁은 골목이 나왔다. 이 골목은 예전에도 자주 지나던 곳이었다. 그때의 나는 친구들과 함께 이곳을 걸으며 밤새 웃고 떠들었다. 골목 끝 작은 카페에서 따뜻한 커피를 마시며 새벽까지 이야기하던 기억이 떠올랐다. 하지만 지금, 그 카페는 불이 꺼져 있었다. 문 앞에는 '임대 문의'라는 종이가 붙어 있었다. 나는 한동안 그 종이를 바라보았다.

'변하지 않는 건 없구나.'

이곳에 있을 이유가 없다는 걸 깨닫고 다시 걸었다. 조금 더 나아가니 큰 길이 나왔다. 밤에도 불빛이 꺼지지 않는 곳. 환하게 빛나는 간판들과 늦게까지 문을 연 가게들, 그리고 여전히 사람들로 북적이는 공간. 나는 무심코 횡단보도 앞에서 멈춰 섰다. 빨간 불이 깜빡이고 있었다. 길 건너편에는 사람들이 삼삼오오 모여 웃고 떠들며 걸어가고 있었다.

나는 신호를 기다리며, 길 한가운데를 응시했다. 차가 한 대도 없는 텅 빈 도로. 반짝이는 가로등 불빛이 아스팔트 위로 길게 늘어져 있었다.

순간, 이상하게도 모든 소리가 멀어지는 듯한 기분이 들었다. 사람들의 말소리도, 가게에서 흘러나오는 음악도, 차가운 바람 소리마저도 멀어지고 있었다. 오직 내 심장 소리만이 크게 울리고 있었다.

'나는 지금 어디로 가고 있는 걸까?'

횡단보도 신호가 초록색으로 바뀌었다. 나는 천천히 길을 건넜다. 어디로 가야 할지 몰랐지만, 그냥 발걸음이 가는 대로 걸었다.

아무리 걸어도, 이 공허함은 사라지지 않았다. 나는 눈에 보이는 허름한 술집 앞에 서서 담배를 여러 대 피웠다. 그리고 술집 문을 밀고 들어갔다. 묵직한 나무 향과 알코올 냄새가 뒤섞인 공기가 코끝을 스쳤다. 실내는 크지 않았고, 오래된 나무 테이블과 의자들이 빛바랜 조명을 받아 은은한 색을 띠고 있었다. 손님은 몇 명 없었다. 바 안쪽에서 술을 마시는 중년 남자, 구석 자리에서 혼자 담배를 피우는 여자. 그리고 카운터 뒤에서 잔을 닦고 있는 사장. 나는 무겁게 발걸음을 옮겨 바 테이블에 앉았다.

"뭘로 할까?"

낮은 목소리가 들려왔다. 카운터 안에서 나를 바라보던 남자는 짧은 머리에 굵은 손가락을 가진 사람이었다. 머리카락에는 군데군데 새치가 섞여 있었고, 얼굴에는 깊게 팬 주름들이 자리 잡고 있었다. 하지만 눈빛만은 선했다. 나는 메뉴판도 보지 않은 채 대충 말했다.

"위스키 한 잔 주세요. 스트레이트로."

사장은 말없이 고개를 끄덕이고, 조용한 손놀림으로 술을 따라줬다. 나는 잔을 들어 한 모금 삼켰다. 목을 타고 넘어가는 뜨거운 감각이 온몸을 훑고 지나갔다. 하지만 마음속의 허전함은 여전히 가시지 않았다.

"늦은 시간인데, 무슨 일 있어?"

사장은 내 얼굴을 한번 훑어보더니 가볍게 물었다. 나는 쓴웃음을 지었다.

"그냥… 집에 있기 싫어서요."

사장은 대답을 기다리지 않고 다시 잔을 닦기 시작했다. 마치 오랜 세월 익숙해진 몸짓처럼. 그리고 잠시 후, 조용히 입을 열었다.

"나도 한때는 그랬어."

나는 무심코 그를 바라보았다. 그는 한 손으로 잔을 닦으면서 천천히 말을 이었다.

"집에 있어도 마음이 어딘가 떠 있는 기분. 아무것도 하지 않으면 더 깊이 가라앉을 것 같은 느낌. 그래서 무작정 밖으로 나돌았지."

나는 잔을 손가락 끝으로 굴리며 대꾸했다.

"지금은요?"

"이젠 여기서 손님들 상대하며 사는 게 익숙해졌지. 그래도 가끔, 그 때 생각이 날 때가 있어."

그는 잔을 내려놓고 나를 바라보았다.

"내 아들도 네 나이쯤 됐어."

나는 뜻밖의 말에 눈썹을 살짝 찌푸렸다.

"그래요?"

"응. 녀석, 우울증을 앓고 있어. 꽤 오래됐지."

그 말을 듣는 순간, 나는 잔을 들고 있던 손에 힘을 줬다. 무언가가 가슴 한구석을 툭 건드리는 기분이었다.

"…. 지금은 좀 나아졌어요?"

사장은 천천히 고개를 숙였다. 둘 사이에 짧은 침묵이 흘렀다. 나는 한동안 바닥만 바라보았다. 사장은 말없이 내 앞에 작은 안주를 하나 올려 주었다. 따뜻한 육포였다.

"네가 어떤 기분인지 완전히 이해할 수는 없지만… 그래도 말해 줄 수는 있어. 내 아들에게 해 주고 싶었지만 제대로 하지 못했던 말."

나는 천천히 시선을 들어 사장을 바라보았다.

"어떤 말이요?"

사장은 깊은 숨을 내쉬었다.

"사라지고 싶다고 느낄 때도, 그냥 그렇게 가라앉지 않았으면 좋겠다고."

나는 말없이 육포를 집어 입에 넣었다. 짭조름한 맛이 혀끝을 감쌌다. 이 순간만큼은, 이 공간이 조금 덜 외롭게 느껴졌다.

"네가 찾고 있는 답이 뭔지는 모르겠지만, 이곳에서는 잠시나마 생각을 덜어도 돼."

"감사합니다, 성함이 어떻게 되시나요?"

나는 담배에 불을 붙이며 말했다.

"단골들은 나를 K라고 부르더군. 너도 내키는 대로 불러. 넌 이름이 뭐냐?"

"최민준이라고 합니다."

"좋은 이름이네."

술이 반쯤 비워질 무렵, K가 갑자기 담배를 하나 꺼내더니 불을 붙였다. 뿌연 연기가 그의 얼굴을 가리며 위로 피어올랐다.

"너 담배 많이 피우더라."

나는 손에 쥐고 있던 담배를 바라보았다. 필터가 반쯤 타들어 가 있었다.

"끊으려고 해 봤어요. 근데, 끊으면 더 불안하더라고요."

K는 고개를 끄덕이며 연기를 깊게 빨아들였다.

"나도 어릴 때 담배 많이 피웠어. 그러다 어느 날 문득 생각했지. 이게 정말 나한테 필요한 건가, 아니면 그냥 습관인가."

나는 말없이 그의 얼굴을 바라보았다. K는 웃으며 담배를 털었다.

"결국, 필요해서 피운 거더라. 그렇다고 해서 좋은 건 아니지만. 너도 그렇지 않냐? 사람한테는 다 이유가 있는 법이야."

나는 쓴웃음을 지었다.

"이유라기보단… 그냥 버티려고요. 안 그러면 무너질 것 같아서."

K는 내 말을 듣고 한동안 아무 말도 하지 않았다. 오직 시계 초침 소리와 희미한 음악만이 공간을 채웠다.

"무너지는 게 무섭냐?"

나는 멍하니 그의 얼굴을 바라봤다. 그의 눈빛은 흔들림 없이 깊었다.

"사람은 누구나 한 번쯤 무너져. 근데 무너지는 게 끝은 아니야. 문제는, 그다음에 어떻게 다시 서느냐지."

나는 말없이 술잔을 굴리며 그의 말을 곱씹었다.

K는 천천히 잔을 닦으며 말을 이었다.

"내가 너보다 나이도 많고, 인생을 더 많이 살아 봤지만, 사실 나도 여전히 흔들려. 완벽하게 서 있는 사람은 없어. 다들 조금씩 비틀거리면서 가는 거지."

나는 가만히 그 말을 들었다. 이상하게도, 그의 말이 가슴 한구석을 건드리는 느낌이 들었다.

"근데 한 가지 확실한 건 있어."

K는 담배를 재떨이에 비벼 끄며 나를 바라보았다.

"절대 혼자라고 생각하지 마라."

나는 순간 아무 말도 할 수 없었다. K는 조용한 목소리로 덧붙였다.

"너처럼 힘든 시간을 보내는 사람이 네 주변에도 분명 있을 거야. 다만 서로 모를 뿐이지."

나는 천천히 고개를 끄덕였다.

"…. 그런데도, 버티는 게 힘들면요?"

K는 잔을 내려놓으며 나지막이 말했다.

"그럴 땐 그냥, 오늘 하루만 버틴다고 생각해."

술집의 공기는 점점 더 짙어졌다. 시간이 흐를수록 손님들은 하나둘 빠져나갔고, 이제 남은 건 나와 K뿐이었다. 바깥은 깊은 밤이었고, 가로등 불빛이 희미하게 반짝였다.

"한 잔 더 줄까?"

K가 묻자 나는 말없이 고개를 끄덕였다. 그는 다시 조용히 술을 따

라 주었다. 잔에 부딪히는 위스키의 흔들림을 멍하니 바라보다가, 나는 문득 입을 열었다.

"살아간다는 건 뭘까요?"

K는 술을 따르던 손을 멈추고 나를 바라봤다. 한동안 조용하던 그는 피식 웃으며 말했다.

"어려운 질문이네."

나는 허공을 바라보며 말을 이었다.

"어릴 땐, 그냥 열심히 살면 되는 줄 알았어요. 근데 지금은 잘 모르겠어요. 하루하루 감정이 왔다 갔다 하고, 뭘 해도 만족스럽지 않고. 그냥… 내가 이 세상에 있어야 할 이유를 모르겠어요."

K는 말없이 내 이야기를 들었다. 한동안 조용하던 그는 담배를 하나 꺼내더니 불을 붙였다. 그리고 천천히 연기를 내뱉으며 말했다.

"나도 그런 생각을 했지."

나는 그의 얼굴을 바라보았다.

"그래요?"

"그래. 예전엔 나도 무척 열심히 살았어. 낮에는 일하고, 밤에는 꿈을 위해 노력하고. 근데 어느 순간 깨닫게 되더라. 내가 그렇게 달려왔던 게 과연 누구를 위한 거였나 싶더라고."

그는 조용히 담배를 털었다.

"사람은 살다 보면 어쩔 수 없이 길을 잃을 때가 있어. 근데 그게 끝은 아니야. 길을 잃었다는 건, 다시 찾을 기회가 있다는 거거든."

나는 말없이 술잔을 기울였다. 알코올이 목을 타고 넘어가며 몸을 달궜다.

"근데요, 저는 그냥… 계속 제자리인 것 같아요. 앞으로 나아가는 기분이 안 들어요. 뭘 해도 만족스럽지 않고, 뭘 원해야 하는지도 모르겠고."

K는 잔을 내려놓고 나를 천천히 바라보았다.

"너, 너무 먼 미래를 보려고 하니까 그런 거야."

"…. 네?"

K는 잔을 손끝으로 굴리며 말했다.

"사람은 평생을 계획할 수 없어. 우리가 확실하게 가질 수 있는 건 오직 '오늘'뿐이야. 내일을 고민하는 건 좋지만, 너무 먼 미래를 보려고 하면 오히려 구렁텅이에 빠지게 돼."

나는 그 말을 곱씹으며 잔을 굴렸다.

"…. 그럼 그냥 하루만 생각하면 될까요?"

K는 고개를 끄덕였다.

"그래. 오늘을 잘 살다 보면, 내일도 어떻게든 굴러가게 돼 있어."

나는 말없이 잔을 비웠다. 밤은 깊어갔고, 술은 조금씩 몸을 무겁게 만들었다. K는 조용히 내게 안주를 밀어 주며 말했다.

"네가 지금 많이 힘들 거라는 거, 나도 알아. 하지만 가끔은 그냥 있는 그대로의 자신을 받아들이는 것도 필요해. 완벽하지 않아도 괜찮아. 우린 다 그런 거니까."

나는 그의 말을 들으며, 그가 손으로 닦고 있는 잔을 멍하니 바라보았다.

"완벽하지 않아도 괜찮다…."

조용히 속삭이듯 따라 말해 보았다. 이상하게도, 그 말이 가슴 한구석에 조용히 내려앉았다. 그렇게 밤은 깊어 가고, 술잔은 다시 채워졌다.

얼마나 마셨을까. 몸이 점점 무거워졌다. 술기운이 천천히 스며들며 손끝이 저릿했다. 가만히 있으면 어딘가에 가라앉을 것 같았다. K는 조용히 나를 바라보더니 피식 웃었다.

"얼굴이 빨개졌네. 많이 취했나 봐?"

나는 술잔을 내려놓고, 한 손으로 얼굴을 쓸어내렸다. 볼이 달아오른 느낌이 들었다.

"취한 건 모르겠고… 그냥 좀… 어지러워요."

K는 천천히 컵을 닦으며 고개를 끄덕였다.

"가끔은 취해도 괜찮아. 정신이 흐릿해질 때 오히려 솔직해지기도 하니까."

나는 멍하니 그의 손끝을 바라봤다. 닦아낸 유리잔이 희미한 조명을 받아 반짝였다.

"솔직해지는 게… 좋은 걸까요?"

K는 잠시 생각하더니 잔을 내려놓았다.

"글쎄. 꼭 좋은 것만은 아니겠지. 근데 적어도 자기한테는 솔직할 수 있잖아."

나는 그 말에 쓴웃음을 지었다.

"전 자기 자신한테도 솔직하지 못한 것 같아요."

"왜?"

나는 잔을 천천히 돌리며 말을 골랐다.

"그냥… 이러면 안 된다는 생각이 계속 들어요. 힘들면 힘들다고 해야 하는데, 정작 입 밖으로 꺼내면 너무 한심해 보여서. 남들은 잘만 사는데, 나만 이러고 있는 것 같고."

K는 말없이 담배를 피워 물었다. 불꽃이 스치는 소리가 짧게 들렸다.

"한심하다고?"

"네."

"너, 꽤 자신한테 엄격하구나."

나는 피식 웃었다.

"그렇다기보단, 그냥… 내가 이러면 안 될 것 같아서요. 다들 잘 사는데, 나만 이렇게 멈춰 있는 것 같고."

K는 깊게 담배 연기를 들이마셨다. 그리고 천천히 내뱉으며 낮은 목소리로 말했다.

"다들 잘 산다고? 누구 기준에서?"

나는 말을 잇지 못했다. K는 잔을 닦던 손을 멈추고 나를 바라봤다.

"네가 보는 그 '잘 사는 사람들'도, 속을 들여다보면 다들 비슷해. 그냥 티를 안 낼 뿐이지."

나는 말없이 그를 바라봤다.

"어떤 사람들은 겉으로 멀쩡해 보여도 속으로 곪아 있지. 근데 그걸 말 안 한다고 해서, 없는 게 되는 건 아니잖아?"

나는 천천히 고개를 끄덕였다. 머릿속이 술기운에 둥둥 떠다니는 기분이었다.

"…. 그럼 저는요?"

"뭐가?"

"저는… 이렇게 계속 살아도 괜찮은 걸까요?"

K는 잔을 닦던 손을 멈추고, 담배를 비벼 끄며 말했다.

"네가 살아가는 방식을 남들이 대신 판단해 줄 수 있을까?"

나는 말없이 술잔을 바라봤다. K는 피식 웃으며 말을 이었다.

"나는 말이야, 예전에 내 방식대로 살지 못해서 더 힘들었어. 남들한테 맞추려고 하고, 이러면 안 된다고 자꾸 다그치고."

그는 창밖을 잠시 바라보았다. 가로등 불빛이 그의 얼굴을 비쳤다.

"근데, 나중에 깨달았지. 그게 다 무슨 소용인가 싶더라. 남들 기준에 맞춰 살다 보면 결국 나라는 사람은 사라지는 거거든."

나는 술잔을 손끝으로 돌리며 그 말을 곱씹었다. 술기운 때문인지, 마음속에 오래 묵혀 뒀던 것들이 천천히 떠오르는 기분이었다.

"…. 그럼 K는, 지금 행복하세요?"

K는 그 질문에 잠시 생각하더니, 피식 웃었다.

"행복? 글쎄. 그런 거 거창하게 생각 안 해."

그는 천천히 빈 잔을 바라보았다.

"그냥 오늘 하루를 무사히 보냈으면 된 거지."

나는 말없이 그의 말을 되새겼다.

술잔을 내려놓고 한참을 바라보다가, 나는 천천히 입을 열었다.

"…. 고맙습니다."

K는 담배를 피우려다 말고 나를 바라봤다. 나는 술기운이 올라 어눌한 목소리로 말을 이었다.

"그냥… 다요. 얘기 들어 줘서도, 말 걸어 줘서도. 덕분에 조금 숨을 쉴 수 있었어요."

K는 담담하게 웃더니 담배를 입에 물었다. 불꽃이 스치는 소리가 짧게 들렸다.

"이런 얘기 들어 주는 게 내 일이기도 하지."

"그래도요."

나는 술값을 내려놓고 천천히 자리에서 일어났다. 몸이 조금 휘청였지만, 기분이 나쁘지 않았다. 가슴 한구석에 오래 들러붙어 있던 먹구름이 살짝 걷힌 기분이었다. K는 나를 한번 훑어보더니 피식 웃으며 말했다.

"조심히 가라. 너무 많은 걸 고민하지 마."

나는 고개를 끄덕였다.

"네. 다음에도 꼭 올게요."

그 말을 남기고, 나는 문을 열고 밖으로 나왔다. 가로등 불빛이 번져 보였다. 많이 취한 것 같았다. 나는 잠시 과거로 돌아갔다. 내가 결정적으로 정신병에 걸렸던 순간으로.

때는 고등학교 2학년 여름이었다. 여름방학을 보름 앞둔 6월의 끝자락, 하늘은 청량했고, 매미는 하루이틀을 앞당겨 울기 시작했다. 나는 여자 친구와 함께 행복한 청춘을 보내고 있었다. 행복이라는 단어가 언제 그렇게 당연했는지 모를 정도로, 그 시절의 나에게 그녀는 곁에 있는 것만으로 충분한 이유였다. 그녀는 작은 체구에 긴 머리를 곱게 늘어뜨린 사람이었다. 어깨에 닿을 듯, 아니, 허리까지 내려오던 그 머리칼은 햇빛을 받으면 미묘하게 갈색으로 반짝였고, 그녀는 자주 그것을 귀 뒤로 넘기곤 했다. 그 단순한 동작조차도 나에겐 이상할 만큼 아름다워 보였다. 그녀는 잘 웃었고, 웃을 때마다 눈꼬리가 예쁘게 접혔다. 그리고, 항상 나를 먼저 챙겼다.
"너는 늘 내가 걱정돼?"
어느 날, 아무 이유 없이 그런 말이 튀어나왔다.
그녀는 피식 웃으며, 고개를 살짝 기울였다.
"당연하지. 넌 나한테 제일 소중한 사람이니까."
그 말은 내 귓가에 오랫동안 남아 맴돌았다. 그 시절 나는, 사랑이라는 게 이런 거구나 하고 단정 지었고, 그녀가 나에게 건넨 말들을 금처럼 갈무리하며 살았다. 그녀는 감정 표현이 솔직했고, 조용한 분위기를 좋아했다. 책 읽는 걸 좋아했지만, 시끄러운 노래는 싫어했다. 그리고 유독 여름밤을 좋아했다.

"여름밤은 숨을 깊이 들이마시고 싶게 만들잖아. 뭔가… 무겁지도 않고, 가볍지도 않은 느낌이야."

그녀는 그렇게 말하며 자전거에 올라탔다. 우리는 함께 한강을 달렸다. 불빛은 강물에 녹았고, 바람은 온몸을 비집고 지나갔다.

"빨리 와!"

그녀는 내 앞에서 자전거를 힘껏 밟았다. 바람이 그녀의 머리칼을 흩날렸다. 나는 숨이 차도록 뒤쫓았다.

"너무 빠르잖아!"

"못 따라오겠어?"

그녀는 장난기 어린 웃음을 지었다.

"좀 더 빨리 와야지."

나는 발에 힘을 주었다. 페달이 바닥을 밀치며 회전했고, 점점 그녀에게 가까워졌다. 마침내 그녀 옆에 나란히 섰을 때, 나는 작은 승리를 얻은 사람처럼 웃었다. 그녀는 다시 고개를 돌려 나를 바라봤고, 이내 작게 웃었다. 그 웃음엔 늘 설명되지 않는 온기가 묻어 있었다. 우리는 강변 벤치에 나란히 앉았다. 한참 동안 말없이 앉아 있었고, 밤공기가 목덜미를 타고 흘러내렸다.

멀리서 자전거 벨소리가 들렸고, 강 건너편 불빛이 물 위로 퍼졌다.

"너 요즘 좀 피곤해 보여."

그녀가 조용히 물었다. 나는 어깨를 으쓱였다.

"괜찮아. 그냥 시험 공부 때문에 그래."

사실은 며칠째 잠을 거의 자지 못했다. 그녀와 함께하는 순간이 아까워서가 아니라, 왠지 모르게 눌리는 듯한 감정이 마음을 짓누르고 있었기 때문이었다. 그건 아직 이름 붙이지 못한 피로, 혹은 공기처럼 느껴지는 무언가였다. 그녀는 고개를 끄덕이며 하늘을 바라봤다. 그 눈빛이 왠지 모르게 쓸쓸해 보였다. 별은 없었고, 구름도 거의 없었다. 다만 어두운 밤이 있었고, 그 위로 흐르듯 흘러가는 시간만이 존재했다.

"너는 괜찮아?"

그녀는 내 질문에 대답하지 않았다. 그저 조용히 손을 뻗어 내 손을 잡았다.

"이렇게 있으면, 괜찮아."

나는 그 말을 단순히 사랑의 방식이라 여겼다. 그녀가 나에게 기대고 있다는 생각은 하지 못했다. 그녀가 버티고 있다는 생각도, 하지 못했다. 며칠 후, 장마가 시작되었다. 우리는 같은 반이었다. 비가 오는 날엔 그녀가 유독 조용했다. 창밖으로 비가 흐르는 걸 가만히 바라보던 그녀는, 마치 그 빗방울 하나하나를 다 세고 있는 사람 같았다.

"같이 가자."

수업이 끝난 오후, 나는 그녀의 자리로 갔다. 그녀는 고개를 끄덕이며 조용히 일어났다. 책가방을 어깨에 멘 그녀는 창밖을 다시 한 번 바라보았다.

"무슨 생각 해?"

내가 묻자, 그녀는 억지로 웃으며 대답했다.

"…. 아무것도 아니야."

그녀의 미소는 어딘가 어색했다. 평소라면 내 팔을 장난스럽게 툭 칠 그녀가, 그날따라 한참 동안 말이 없었다. 나는 그녀의 얼굴을 찬찬히 들여다봤다. 그녀는 갑자기 손을 뻗어 내 볼을 살짝 꼬집었다.

"왜 그렇게 봐? 예뻐서?"

"…. 그냥, 피곤해 보이길래."

나는 작게 중얼거렸다. 그녀는 아무 말 없이 창밖을 다시 바라봤다. 그때 나는 몰랐다. 그녀가 그 비를 보며 어떤 마음으로 그 자리에 서 있었는지. 그날 밤, 나는 잠을 이루지 못했다. 이유는 없었다. 그녀와 있었던 짧은 장면들이 자꾸 머릿속을 맴돌았다. 그녀의 손끝, 눈동자, 그리고 말 없는 입술. 그리고 그 침묵 속에 숨은 언어들. 다음 날, 그녀는 학교 옥상에서 투신했다. 시간은 오전 6시 30분. 아직 아무도 교문을 지나지 않은 시간이었다.

그날의 기억은 단절된 필름처럼, 희미하면서도 끊임없이 되풀이되었다. 병원에 도착했을 때, 나는 마치 죽음이란 개념을 이해하지 못하는 어린아이처럼 우두커니 응급실 복도에 서 있었다. 간호사와 의사가 황급히 지나갔고, 누군가는 내 어깨를 흔들며 무언가를 말했지만, 그 순간 내 귀에 들어온 건 아무것도 없었다. 나는 그녀를 마지막으로 볼 수조차 없었다. 이미 싸늘해진 몸을 보호자 외엔 보여 줄 수 없다는 누군가의 말만 들었다.

싸늘하다는 그 단어는 잔혹했다. 그것은 온기가 사라졌다는 의미였고, 사랑했던 한 인간이 더 이상 이 세상에 존재하지 않는다는 사실의 가장 비정한 표현이었다.

그녀의 부모님이 도착했고, 나는 무릎이 꺾인 듯 바닥에 주저앉아 울었다. 목소리는 나오지 않았다. 숨이 차오르는데도, 내 목구멍은 아무런 소리도 내지 못했다. 가슴 속 깊은 곳에서 무언가 단단한 것이 터지고, 깨지고, 무너지는 느낌이었다.

이틀 뒤, 나는 그녀가 남긴 편지를 받았다. 편지를 건네는 친구의 손이 심하게 떨렸고, 그 떨림이 내 손가락 끝으로 전해졌다.

"미안해. 정말 미안해. 더 이상 버틸 수 없었어. 난 항상 네가 나를 구해 줄 거라고 생각했어. 하지만 이제는 누구도 날 구할 수 없을 것 같아. 그래도 너랑 함께했던 시간들은 행복했어."

편지를 쥔 손이 서서히 떨려왔다. 글자들이 흔들렸다. 편지를 붙잡고 있는 내 손끝에 그녀의 마지막 온기가 머물러 있는 것 같았다. 나는 편지를 몇 번이나 읽었고, 그럴 때마다 그녀의 목소리가 귓가를 맴돌았다. 너는 나한테 제일 소중한 사람이니까. 그녀가 했던 말이 다시 떠올랐다. 그 말은 이제 더 이상 사랑스러운 고백이 아니라, 나를 끝없이 짓누르는 고문처럼 다가왔다. 나는 그 말을 믿었다. 내가 소중한 사람이니까, 나는 그녀를 지킬 수 있다고 생각했다. 하지만 내가 무엇을 했는가? 나는 그녀의 마지막 미소를 기억하지 못했다.

  나는 그녀의 눈빛 속에서 살아남으려는 필사의 외침을 발견하지 못했다. 나는 끝까지, 그녀의 침묵을 사랑의 고백으로 착각했다. 학교에 돌아온 나는 점점 더 말수가 줄어들었다. 교실에서 내 주변은 아무도 접근하지 못하는 공간이 되었다. 친구들의 걱정스러운 눈빛도, 선생님의 위로도 더 이상 내겐 닿지 않았다. 그들이 무슨 말을 하든 나는 그저 고개를 끄덕일 뿐, 마음으로부터 진심으로 듣지 않았다.

  한강은 더 이상 가지 않았다. 그녀와 함께 걷던 거리, 함께 앉던 벤치, 자전거를 세워 두던 자리 그 모든 장소가 나를 짓눌렀다. 모든 공간이 그녀의 부재를 드러내는 증거였다. 나는 집과 학교만 반복하며, 점점 스스로를 세상에서 지워갔다. 밤마다 그녀가 꿈속에 나타났다. 그녀는 웃었다. 그러나 눈동자만은 텅 비어 있었다. 나는 꿈속에서 매번 그녀의 손을 잡으려 했지만, 손끝이 닿는 순간마다 그녀는 연기처럼 흩어졌다. 눈을 뜨면 방 천장에 그녀의 그림자가 드리워진 것 같았다. 그렇게 밤을 새웠다. 매일 새벽까지 잠을 이루지 못한 채, 그녀가 나를 떠난 이유를 되묻고, 내가 무얼 놓쳤는지 끝없이 되짚었다.

  그 무렵, 학교에서는 이상한 소문이 퍼졌다.

  "걔가 여자 친구를 힘들게 했대. 여자 친구가 걔 때문에 죽었다던데?"

  어디서부터 시작된 말인지 알 수 없었지만, 나는 그 말을 들으며 점점 더 내면 깊숙이 웅크렸다. 그 말은 어쩌면 사실이었다. 그녀의 고통을 알아차리지 못한 내 잘못이었다.

하루는 집으로 돌아가는 길에 비가 내렸다. 나는 우산을 펼 생각도 하지 않았다. 빗물이 머리 위로, 얼굴 위로 흘러내렸다. 그 순간 문득 그녀가 비를 보던 표정이 떠올랐다. 나는 길 한가운데 멈춰 서서 하염없이 울었다. 비에 섞여 흐르는 눈물이 씻겨 나가도록, 소리를 죽여 가며 그렇게 울었다.

집에 돌아와 문을 닫은 뒤, 방 안에 틀어박혔다. 거울에 비친 나는 전혀 낯선 사람이었다. 까칠한 얼굴, 생기 없는 눈동자, 갈라진 입술. 이 사람은 더 이상 그녀와 함께 웃던 내가 아니었다.

그녀가 떠난 지 한 달째 되던 날, 나는 그녀의 빈자리를 도저히 견딜 수 없어 학교 옥상에 올랐다. 계단을 오르는 내내 손이 떨렸고, 옥상 문을 여는 순간 심장이 아파왔다.

그녀가 서 있었던 자리, 철제 난간에 손을 뻗었다. 차가운 감촉이 손가락 끝을 타고 올라왔다. 그녀도 이 차가움을 느꼈을 것이다.

"미안해."

나는 그 자리에 무너져 내렸다. 무릎이 바닥에 닿고, 울음이 다시 나왔다.

"미안해. 내가, 내가…."

그 뒤의 말은 나오지 않았다. 오직 죄책감과 자책만이 소리 없는 비명이 되어 목구멍을 메웠다. 그녀를 잃은 뒤, 나는 삶의 이유를 잃었다. 아무리 발버둥 쳐도 내게서 그녀가 사라진 사실을 지울 수 없었다.

그해 여름은 지독히 길었고, 나는 점점 더 피폐해졌다. 몸이 말라가고, 눈빛이 어두워졌고, 누구도 만날 수 없었다.

그저 그녀가 남기고 간 고통의 흔적 속에서, 나는 조용히, 아주 천천히 무너지고 있었다.

그날 이후, 나는 변했다. 하루는 광기가 몸을 지배한 듯 힘이 넘쳐흘렀고, 하루는 도저히 침대에서 일어날 힘도 없었다. 결국 그 주기가 너무나도 짧아지자 미쳐 버렸다. 나는 정신병원에 갔고, '조울증' 진단을 받았다. 지금은 더 자세히 생각하고 싶지 않다. 때가 되면, 모든 걸 이해할 수 있을 것이라고 생각하며 살아가고 있다.

나는 다시 현실로 돌아왔다. 잡념에 휩싸여 집에 걸어오다 보니 생각보다 빠르게 도착했다. 나는 K가 내게 남겨 준 조언들을 머릿속에 집어넣으며 침대로 뛰어들었다.

눈을 떴을 때, 머리가 깨질 듯이 아팠다. 술이 덜 깼는지 몸이 천근만근이었다. 희뿌연 아침 햇살이 커튼 사이로 스며들고 있었다. 나는 한동안 천장을 멍하니 바라보았다. 술에 취해 비틀거리던 어젯밤, 그리고 떠올리고 싶지 않은 기억들. 천천히 몸을 일으키자 핸드폰이 진동했다. C였다. 나는 순간 받지 말까 고민했다. 하지만, 그는 내가 미쳐 버린 이후에도 곁을 떠나지 않은 거의 유일한 친구였다. 그래서, 받았다.

"야, 일어났냐?"

"…. 어."

"오늘 뭐 하냐?"

"몰라."

"나와. 걷자."

C는 군더더기 없는 사람이었다. 나는 피곤한 눈을 문지르며 마지못해 대답했다.

"어디로?"

"네가 좋아하는 공원 있잖아. 한 바퀴 돌고 밥이나 먹자."

나는 잠시 망설였다. 하지만 어쩐지 오늘은, 거절하고 싶지 않았다. 공원은 여전히 조용했다.

차가운 공기가 뺨을 스치고, 앙상한 가로수가 늘어선 길을 따라 천천히 걸었다. C는 내 옆에서 담배를 꺼내 불을 붙였다.

"너 어제 술 마셨지?"

나는 고개를 끄덕였다.

"누구랑?"

나는 어젯밤을 떠올렸다. K의 얼굴, 그리고 그의 이야기.

"술집 사장이랑."

"…. 술집 사장?"

나는 어색하게 웃으며 말했다.

"어제 혼자 술 마시러 갔는데, 거기 사장이 말을 걸더라고."

C는 흥미롭다는 듯 담배 연기를 내뿜으며 물었다.

"그래서, 무슨 얘기 했는데?"

나는 잠시 고민하다가, 조심스럽게 말을 꺼냈다.

"사장님 아들도 우울증이래."

C의 걸음이 잠시 멈췄다.

"…. 진짜?"

"응. 그래서 나한테 이런저런 얘기를 해 줬어. 자식이 우울증을 앓는 걸 지켜보는 게 얼마나 힘든 일인지. 그리고…."

나는 잠시 말을 멈췄다.

C는 내 얼굴을 찬찬히 살폈다.

"그리고 뭐?"

"…. 그냥, 좀 위로가 됐어."

C는 담배를 밟아 끄더니, 어깨를 으쓱하며 말했다.

"너한테 그런 말을 해 주는 사람이 있다는 게 다행이네."

나는 피식 웃었다.

"다음에 같이 가자."

C는 잠시 생각하더니, 고개를 끄덕였다.

"그래. 가자."

그렇게, 우리는 묵묵히 길을 걸었다.

"밥이나 먹을까?"

"그럽시다~"

우리는 국밥집으로 향했다. 식당 문을 열자 익숙한 국물 냄새가 퍼졌다. 낡은 테이블과 따뜻한 조명이 아늑한 분위기를 만들어냈다. 이곳은 우리가 고등학교 때부터 자주 오던 단골집이었다.

"오랜만이네, 여기."

C가 메뉴판을 넘기며 말했다. 나는 멍하니 창밖을 바라보며 대답했다.

"그러게."

"뭐 먹을래?"

나는 별다른 생각 없이 말했다.

"아무거나."

C는 피식 웃더니 알아서 주문을 넣었다. 곧 테이블 위에 뜨거운 국밥 두 그릇이 놓였다. C가 숟가락을 들며 나를 힐끗 쳐다봤다.

"요즘은 좀 어때?"

나는 그 말이 어떤 의미인지 알았다.

"몰라. 그냥… 버티고 있어."

"약은?"

나는 대답을 망설였다. C는 깊은 한숨을 내쉬었다.

"너 또 안 먹지?"

나는 젓가락으로 국 안의 고기를 휘저으며 대충 얼버무렸다.

"먹다가 끊었어."

C의 표정이 단단해졌다.

"너 그러다 진짜 위험해."

"알아."

"아는데도?"

나는 국물을 한 모금 마셨다. 뜨거운 액체가 목을 타고 내려가면서도 속이 채워지는 느낌은 들지 않았다.

"그냥… 약을 먹으면 내가 내가 아닌 것 같아."

C는 말없이 나를 바라봤다. 나는 천천히 말을 이었다.

"약을 먹으면 감정이 다 죽어 버려. 기쁘지도 않고, 슬프지도 않고, 그냥 무미건조해져. 마치 무언가에 덮여 있는 느낌이야. 숨 쉬는 것도 둔해지고, 감각이 다 무뎌져."

C는 담배를 피우고 싶다는 듯 한숨을 쉬었다.

"그래도, 그게 낫지 않아?"

나는 고개를 저었다.

"가끔은, 차라리 미친 듯이 오르락내리락하는 게 나을 것 같아. 기분이 바닥을 치는 게 무섭긴 하지만, 그래도 살아 있다는 느낌은 드니까."

C는 국을 한 숟갈 뜨며 조용히 말했다.

"진짜 힘들겠다."

나는 그 말에 작게 웃었다.

"너도 힘들잖아. 이런 나랑 계속 친구 해 주는 거."

C는 젓가락을 내려놓고 나를 똑바로 바라봤다.

"그런 소리 하지 마."

니는 그 시선을 피하며 창밖을 바라봤다. 멀리서 사람들이 걸어가고 있었다. 나는 그들처럼 평범한 하루를 살 수 있을까?

"너한테 신세지는 기분이 들어서 그래."

C는 한참을 생각하더니, 조용히 말했다.

"그런 기분 안 들었으면 좋겠다."

나는 대답 대신 조용히 국을 한 입 떴다. 국물은 여전히 뜨거웠다. 하지만, 내 속은 여전히 차가웠다.

거리는 조금 전보다 한산해져 있었다. 간간이 지나가는 차량의 불빛이 도로를 쓸고 지나갔고, 가로등 불빛은 희미하게 깜빡였다. 식사를 마치고 나온 우리는 특별한 목적지 없이 걸었다.

"어디 갈래?"

C가 물었다. 나는 대답 대신 주머니에 손을 찔러 넣고 한숨을 쉬었다. 마땅히 가고 싶은 곳이 없었다. 목적 없이 걷는 게 나쁘지는 않았다. 차가운 공기가 온몸을 감싸는 느낌도 싫지 않았다. 그런 내 표정을 읽은 듯, C는 천천히 고개를 끄덕였다.

"그럼 그냥 걷자."

나는 그 말에 가볍게 고개를 끄덕였다. 한참을 걷다가, 작은 공원이 보였다. 도시 한복판에 있는 작은 쉼터 같은 곳이었다. 우리는 말없이 그곳으로 향했다. 벤치가 하나 보였고, C는 자연스럽게 걸음을 멈추더니 벤치를 툭툭 두드리며 말했다.

"앉을래?"

나는 그제야 발걸음을 멈췄다. 벤치는 살짝 차가웠다. 나는 몸을 기대고 하늘을 올려다봤다. 별은 보이지 않았다. 대신 도심의 희미한 불빛이 어둠을 배경 삼아 흐릿하게 흔들리고 있었다. C가 무언가를 말하려다 멈추는 소리가 들렸다. 나는 고개를 돌려 그를 바라보았다. 그는 허공을 응시하며 입술을 살짝 깨물었다. 그리고는 낮은 목소리로 말했다.

"네가 이런 날씨 좋아하는 거, 아직도 기억나."

나는 눈을 깜빡였다.

"그런 말 했었나?"

C는 작게 웃으며 고개를 끄덕였다.

"응. 고등학교 때. 입학식 끝나고."

그 말을 듣는 순간, 기억이 어렴풋이 떠올랐다. 아주 오래된 기억. 고등학교 입학식 날. 그날, 학교 운동장은 붐볐다. 나는 사람들의 틈을 피해 운동장 구석에 서 있었다. 적당한 거리에서 사람들을 관찰하며, 내가 이곳에 잘 적응할 수 있을까 고민했다. 그때, 누군가 내 옆에 섰다.

"야, 너도 혼자냐?"

나는 고개를 돌렸다. 약간은 거친 말투였지만, 장난스러움이 묻어 있는 목소리였다. 처음 보는 얼굴이었다. 그는 내 반응을 기다리지도 않고 자연스럽게 내 옆에 섰다. 나는 어색하게 고개를 끄덕였다. 그는 주위를 둘러보더니, 나를 다시 바라보며 말했다.

"우리 그냥 같이 다닐래?"

그 말을 듣고 순간적으로 망설였던 것 같다. 하지만 그의 태도가 이상하게 편안하게 느껴졌다. 나는 가만히 그를 바라보다가 결국 고개를 끄덕였다. 그게 C와의 시작이었다. 나는 그 기억을 떠올리며 작게 웃었다.

"너 아니었으면, 나 아직도 혼자 다녔을 수도 있어."

C는 고개를 저었다.

"아니야. 결국, 네가 날 받아 줬잖아."

나는 잠시 그의 얼굴을 바라보았다. 그는 어두운 조명 아래에서 무표정한 얼굴로 허공을 응시하고 있었다. 마치 무언가를 떠올리고 있는 듯했다.

"그때도, 네가 날 구해 줬어."

그 말이 무슨 뜻인지 이해하는 데 시간이 걸렸다. 하지만 그의 눈빛을 보고, 이내 알 수 있었다. 고등학교 1학년 겨울이었다. C는 며칠째 학교에 나오지 않았다. 평소와 달리 연락도 되지 않았다. 무언가 이상했다. 불길한 예감이 들었지만, 선뜻 전화를 걸 용기가 나지 않았다. 하지만 더 이상 망설일 수 없었다. 결국, 나는 그의 번호를 눌렀다. 신호가 길게 울리던 끝에, 아주 조용한 목소리가 들려왔다.

"…. 야."

그의 목소리는 마치 힘겹게 한마디를 꺼내는 것처럼 들렸다. 나는 순간 아무 말도 할 수 없었다. 무어라 말을 해야 할지, 어떻게 반응해야 할지 감이 잡히지 않았다. 그런 나를 기다리기라도 한 듯, C가 천천히 입을 열었다.

"엄마가… 돌아가셨어."

그 한마디가 공기 속을 가르며 떨어졌다. 순간적으로 귀가 멍해지고 가슴이 철렁 내려앉았다. 말이 나오지 않았다. 위로의 말도, 어떤 반응도 떠오르지 않았다. 하지만 가만히 있을 수는 없었다. 나는 무작정 그의 집으로 달려갔다. 그의 집 앞에 도착했을 때, C는 한없이 작아 보였다. 그날따라 바람이 유난히 차가웠다. 그는 나를 보자마자 시선을 내리깔았다. 말없이 그를 바라보던 나는 천천히 다가갔다. 그리고 조심스럽게 그의 어깨를 두드렸다.

"괜찮아."

그 말은 내 스스로에게도 하는 위로 같았다. C는 처음으로 나를 정면으로 바라봤다. 그의 눈은 퉁퉁 부어 있었고, 피곤과 슬픔이 뒤섞여 있었다. 아무 말 없이 그는 한 걸음 다가오더니 힘없이 내 어깨에 이마를 기댔다. 그 순간, 나는 그를 꼭 안아 주었다. 아무 말도 하지 않고, 가만히 그의 어깨를 감쌌다. 찬바람이 불어왔지만, 우리는 한참 동안 그렇게 서 있었다. 그날 밤, 나는 C 곁을 떠나지 않았다. 그가 혼자 있지 않도록, 그리고 내가 할 수 있는 유일한 방식으로 곁을 지켰다. 벤치 위에서, C는 담담한 표정으로 나를 바라보았다.

"그때 네가 없었으면 나도 어떻게 됐을지 몰라."

나는 입술을 앙다물었다.

"그러니까, 내가 네 곁에 있는 건 당연한 거야."

나는 천천히 고개를 끄덕였다. C는 다시 하늘을 올려다봤다. 우리는 더 이상 아무 말도 하지 않았다. 도시의 불빛이 바람에 따라 흔들렸다.

바람은 차가웠지만, 이상하게도 따뜻하게 느껴졌다. 벤치 위로, 잔잔한 추억들이 흩어졌다. 우리는 조용히 일어나 발걸음을 돌렸다. 서로 많은 말을 하지 않아도 괜찮았다. 어쩌면 그것이 오랜 친구라는 증거일지도 몰랐다.

"다음에 또 보자."

C는 웃으며 손을 흔들었다. 나는 가볍게 고개를 끄덕이고 집으로 향했다. 집으로 돌아오는 길은 한결 가벼웠다. 오랜만에 나를 있는 그대로 받아 주는 사람이 곁에 있다는 사실이 안도감을 주었다. 하지만 집에 도착해 문을 닫고 나니, 다시 혼자가 되었다는 사실이 날 괴롭히기 시작했다.

나는 천천히 침대에 몸을 던졌다. 천장을 바라보며 조용히 숨을 내쉬었다. C는 내 곁에 남아 있었지만, 이 감정은 여전했다. 텅 빈 공허함, 알 수 없는 불안. 그리고 나 자신을 향한 두려움. 나는 내 증상에 대해 곱씹었다. 이 기분은 언제까지 지속될까. 언제쯤 나아질까. 아니, 나아질 수는 있는 걸까. 답을 찾을 수 없는 질문들만 머릿속을 가득 채웠다.

나는 결국 침대에서 일어나 책을 한 권 집어 들었다. 창문을 조금 열어 둔 채, 커피를 내렸다. 익숙한 향이 방 안을 채웠다. 그리고 책장을 넘기며, 나는 다시 학창 시절을 떠올렸다. 중학교 시절, 나는 주로 조용한 곳을 좋아했다. 점심시간이면 친구들이 운동장으로 몰려나가 축구나 농구를 하며 소리를 질렀지만, 나는 교실에 남거나 도서관으로 향했다. 북적이는 소음보다는 책장 넘기는 소리와 창밖으로 스며드는 바람 소리가 더 좋았다.

그날도 마찬가지였다. 햇살이 따뜻하게 교실 창문을 타고 들어오던 점심시간, 나는 책 한 권을 가방에 넣고 도서관으로 향했다. 중학교 도서관은 크진 않았지만, 늘 조용하고 정돈되어 있어서 마음이 편했다. 서가를 둘러보다가 문득 눈에 띈 건 오래된 시집이었다. 낡은 표지와 바랜 페이지가 이상하게도 마음을 끌었다.

나는 창가 쪽 자리에 앉아 책을 펼쳤다. 시 속의 단어들이 조용히 마음에 내려앉았다. 마치 누군가 아주 작은 목소리로 이야기를 들려주는 것 같았다. 바깥에서는 운동장에서 들려오는 함성과 휘슬 소리가 희미하게 들렸지만, 이 공간에서는 그 모든 소음이 아득하게 느껴졌다.

"여기 있었네."

익숙한 목소리에 고개를 들었다. J였다. 평소처럼 운동장에 있을 줄 알았던 그가 의외였다.

"넌 운동하러 안 갔어?"

"오늘은 그냥… 시끄러운 게 싫어서."

J가 내 맞은편에 앉았다.

"넌 늘 여기 있더라. 책 재미있어?"

나는 잠시 시집을 내려다보다가 웃었다.

"글쎄. 재미있다기보단… 읽고 있으면 마음이 좀 편해."

J는 책장을 슬쩍 넘겨 보더니 고개를 갸웃했다.

"나는 이런 거 읽으면 잠 올 것 같은데."

"그래도 가끔은 괜찮아. 아무 생각 없이 읽기에는."

"그런가."

J는 잠시 창밖을 내다봤다.

"근데 진짜 조용하긴 하다. 여기 있으면 이상하게 졸릴 것 같아."

나는 웃으며 고개를 끄덕였다.

"졸리면 자도 돼. 아무도 뭐라 안 해."

"너랑 같이 있으면 이상하게 마음이 편해진단 말이야. 운동장에서는 다들 떠들고 뛰느라 정신없는데."

우리는 그저 창밖을 바라보며 한참 동안 아무 말 없이 시간을 보냈다. 햇빛이 잔잔히 내려앉은 창가 자리, 희미하게 들려오는 바깥의 소음, 그리고 책장 넘기는 소리만이 우리 사이를 채웠다. J가 문득 물었다.

"야, 너 나중에 뭐 하고 싶어?"

나는 시선을 시집에서 떼지 않은 채 잠시 생각에 잠겼다.

"모르겠어. 그냥 이렇게 조용한 게 좋아서… 이런 공간에서 일할 수 있으면 좋겠다는 생각은 해 봤어."

"그래? 도서관 사서 같은 거?"

"뭐, 비슷할 수도 있고."

"넌 역시 좀 독특하다니까."

J는 피식 웃었고, 나는 작은 미소를 지었다. 그 시절의 나는 세상이 단순하고, 사람들과의 관계도 복잡하지 않다고 생각했다. 책 한 권과

조용한 공간, 가끔 찾아와 곁을 지켜 주는 친구 한 명이면 충분했다. 그때의 나는 몰랐다. 그 단순했던 시간이 얼마나 소중한지. 그리고 언젠가, 아무렇지 않게 지나쳤던 그 평범함이 얼마나 그리워질지를.

가끔 그런 생각이 든다. '내가 너무 진지한 걸까?' 아니, 사실 맞다. 이따금 스스로도 웃길 때가 있다. 새벽 세 시에 천장을 멍하니 올려다보며 인생이란 무엇인가에 대해 고민하는 내가. 사실 그때 제일 심각하게 고민했던 건, 내일 아침에 뭘 먹어야 하나였다. 라면? 하지만 라면을 먹으면 또 후회하겠지. 속은 타들어 갈 텐데, 그래도 물을 끓이고 있는 내 모습을 상상하면 기분이 좀 좋아진다. 이상하게도 라면 봉지를 뜯을 때면 모든 고민이 사라지거든. …. 물론, 라면을 다 먹고 난 후에는 세상의 모든 무게가 다시 어깨 위에 올라오지만.

그리고 담배. '내가 이렇게 담배를 좋아했나?' 연기를 내뿜으며 허공을 바라보는 내 모습이 어쩐지 영화 속 고독한 주인공 같아서 괜히 멋있어 보이기도 했다. 물론, 그 주인공은 대개 30분 후쯤이면 무언가 끔찍한 결정을 내리곤 하더라. 다행히 나는 그렇게 극적인 삶은 아니니까, 아마도. 길을 걷다가 우연히 고양이를 본다거나, 편의점에서 할인하는 과자를 발견하는 순간에도 잠시 생각한다. '이게 행복이라는 건가?'… 라고 진지하게 생각하다가도, 고양이가 날 무시하고 지나가면 조금 억울하다. '나 되게 심각한 표정 지었는데. 고양이도 알아보는 거 아니야?' 아마 고양이는 이렇게 생각했겠지.

"아, 또 인생 고민하는 인간이군."

C랑 걷다가도 종종 이런 생각이 든다. '지금 괜히 가벼운 농담이라도 던져야 하는 거 아닐까?' 하지만 내가 농담을 던지면 대부분 미묘하게 어색한 공기가 흘렀다. 그래서 결국 하는 말은 늘 비슷하다.

"날씨… 괜찮네."

이런 말을 할 때마다 내 자신이 너무 한국 드라마의 2회차 단역 캐릭터처럼 느껴졌다. '왜 난 이렇게 재미가 없을까?' 그러다 문득, 웃긴 상상을 한다. 만약 내 인생에 배경음악이 깔린다면 어떤 노래가 좋을까? 몽환적이고 무거운 피아노 선율? 아니면 의미심장한 현악기 소리? 하지만 내 머릿속에 떠오르는 건 다름 아닌… '빵빵~ 트럭이 지나가는 소리와 편의점 광고송.' 그렇다. 내 일상은 그 정도로 평범하고, 별거 없다. 결국 이런 생각들을 하다가 또다시 무거워질 뻔한 마음을 웃기게 만들며 스스로를 달래 본다.

"뭐, 오늘도 대단한 인생 철학은 못 건졌지만… 편의점 할인 라면이라도 건졌으면 됐지."

가끔은 이렇게라도 웃어야 한다. 그러지 않으면 너무 심각해져서, 스스로가 너무 웃길 테니까.

다음날, 나는 어제 읽다 만 책을 다시 펼쳤다. 방 안은 여전히 조용했다. 커튼 사이로 스며드는 희미한 오전 햇살이 책상 위를 은은하게 물들이고 있었다. 탁자 위에는 무라카미 하루키의 『상실의 시대』가 펼쳐져 있었다.

나는 손가락으로 페이지 끝을 톡톡 두드리며 책장을 넘겼다. 하루키의 문장들은 언제나 그랬듯 담담하고 조용했지만, 그 속에는 쉽게 지나칠 수 없는 무언가가 숨어 있었다.

"죽음은 삶의 반대편에 있는 것이 아니라, 그 일부다."

그 문장을 읽는 순간, 나는 손가락을 멈췄다. 짧지만 묵직한 말. 죽음이 삶의 일부라면, 나는 지금 그 어느 쪽에 더 가까운 걸까? 잠시 무겁던 생각을 털어내려 고개를 저었다.

"역시 하루키는 참…."

나는 웃으며 중얼거렸다. 단순한 문장 하나에도 이런저런 생각을 하게 만든다. 그렇게 진지한 척하다가도 곧 드는 생각은 엉뚱했다. '근데 점심은 뭐 먹지?' 나는 피식 웃었다. 하루키의 책을 읽을 때마다 이런 식이다. 깊고 무거운 주제를 던져 놓고, 읽는 이를 마치 공허한 허공 속에 남겨 두는 것. 하지만 그런 점이 오히려 좋았다. 감정을 억지로 끌어내는 대신, 스스로 곱씹어 보게 만드는 방식. 다시 책장을 넘기자 또 다른 문장이 눈에 들어왔다.

"내가 무언가를 믿을 수 있다면, 그건 내 몸과 마음이 원하는 것을 따르는 일이다."

나는 담배 한 개비를 꺼내 불을 붙였다. 뿌연 연기가 천천히 허공으로 퍼져 나갔다. 내 몸과 마음이 원하는 것. 그게 대체 뭐였을까. 사실 나는 매일이 비슷했다. 그냥 버티는 것. 그게 전부였다. 하지만 이 문장을 읽는 순간만큼은 어딘가에서 새로운 감각이 움트는 듯했다. 지금 내가 원하는 건, 그냥 이 책을 끝까지 읽는 것뿐. 이유는 모르겠지만. 하루키의 글에는 항상 이런 식의 매력이 있었다. 의미심장하지만 애써 설명하지 않는 문장들. 독자가 알아서 해석하도록 남겨 두는 여백 같은 것. 다시 페이지를 넘겼다.

"세상에는 완벽한 사람도, 완벽한 절망도 없어."

이번에는 나도 모르게 미소가 새어 나왔다.

"완벽한 절망은 없다고?"

그렇다면 나는 도대체 지금 어떤 상태인 걸까. 절망도 아니고 희망도 아닌, 어중간한 공간에서 표류하는 느낌. 책 속의 이 한 줄이 마치 내 어깨를 가볍게 툭 치는 것 같았다. '너 그렇게 심각할 필요 없어.' 마치 그렇게 말해 주는 것처럼. 나는 의자에 몸을 기댄 채 천장을 올려다봤다. 방 안은 여전히 조용했다. 다만 책 속 문장들이 내 머릿속에서 천천히 울리고 있었다.

"인간은 잊기 위해 살아가는 거야. 하지만 중요한 건 무엇을 잊고, 무엇을 기억할지 선택하는 거지."

내가 잊고 싶은 것은 무엇이고, 기억해야 할 것은 무엇일까. 머릿속에 복잡한 질문들이 떠올랐지만, 오늘만큼은 깊게 파고들지 않기로 했다. 나는 다시 책에 집중했다. 책장을 넘길 때마다 느껴지는 종이의 촉감, 페이지를 스치는 손끝의 감각이 낭만적으로 느껴졌다. 마치 이 순간, 나와 책만이 존재하는 듯한 기분. 어쩌면, 오늘은 이 책과 함께라서 다행인지도 모르겠다. 나는 천천히 미소를 지으며 다음 페이지를 넘겼다.

  책장을 넘기던 손끝이 떨리기 시작했다. 방금 전까지 차분하던 마음이 갑자기 요동쳤다. 마치 누군가 내 안에서 스위치를 켜버린 것처럼.

  "그래, 맞아. 난 지금 이렇게 멍하니 있을 때가 아니야."

  갑자기 모든 것이 선명해졌다. 방 안의 공기, 책장 위의 먼지, 창밖의 거리 소음마저도 다 의미가 있는 것처럼 느껴졌다. 심장이 두근거리며 속도가 붙기 시작했다.

  뭔가 해야 해. 지금 당장.

  나는 자리에서 벌떡 일어났다. 책은 그대로 탁자 위에 펼쳐져 있었다. 머릿속에서는 여러 생각들이 쉴 새 없이 떠올랐다.

  "C. 그래, C한테 연락하자."

  나는 휴대폰을 꺼내 C에게 전화를 걸었다. 신호음이 길게 울리는 동안에도 손가락이 가만히 있지 못하고 허공을 휘저었다.

  "여보세요?"

  C의 목소리가 들리자마자 나는 숨을 내쉬며 말했다.

  "야, 뭐해? 나 지금 나가야겠어."

  "뭐? 갑자기?"

  "저번에 말했던 술집. 거기 가자. 지금 당장."

  C는 잠시 말을 잇지 못하더니,

  "…. 너, 괜찮은 거 맞지?"

  나는 웃음을 터뜨렸다.

"괜찮지! 아니, 오늘은 정말 기분이 좋아. 뭔가 대단한 일이 일어날 것 같은 기분이야. 빨리 와. 같이 가자."

"또 시작이군."

C는 조용히 속삭였다.

전화가 끊기자마자 나는 옷을 대충 걸쳐 입었다. 거울을 스쳐 보니 얼굴이 평소보다 붉어져 있었다. 눈빛도 어딘가 반짝거렸다.

"오늘은 뭔가 달라. 분명 뭔가 있을 거야."

길로 나서자 밤공기가 얼굴을 스쳤다. 하지만 차가운 공기도 오늘은 시원하게 느껴졌다. 어둠 속의 네온사인, 거리를 오가는 사람들, 모든 것이 활기차 보였다.

"C랑 K네 술집에 가면, 뭔가 특별한 일이 생길지도 몰라."

머릿속은 계획으로 가득 찼다. 오늘은 그냥 술만 마시고 끝내는 게 아니야. 이야기하고, 웃고, 뭔가 의미 있는 걸 찾아야 해. 그게 뭐든 간에. 빠른 걸음으로 길을 걸으며 나는 주머니 속 휴대폰을 만지작거렸다. 오늘은 다를 거야. 이 감정의 고조가 꺼지기 전에, 무언가를 해야만 했다. 그리고 멀리서 C의 익숙한 모습이 보였다.

"왔어? 가자!"

나는 웃으며 손을 흔들었다. K의 술집 문을 열자 익숙한 나무 향과 은은한 조명이 다시금 나를 맞이했다. 두 번째 방문이라 그런지 조금은 덜 낯설었지만, 여전히 어색한 기분이 들었다. 조용한 음악이 흐르는 공간. C는 시끄럽게 수군대며 가게의 분위기를 칭찬했다. 바 테이블 뒤에서 잔을 닦고 있던 K가 고개를 들고 나를 바라봤다.

"어? 너… 또 왔네?"

K의 눈빛이 내 옆에 선 C를 발견하는 순간 놀란 듯 커졌다.

"근데… 너 혼자 온 거 아니었어? 이런 친구도 있었구나?"

나는 머쓱하게 웃으며 말했다.

"아… 네. 친구예요. C라고 합니다."

C는 특유의 편안한 미소를 지으며 고개를 숙였다.

"안녕하세요. 얘가 여기 괜찮다고 해서 궁금했어요."

K는 여전히 놀란 표정으로 우리를 번갈아 보았다.

"그래? 네가 이렇게 활발한 친구를 데려올 줄은 몰랐네. 왠지 낯설다."

나는 괜히 옷자락을 만지작거렸다.

"뭐, 그렇게까지 놀라실 일인가요."

K는 피식 웃으며 바 자리를 가리켰다.

"그래, 일단 앉아. 두 번째 오는 날이 좀 특별하긴 하지."

우리는 바 테이블에 나란히 앉았다. 어색한 정적이 잠시 흘렀다. C는 주위를 두리번거렸고, 나는 잔을 만지작거렸다. K는 술병과 잔을 꺼내며 입을 열었다.

"그래, 오늘은 내가 한 잔 줄 테니까 편하게 있어."

"아, 감사합니다."

나는 존댓말을 잊지 않으려 애쓰며 말했다. 술잔이 채워졌지만 대화는 쉽게 이어지지 않았다. C가 먼저 어색함을 깨려는 듯 말했다.

"가게 분위기 좋네요. 조용하고."

K는 담담하게 웃으며 대답했다.

"여기 오는 손님들이 대부분 조용하지. 시끄러운 사람들은 금방 나가더라고."

C는 장난스러운 미소로 나를 바라봤다.

"그래서 얘가 여길 좋아하는구나. 딱이네."

나는 멋쩍게 웃으며 고개를 돌렸다.

"그렇진 않아. 그냥… 조용한 게 좋아서."

C의 농담에도 나는 쉽게 웃을 수가 없었다. 아직 이 분위기에 익숙하지 않았다. K도 우리를 유심히 바라보았.

"둘이 얼마나 된 친구야?"

K의 질문에 C가 먼저 대답했다.

"고등학교 때 처음 만났어요. 입학식 날."

"아, 중학교 때부터는 아니고?"

K가 놀란 듯 말했다.

"왠지 너는 오랫동안 알고 지낸 친구들하고만 어울릴 것 같아서."

나는 짧게 웃었다.

"저도 그렇게 생각했는데, 고등학교 때 얘랑은 좀… 자연스럽게 친해졌어요."

C가 웃으며 장난스럽게 말을 받았다.

"사실 얘가 저랑 친해져 준 거죠. 좀 무뚝뚝하거든요."

K는 고개를 끄덕이며 잔을 닦았다.

"그래도 보기 좋네. 이렇게 다르게 생긴 사람들이 같이 있는 거 보면."

잠시 어색했던 분위기는 술잔이 몇 번 오가자 조금씩 부드러워졌다. C는 내가 고등학교 시절 얼마나 조용했는지 이야기했고, 나는 K의 묵직한 웃음소리에 어깨가 조금 내려갔다.

"얘, 고등학교 때도 늘 책만 읽고 있었어요. 운동장 근처에도 안 가고."

K가 놀란 듯 나를 바라봤다.

"그랬어? 그럼 여기 오는 것도 꽤 큰일이네."

나는 멋쩍게 고개를 끄덕였다.

"가끔은… 바람 좀 쐬고 싶을 때가 있어서요."

그러자 C가 잔을 들어 올리며 말했다.

"그래서 오늘은 바람 좀 쐬려고 왔죠. 그리고 얘가 여길 그렇게 칭찬하길래 궁금하기도 했고."

K는 잔을 채우며 말했다.

"칭찬이라. 별거 없는 데 말이지."

술잔이 다시 부딪히는 소리가 울렸다.

"자, 건배."

"건배요."

잔을 기울이며 나는 문득 생각했다. 이런 기분, 꽤 오랜만이네. 아직 완전히 편하진 않았지만, 무언가 서서히 풀려가는 느낌.

C와 나는 고등학교 때 있었던 에피소드를 이야기했고, K는 자신의

젊은 시절 이야기를 들려 줬다. K는 내가 이렇게 쾌활한 친구와 함께 술자리를 즐기고 있는 모습이 여전히 신기한 듯 웃었다.

"너, 오늘 표정이 좀 다르다? 지난번에 혼자 왔을 땐 꽤 무거운 얼굴이었는데."

나는 술잔을 내려놓으며 웃었다.

"그런가요? 오늘은… 조금 괜찮네요."

"괜찮은 날이 더 많아지면 좋지."

조금씩 어색했던 대화가 부드러워졌고, 우리는 서로의 이야기를 자연스럽게 이어 갔다. 불필요한 설명 없이도, 굳이 의미를 찾지 않아도 괜찮은 시간이었다. 나는 잔을 들며 속으로 중얼거렸다. 이렇게 웃고 떠드는 것도 나쁘지 않네. 오늘 밤만큼은, 모든 게 조금은 괜찮았다. 그렇게 우리는 서로의 이야기에 귀 기울이며, 술잔을 기울였다.

술집을 나서자 차가운 밤공기가 얼굴을 스쳤다. 취기가 조금 가셨을 법도 한데, 몸은 여전히 무거웠다. C가 내 옆에서 천천히 걸으며 말했다.

"야, 괜찮아? 좀 취한 거 같은데."

나는 어설프게 웃었다.

"괜찮아. 걷다 보면 다 깰 거야."

하지만 한 걸음, 한 걸음 내디딜수록 몸과 마음이 점점 더 가라앉는 느낌이 들었다. 분명 술집 안에서는 웃고 떠들며 즐거웠는데, 그 밝았던 감정들이 하나둘씩 꺼져 가고 있었다. 마치 누군가 내 안의 스위치를 천천히 내리고 있는 것처럼.

C는 여전히 밝은 목소리로 이런저런 이야기를 꺼냈지만, 나는 대답을 제대로 하지 않았다.

"야, 오늘 K 형님 좀 재밌지 않았어? 생각보다 잘 맞더라."

"응."

짧은 대답. 목소리엔 힘이 없었다. 내 안에서 무언가 무너져 내리고 있었다. C가 내 표정을 힐끗 살폈다.

"너 왜 그래? 갑자기 말 없네."

나는 고개를 숙인 채 걸음을 멈췄다. 가로등 불빛이 길게 늘어져 도로 위를 비추고 있었다. 빛은 멀게만 느껴졌고, 그 아래에 서 있는 내 그림자는 너무 길어 보였다.

"아니야. 그냥 좀 피곤해서."

거짓말이었다. 피곤한 게 아니었다.

시끄러워, 머릿속이.

조금 전까지 즐거웠던 기억들이 무채색으로 변해 갔다. K의 웃음소리, C와의 대화, 술잔이 부딪히던 소리. 모두 다 희미하게 멀어졌다. 텅 빈 기분. 아무 이유 없이 허공에 붕 떠 있는 듯한 기분이 다시 찾아왔다.

"야, 너 진짜 괜찮아? 얼굴이 하얘졌어."

C가 다가와 내 어깨를 붙잡았다. 나는 억지로 웃으며 고개를 저었다.

"괜찮아. 집에 가서 자면 괜찮아질 거야."

하지만 스스로도 알았다. 괜찮지 않을 거라는 걸. 집으로 향하는 길은 점점 더 멀게만 느껴졌다. 평소라면 짧게만 느껴졌을 거리인데, 오늘따라 끝이 보이지 않았다.

"오늘 즐거웠잖아."

C의 말이 들렸지만, 마음은 아무런 반응도 하지 않았다. 그래, 즐거웠지. 그런데 왜 이러는 걸까? 나는 나 자신에게 끝없이 묻고 있었다. 그때, 문득 멈춰 섰다. 주머니에서 담배를 꺼내 불을 붙였다. 연기가 하늘로 퍼졌다. 이 연기처럼 나도 사라질 수 있다면 얼마나 좋을까. C는 그런 나를 걱정스러운 눈빛으로 바라봤다.

"야, 오늘 따라 표정이 좀 심각하네. 그냥 나랑 좀 더 걷자."

나는 힘없이 고개를 저었다.

"아냐. 나 이제 들어갈래. 내일 연락할게."

C는 한숨을 내쉬며 고개를 끄덕였다.

"…. 알았어. 내일은 뭐 해?"

"본가 가려고. 부모님이 밥 먹자고 하셔서."

"그래. 무슨 일 있으면 연락하고."

나는 아무 대답도 하지 않고 고개만 끄덕였다. 집에 도착했을 때, 현관문 앞에서 한참을 멈춰 서 있었다. 문을 열어도, 그 안에는 아무도 없었다. 그리고, 아무것도 없었다. 다시 시작됐다. 마음속 깊은 곳에서 무언가가 무겁게 내려앉았다. 방 안은 고요했다. 나는 그대로 침대에 몸을 던졌다. 다시, 공허함이 나를 삼켜 가고 있었다.

다음 날 아침, 눈을 뜨자마자 머리가 깨질 듯이 아팠다. 술이 덜 깬 건지, 어젯밤 내내 내리누르던 공허함 때문인지 알 수 없었다. 커튼 사이로 스며드는 빛이 유난히 눈부셨다. 오늘은 본가에 가야 하지. 어쩌면 피하고 싶은 자리였지만, 더 이상 미룰 수 없었다. 오랜만에 부모님을 뵙는다는 생각에 마음이 복잡해졌다.

전철 안, 창밖으로 스쳐 지나가는 풍경들을 멍하니 바라봤다. 도심의 빽빽한 건물들, 횡단보도 앞에 멈춰 선 사람들, 그리고 어디론가 바쁘게 향하는 차량들. 모두가 자신만의 일상을 살아가고 있었다. 나도 언젠가는 다시 그렇게 살 수 있을까? 알 수 없는 질문만 머릿속을 맴돌았다.

본가 앞에 도착했을 때, 나는 한참 동안 현관문 앞에 서 있었다. 손잡이를 잡은 채 망설였다.

별일 아닌 척하면 돼. 언제나처럼. 문을 열자 익숙한 냄새가 코끝을 스쳤다. 주방에서 밥 짓는 소리와 함께 어머니의 목소리가 들려왔다.

"왔니? 어휴, 얼굴 좀 봐라. 살이 더 빠진 것 같구나."

나는 억지로 웃었다.

"아니에요. 그냥 요즘 좀 바빠서 그래요."

어머니는 믿지 않는 표정으로 내 얼굴을 살폈지만 더 묻지는 않았다. 거실에서는 아버지가 TV를 보고 계셨다.

"왔냐."

낮고 짧은 인사. 나는 고개를 숙이며 대답했다.

"네."

식탁 위에는 따뜻한 국과 몇 가지 반찬이 차려져 있었다. 어머니가 국을 내 앞에 놓으며 말했다.

"이거 네가 좋아하는 된장국이야. 요즘 제대로 못 챙겨 먹었을 거 같아서."

"아, 네… 감사합니다."

나는 숟가락을 들었지만 국 한 모금이 목으로 넘어가는 감각이 낯설었다. 따뜻한 맛이어야 하는데, 속은 여전히 차가웠다. 한동안 말없이 밥을 먹다 어머니가 조심스럽게 물었다.

"요즘은 어떻게 지내니? 괜찮아 보여서 다행이다."

나는 숟가락을 내려놓았다.

"…. 괜찮은 척하는 거예요."

순간, 식탁 위에 정적이 내려앉았다. 어머니와 아버지의 시선이 동시에 내게 향했다. 나는 천천히 말을 이었다.

"사실 요즘… 감정이 너무 요동쳐요. 하루는 괜찮다가도, 다음 날은 아무것도 할 수 없을 만큼 무기력해지고."

"병원은 다니고 있는 거지?"

나는 작게 웃었다.

"가긴 가요. 그런데… 솔직히 뭘 위해 다니는 건지 잘 모르겠어요."

아버지가 그제야 입을 열었다.

"모를 때는 그냥 견뎌. 다들 그렇게 살아."

나는 아버지의 말에 잠시 시선을 내렸다가, 고개를 들어 천천히 대답했다.
"…. 다들 그렇게 살아간다는 게, 오히려 더 힘들어요."
"왜?"
"다른 사람들은 다 잘 살아가는데, 나만 이렇게 멈춰 있는 것 같아서요."
어머니는 잠시 고민하다 내 손등을 살짝 덮었다.
"살다 보면 멈춰야 할 때도 있어. 다들 앞만 보고 달리는 것 같지만, 사실은 다 멈춰 선 적이 있거든."
나는 아무 대답도 하지 않았다. 어머니의 말이 틀리지 않다는 걸 알면서도, 마음 한구석에서는 나만 예외일 것 같다는 생각이 자꾸만 고개를 들었다.
"요즘은 뭘 하면서 시간을 보내니?"
어머니가 다시 물었다.
"책 읽어요."
"그래? 어떤 책?"
"…. 『상실의 시대』요. 무라카미 하루키 거요."
"그래, 책이라도 읽고 있으니 다행이다."
어머니는 안도한 듯한 표정을 지었지만, 나는 미묘한 감정으로 숟가락만 굴렸다. 책을 읽고 있는 건, 생각을 멈추고 싶어서인데. 식사가 끝날 무렵, 아버지가 다시 조용히 말했다.
"뭘 하고 싶은지 모르겠으면, 그냥 아무 생각 없이 하루를 살아도 된다."
나는 고개를 들었다.

"아무 생각 없이요?"

"그래. 무언가 거창하게 생각할 필요 없어. 그냥 오늘 하루는 밥 먹고, 잠자고, 그런 걸로도 충분할 때가 있는 법이다."

나는 숟가락을 내려놓고 식탁 위를 멍하니 바라봤다.

"그렇게 해도 될까요?"

"그럼. 남들이 어떻게 사는지는 중요하지 않아. 너는 네 방식대로 사는 거야."

어머니는 조용히 주방으로 향했고, 나는 식탁에 남아 텅 빈 그릇을 바라봤다.

내 방식대로 산다는 것. 그게 무얼 의미하는지 아직 잘 모르겠지만, 어쩌면 오늘은, 부모님과 이 식탁에 앉아 밥을 먹은 것만으로도 충분할지 모른다. 내일은 또 다를까? 답은 알 수 없었다.

오늘은 병원에 가는 날이다. 쉽사리 발이 떨어지지 않았지만 나는 별 수 없이 몸을 이끌고 병원으로 향했다.

병원 대기실은 늘 그렇듯 고요했다. 차분한 음악이 흐르고 있었지만, 그 소리는 오히려 마음을 더 무겁게 만드는 것 같았다. 나는 작은 테이블 위에 놓인 잡지를 건성으로 넘기다가 다시 무릎 위에 내려놓았다. 몇 번째 오는 건지 이제 세지도 못하겠다.

"최민준 씨 들어오세요."

간호사의 목소리에 무거운 몸을 일으켰다. 진료실 문을 열자, 익숙한 의사 선생님이 나를 맞았다. 깔끔한 흰 가운을 입고 연한 눈 화장을 하고, 늘 그렇듯 온화한 표정이었다.

"오랜만이네요. 잘 지내셨나요?"

나는 웃지도 않고 고개를 끄덕였다.

"그냥… 버티고 있었어요."

의사는 고개를 끄덕이며 메모지 위에 펜을 가져갔다.

"최근 며칠은 어땠나요?"

나는 한숨을 내쉬며 의자에 몸을 기댔다.

"별거 없었어요. 아니, 사실은 좀… 복잡했죠. 기분이 좋아졌다가, 갑자기 바닥까지 내려가고. 다시 괜찮은 줄 알았는데 또 무너지고."

손가락 끝이 떨렸다.

"이틀 전에는 친구랑 술 마시면서 정말 괜찮다고 생각했어요. 세상이 다 좋게 보였거든요. 그런데 집에 돌아오는 길에는… 그냥, 아무것도 느껴지지 않았어요. 전부 다 무의미하고."

의사는 고개를 끄덕이며 내 말을 조용히 들었다.

"조증과 울증이 반복되는 주기군요. 조울증에서는 흔한 증상입니다. 조증이 올 때는 모든 게 가능할 것처럼 느껴지지만, 곧 그만큼 깊은 낙하가 따라오죠."

나는 쓰게 웃었다.

"그게 문제예요. 조증 때는 세상이 다 내 것 같고, 뭔가 대단한 걸 해낼 것 같은 기분이 드는데… 울증이 오면 숨 쉬는 것도 힘들어요. 그냥 멈췄으면 좋겠다는 생각밖에 안 들어요."

"그럴 때는 어떻게 대처하나요?"

"대처라… 잘 모르겠어요. 술 마시고, 담배 피우고. 친구를 부르기도 하는데, 그것도 소용이 없더라고요. 결국 혼자 남으면 다시 무너져요."

나는 잠시 말을 멈추고, 진료실 창밖을 바라봤다. 창밖의 풍경은 평화로웠지만, 내 머릿속은 여전히 소란스러웠다.

"가끔은 이런 생각이 들어요. 이게 평생 이렇게 반복되는 건 아닐까? 언젠가 나아질 수는 있는 걸까? 아니면 그냥, 이렇게 버티기만 하다 끝나는 걸까…."

의사는 잠시 생각하더니 부드러운 목소리로 말했다.

"조울증은 기분의 파도가 높고 깊습니다. 중요한 건 그 파도에 휩쓸리지 않고 표면 위에 떠 있을 방법을 찾는 거예요. 완벽하게 제어할 수는 없지만, 파도에 익숙해질 수는 있죠."

나는 힘없이 웃었다.

"그 익숙해진다는 게 가능할까요? 너무 피곤한데."

"시간이 걸리겠죠. 하지만 가능한 일입니다."

의사는 모니터를 바라보며 내 상태에 대해 몇 가지 설명을 덧붙였다. 치료 계획, 약물 조정, 일상의 루틴. 모두 익숙한 이야기들이었다. 그러나 그 모든 말들이 나에게는 너무 멀게 느껴졌다.

"요즘 약은 잘 챙겨 먹고 있나요?"

나는 고개를 숙였다.

"솔직히, 끊었어요. 약을 먹으면 감정이 다 죽어 버려요. 기쁘지도 않고, 슬프지도 않고. 그냥 숨만 쉬는 기계 같아요. 살아 있다는 기분이 안 들어서요."

의사는 잠시 눈을 감았다가 다시 나를 바라봤다.

"약을 먹으면 감정이 무뎌질 수 있어요. 하지만 그건 감정을 없애기 위해서가 아니라, 감정의 급격한 파도를 줄이기 위한 거예요. 감정을 느끼는 건 중요하지만, 그것에 휩쓸리지 않는 건 더 중요하죠."

나는 손으로 머리를 감싸 쥐었다.

"그런데 선생님, 솔직히 말하면… 저는 감정이 있는 게 더 무서워요. 감정이 살아 있으면, 그 감정 때문에 망가질까 봐."

순간 진료실 안이 조용해졌다. 의사는 한참 동안 내 얼굴을 바라보다가 부드럽게 말했다.

"감정은 당신이 살아 있다는 증거입니다. 고통스럽지만, 동시에 가장 인간적인 부분이기도 해요. 감정을 부정하는 건 결국 자신을 부정하는 거예요. 괴롭겠지만, 그 감정을 이해하려는 노력이 필요합니다."

나는 고개를 푹 숙였다.

"…. 그게 제일 어렵네요."

진료실을 나서면서 나는 깊은 한숨을 내쉬었다. 결국 또 같은 말. 하지만 어쩌면 그 말들이 틀린 건 아닐지도 모른다. 밖으로 나오자 차가운 공기가 얼굴을 스쳤다. 모든 게 여전히 복잡했고, 답은 없었다.

창밖으로 노을이 서서히 내려앉았다. 주황빛이 커튼 사이로 스며들어 방 안을 은은하게 물들였다. 가만히 누워 있던 나는 천천히 몸을 일으켰다. 창문을 열자 서늘한 바람이 얼굴을 스쳤다. 아직은 겨울 끝자락의 차가움이 남아 있었지만, 어쩐지 그 차가움마저도 마음을 편안하게 해 주는 것 같았다.

턴테이블에 클래식 음반을 올리고 바늘을 내리자, 고요한 방 안에 부드러운 피아노 선율이 흘러나오기 시작했다. 쇼팽의 녹턴이었다. 건반 위를 스치는 듯한 음표들이 방 안 구석구석을 적셨다. 나는 책상 위에 놓인 책을 집어 들었다. 아직 덮지 못한 책. 손끝에 닿는 종이의 질감이 오늘따라 더 따뜻하게 느껴졌다. 책장을 넘기며 숨을 고르자 피아노의 음이 한층 깊어졌다. 천천히, 아주 느리게. 마치 이 순간이 영원할 것 같은 착각이 들었다. 텅 빈 공기 속에 음악과 글자가 떠다닌다. 단어 하나, 문장 하나가 마음에 잔잔하게 내려앉았다. 어떤 문장은 깊은 우울을 담고 있었고, 어떤 문장은 이유 없는 설렘을 불러일으켰다. 나는 책을 읽다 문득 손을 멈추었다.

바깥을 바라보았다. 해는 완전히 저물었고, 도시의 불빛들이 하나둘씩 켜지기 시작했다. 창밖에는 아무도 없었다. 하지만 그 고요함이 좋았다. 다시 책으로 시선을 돌렸다. 가끔 책 속의 문장과 피아노 선율이 겹쳐질 때면, 마치 내가 어디에도 속하지 않은 사람인 것 같은 기분이 들었다. 어디에도 있지 않지만, 동시에 모든 곳에 있는 듯한 기분. 손끝이 책장을 따라가며 페이지를 넘겼다. 서로 연결되지 않은 이야기들이 머릿속을 천천히 메워 갔다.

감정은 여전히 흐릿했다. 그러나 오늘만큼은 그 흐릿함마저도 낭만처럼 느껴졌다. 음악이 끝나자 방 안은 다시 고요해졌다. 나는 책을 덮고 두 손으로 얼굴을 감쌌다. 이 조용한 밤에, 이렇게 책을 읽고 음악을 듣는 것. 그것만으로도 충분할지 모른다. 잠시 후, 나는 다시 바늘을 내리고 음악을 틀었다. 어둠 속에서 흘러나오는 피아노 선율. 그 위에 잔잔히 쌓이는 글자들.

그리고 아무 말 없이, 나는 다시 책장을 넘겼다. 어쩌면 지금 이 순간이야말로, 내가 가장 나다운 모습인지도 몰랐다.

나는 잠시 침대에 누워 중학교 때를 떠올렸다. 중학교 3학년이 되던 해, 나는 전교 10등에 올랐다. 담임 선생님이 성적표를 나눠줄 때, 나의 이름 옆에 적힌 숫자 '10'을 보고 잠시 멍해졌다. 드디어 해냈다. 주위에서는 축하의 말이 쏟아졌다.

"야, 대박이다. 너 진짜 공부 잘하네!"

"이제 전교권이네. 부럽다."

나는 겉으로 웃으며 고개를 끄덕였다.

"그냥 운이 좋았어."

하지만 내 마음은 이상하게 무거웠다. 집으로 돌아오는 길, 발걸음이 유난히 느려졌다. 이제 이 자리를 유지해야 해. 다음 시험에서도 떨어지면 안 돼. 그저 결과를 보고 기뻐할 줄 알았다. 하지만 그 순간부터 머릿속을 채운 건 불안이었다. 다음 시험, 그다음 시험… 언제까지 이 성적을 유지할 수 있을까? 밤늦게까지 책상 앞에 앉아 문제집을 펼쳤다. 책장은 무겁게 넘어갔고, 머릿속은 멍해졌다. 시계는 새벽 두 시를 가리키고 있었지만, 나는 펜을 놓지 못했다. 다음에 떨어지면, 다 무너질 거야. 이번 성적은 그냥 운이었을 뿐이야. 진짜 잘하는 애들은 나보다 훨씬 더 열심히 하잖아. 나는 다시 문제를 풀기 시작했다. 손끝이 차가워졌다. 눈은 따갑고, 머릿속에서는 웅웅거리는 소리가 끊이지 않았다.

시험 당일, 성적표가 공개되던 날. 내 이름 옆의 숫자는 11이었다. 단 한 자리 차이. 친구들은 여전히 놀라워했지만, 나는 아무 말도 할 수 없었다. 한 등급 떨어졌다는 사실이 나를 무너뜨리고 있었다. 나는 결국 다시 밑으로 내려갈 사람이었나? 그날 밤, 아무도 없는 방 안에서 조용히 책상에 앉아 있었다. 책상 위에 성적표가 놓여 있었고, 창밖에서는 봄비가 내리고 있었다. 비 내리는 소리가 이렇게 공허하게 들릴 수 있다는 걸, 그때 처음 알았다. 나는 불을 끄고 어둠 속에 몸을 맡겼다. 그리고 천천히 눈을 감았다. 언제부터였을까. 내가 이렇게 스스로를 옥죄기 시작한 게. 하지만 그때는 몰랐다. 그 모든 것이 조용히, 그러나 깊숙이 나를 잠식해 가고 있다는 것을.

시험이 끝난 다음주, 친구들을 만난 기억이 갑자기 떠올랐다. 나는 그때의 추억으로 빨려들어 갔다.

햇살 좋은 토요일이었다. 공기가 적당히 따뜻했고, 바람도 부드러웠다. 친구들과 약속이 잡혀 있었고, 오랜만에 거리로 나섰다. 카페 안은 온통 밝은 색이었다. 부드러운 조명이 내려앉았고, 창밖에는 사람들의 웃음소리가 들려왔다. 커피잔 위로 하얀 김이 피어올랐다. 모든 것이 완벽한 오후였다. J가 장난스럽게 말했다.

"야, 너 오늘 표정 좋은데? 뭐 좋은 일 있어?"

나는 웃었다.

"그냥, 날씨가 좋아서?"

너무 가벼운 대답이었지만, 그게 지금의 기분과 가장 가까운 말이었다. 정말 좋았다. 오랜만에 웃음이 나왔고, 농담도 잘 받아쳤다. 목소리는 가볍고, 대화는 물 흐르듯 흘러갔다. 그런데 이상하게도, 어딘가에서 얇은 실이 당겨지는 기분이었다. 눈에 보이지 않지만, 느껴지는 무언가. 약속이 끝나고, 길을 걷다가 문득 멈춰 섰다. 노을이 번진 하늘이 유난히 아름다웠다. 붉고, 낭만적이고, 조금은 쓸쓸한 색.

오늘은 좋았는데….

그런데 왜 마음이 이렇게 이상하지?

명확하지 않은 감정이 어딘가에서 피어올랐다. 가슴이 살짝 저릿했다. 하지만 왜 그런지 설명할 수 없었다. 행복한 하루였다. 오랜만에 웃었고, 편안했고, 따뜻했다. 그런데도, 마음 한구석이 이상하게 가벼웠다. 손에 잡히지 않는 먼지처럼. 너무 좋은 날들이 계속될 때, 나는 이유 없이 불안해졌다. 그게 무슨 의미인지는 알지 못한 채. 집에 돌아와 침대에 몸을 던졌다. 눈을 감고 가만히 누워 있었다. 귀에는 여전히 친구들의 웃음소리가 맴돌았다. 웃고 있는 내 모습이 떠올랐다. 그런데 그 표정이 낯설었다.

나는 여전히 미소를 짓고 있는 걸까?

아니면, 그 순간만 그랬던 걸까?

무엇이든 오래 지속되지 않는다는 걸, 그때부터 알았던 걸지도 모른다. 그렇지만, 그 당시 나는 그걸 깊이 들여다볼 용기가 없었다.

"잠이나 자자."

2장

운명의 언어

공기는 묘하게 차가웠다. 햇살이 따뜻하게 내리쬐었지만, 마음속은 여전히 무기력했다. 나는 아무런 목적지도 없이 길을 걷고 있었다. 익숙한 거리, 익숙한 공기. 하지만 어디에도 마음을 둘 곳이 없었다. 가끔 이렇게 걷다 보면 생각이 멈추는 순간이 찾아오곤 했다. 아무런 이유 없이 발걸음을 옮기고, 마주치는 풍경들을 흘려보내는 시간. 어쩌면 그런 공허한 시간이 필요했는지도 모른다. 그러던 그때, 골목 어귀에서 누군가와 마주쳤다. 햇살을 등지고 서 있는 한 사람. 검은 긴 머리가 어깨 아래로 곱게 내려앉아 있었고, 가벼운 미소를 머금은 얼굴은 어딘가 낯설면서도 익숙했다. 마치, 처음 보는 사람인데도 예전부터 알고 있었던 사람 같은. 나는 본능적으로 걸음을 멈췄다. 그녀도 잠시 멈추더니, 나를 힐끗 바라보고는 고개를 숙였다. 말 한마디 없이 스쳐 지나가는 순간, 희미한 향기 같은 것이 마음속에 남았다.

다음 날, 또다시 같은 길. 나는 어제와 같은 시간에 다시 그 거리를 걷고 있었다. 특별한 이유가 있었던 것은 아니었다. 그저… 어제 스쳐 간 그 얼굴이 조금 신경 쓰였을 뿐. 그리고 정말로, 그녀는 또 거기에 있었다. 이번에는 어제보다 조금 가까운 거리에서 마주쳤다.

그녀 역시 놀란 듯 잠시 멈췄지만, 이내 가볍게 웃으며 지나쳤다. 그 순간, 가슴 한편이 이상하게 간질거렸다.

다음 날, 햇살이 길가를 따라 부드럽게 내려앉은 오전이었다. 나는 평소처럼 무심히 거리를 걷고 있었다. 한참을 걷다가 근처 공원 벤치에 앉아 숨을 고르고 있을 때였다. 저편에서 누군가가 서점 봉투를 들고 오는 모습이 보였다.

어?

낯익은 실루엣.

긴 머리를 묶은 모습, 단정한 셔츠와 청바지. 분명 어제 골목 어귀에서 마주쳤던 그 여자였다. 나는 무심한 척 고개를 숙였지만, 그녀는 지나가던 길에 갑자기 멈춰 서더니 벤치 근처에 놓인 작은 자판기 앞에 다가갔다.

"으음, 뭐 마시지…."

그녀가 작게 중얼거렸다. 나는 시선을 돌리려다 무심코 입을 열었다.

"이 날씨엔 핫초코가 괜찮을지도 몰라요."

내가 왜 그런 말을 했는지 모른다. 순간 당황스러워 고개를 푹 숙였다. 그녀가 놀란 듯 나를 바라보았다.

"어? 아… 어제도 마주쳤던 분이죠?"

나는 어색하게 웃으며 고개를 끄덕였다.

"네, 맞아요. 또 보네요."

그녀는 자판기에 돈을 넣으며 웃었다.

"그러게요. 자꾸 마주치네요. 여기 자주 오세요?"

"아뇨, 그냥… 걷다 보니 여기까지 왔어요."

"저도요. 집에만 있으면 답답해서."

그녀는 음료를 꺼내 들더니 내 쪽을 향해 미소를 지었다.

"통성명이라도 할까요? 저는 하루카예요."

"…. 하루카요?"

그 이름이 낯설게 울렸다. 나는 잠시 머뭇거리다가 물었다.

"혹시… 일본인이세요?"

하루카는 고개를 끄덕이며 웃었다.

"맞아요. 고등학교 때 한국으로 왔어요. 벌써 꽤 됐죠."

"아… 그렇구나. 저는… 아무렇게나 불러 주세요."

나도 모르게 이상한 말이 튀어나왔다.

"푸훗, 알겠어요. '아무렇게나' 씨."

짧지만 자연스럽게 이어진 대화였다. 그러나 그보다 놀라웠던 건, 내가 이렇게 아무렇지 않게 누군가와 말을 트고 있다는 사실이었다. 하루카는 음료를 한 모금 마시더니 고개를 숙였다.

"그럼, 또 마주치겠죠?"

"그럴지도 모르겠네요."

서로 가벼운 웃음을 주고받고는 각자의 길로 향했다. 별거 아닌 대화였지만, 마음속에 묘한 여운이 남았다.

점심시간이 훌쩍 지나 있었지만, 나는 여전히 아무것도 먹지 않은 채 방 안에 앉아 있었다. 배가 고팠다기보다는 그냥, 무엇이라도 먹어야 할 것 같아서였다. 혼자 밥을 먹는 일. 별것 아닌 일인데도, 유독 오늘은 마음이 무겁게 가라앉았다. 밖으로 나가 볼까 싶어 조심스레 문을 열었다. 거리는 평소처럼 시끌벅적했고, 식당 안에는 오밀조밀 모인 사람들의 웃음소리가 가득했다. 나는 한참을 고민하다가, 비교적 조용해 보이는 작은 식당으로 발길을 돌렸다. 식당 안은 따뜻했다. 적당히 눅눅한 공기, 주방에서 나는 음식 냄새. 모든 것이 익숙했지만, 혼자인 내 자리만 어쩐지 떠 있는 듯한 기분이 들었다. 혼자 앉은 테이블 위로 메뉴판을 펼쳤다.

"뭐 드릴까요?"

직원이 물었지만, 딱히 떠오르는 건 없었다.

"그냥… 제일 빨리 나오는 걸로 주세요."

익숙한 대답이었다. 음식이 나올 때까지 나는 주변을 둘러보았다. 창가 자리에는 연인들이 웃으며 식사를 하고 있었고, 구석자리에서는 친구들이 떠들며 사진을 찍고 있었다. 그들 모두에게는 함께 나눌 이야기가 있었다. 그들과 달리 내 앞에는 아무것도 없었다. 스마트폰 화면을 켜도 특별히 볼만한 건 없었다.

괜히 나왔다.

그 생각이 불현듯 들었다. 음식이 나오자 나는 숟가락을 들었다. 따뜻한 국물이 목을 타고 내려갔다. 그러나 그 따뜻함이 속까지 닿지는 않았다. 그저 무언가를 삼키고 있다는 감각만 남았다. 창밖을 바라보았다. 사람들이 지나가고 있었다. 그들은 어디론가 향하고 있었고, 누군가와 함께 웃고 있었다. 나는 여전히 혼자였다. 언제부터였을까, 이렇게 혼자 밥을 먹는 게 익숙해진 게. 숟가락을 내려놓았다. 한참 동안 멍하니 음식이 식어 가는 모습을 바라봤다. 배가 고팠던 것도 아닌데, 괜히 음식을 시켰다는 생각이 들었다. 다 먹지도 못한 음식을 두고 자리에서 일어났다. 계산을 마치고 식당을 나서는 동안, 등 뒤로 다른 사람들의 웃음소리가 작게 멀어져 갔다. 거리로 나오자 차가운 바람이 얼굴을 스쳤다. 따뜻했던 식당 안과는 다르게 바깥 공기는 쓸쓸하게 느껴졌다. 나는 주머니에 손을 찔러 넣고 천천히 걷기 시작했다.

이렇게라도 시간을 보내야 오늘이 끝나겠지.

사람들 사이를 걷다 보니, 문득 어제 마주쳤던 그 얼굴이 떠올랐다. 하루카. 낯설지만 이상하게 신경이 쓰이던 이름. 아무 대화도 나누지 않았지만, 그녀가 지나가던 순간에 스친 그 느낌이 어쩐지 오늘따라 선명하게 떠올랐다. 하지만 곧 다시 고개를 숙였다. 그저 또 하루가 지나갈 뿐이었다. 아무 일도 일어나지 않을, 평범하고 쓸쓸한 하루였다. 그렇게 거리를 걷는 동안, 하늘은 서서히 어둠으로 물들어 갔다.

그리고 다음 날, 내 안의 감정이 다시 요동치기 시작했다.

이번엔, 조금 다르게. 너무 빠르고, 너무 강하게. 그리고 다시, 나는 밖으로 나왔다.

그때였다.

"어?"

낯익은 목소리. 고개를 돌리자, 하루카가 보였다. 오늘은 후드티에 슬랙스를 입고, 손에는 작은 쇼핑백을 들고 있었다. 집으로 돌아가는 길인 듯했다.

"…. 하루카 씨?"

나는 놀란 얼굴로 그녀를 바라봤다.

"와, 또 만나네요."

하루카는 놀란 듯 웃으며 말했다.

"그러게요. 진짜 신기하네요."

나는 흥분된 마음을 억누르며 그녀 곁으로 다가갔다.

"혹시… 조금 같이 걸을래요?"

순간적으로 나온 말이었다. 하지만 하루카는 잠시 망설이다 고개를 끄덕였다.

"그래요. 어차피 집 가는 길이에요."

우리는 나란히 걷기 시작했다. 평소 같으면 어색했을 거리도 오늘만큼은 가볍게 느껴졌다. 조명이 깔린 도로 위를 따라 걷는 동안, 나는 빠르게 이어지는 생각들을 주체할 수 없었다.

"오늘 기분이 좋아 보여요."

하루카가 웃으며 말했다. 나는 웃음을 참지 못하고 말했다.

"그렇죠? 그냥… 기분이 좋아요. 모든 게 다 괜찮을 것 같은 날 있잖아요."

하루카는 나를 잠시 바라보더니 고개를 끄덕였다.

"그런 날 있죠. 이유 없이 기분이 좋은 날."

하지만 내 안에서는 기분 좋은 느낌 이상이 소용돌이치고 있었다. 세상이 너무 빠르게 돌아가는 듯한 감각. 지금 당장이라도 무언가 엄청난 일을 할 수 있을 것 같은 확신. 잠시 후, 하루카의 집 근처에 도착했다. 그녀가 멈춰 서며 말했다.

"여기까지 같이 걸어 주셔서 감사해요. 그나저나 신기하네요, 이렇게 또 만나고."

나는 숨을 고르며 그녀를 바라봤다. 아직도 흥분이 가라앉지 않았다.

"…. 내일도, 마주칠까요?"

자연스럽게 튀어나온 질문이었다. 하루카는 잠시 생각하더니 웃으며 대답했다.

"글쎄요. 우연히 마주치면 더 재미있을 것 같은데요?"

그녀의 대답에 나는 피식 웃었다.

"그럼, 내일 또 걸어 볼게요."

하루카는 마지막으로 가볍게 손을 흔들고 골목길 안으로 사라졌다. 나는 그녀의 뒷모습을 한참 바라보다, 다시 밤길을 걷기 시작했다. 모든 게 완벽해 보이는 밤. 이 기분이 얼마나 갈지는 모르지만, 오늘은 괜찮았다.

다음날 밤, 나는 또 증상이 시작되었다. 거리는 축축하게 젖어 있었다. 비가 내린 건 아니었지만, 공기 중에 습기가 가득 차 숨을 쉬는 것조차 버겁게 느껴졌다. 나는 마치 자신을 밀어내듯 발걸음을 옮겼다. 계속 걸으면 마음이 가벼워질 줄 알았지만, 무거운 생각들은 점점 깊은 곳으로 가라앉았다. 문득, 머릿속을 스치는 생각. K의 술집. 아무 이유 없이 그곳으로 향했다. 술집 문을 열자, 묵직한 나무 향과 희미한 음악 소리가 맞이했다. 조명이 어둑하게 내려앉은 공간. K는 언제나처럼 바 테이블을 닦고 있었다. 내가 들어서자 고개를 들고는 짧게 웃었다.

"오늘도 왔네."

"걷다 보니 여기까지 왔어요."

내 목소리는 놀랄 만큼 담담했다. 나는 바 테이블 끝자리에 자리를 잡았다. K는 말없이 술잔을 꺼내더니 천천히 술을 따랐다. 그 움직임이 묘하게 느릿하고 무게감 있었다.

"혼자 마시는 건 오늘이 두 번째지?"

나는 잔을 돌리며 대답했다.

"그러네요. 이상하게 발길이 이쪽으로 향하네요."

K는 피식 웃었다.

"다 그런 거지. 누군가 말 걸어 주길 바라는 날도 있고."

나는 잔을 들어 한 모금 마셨다. 술은 뜨겁지도, 차갑지도 않았다. 그냥 목구멍을 타고 내려가는 감각이 필요했을 뿐이다.

"요즘은 어때?"

K가 물었다. 짧은 질문이었다. 나는 잔을 내려놓고 잠시 생각했다. 뭐라고 답할까.

"그냥 그래요. 좋을 때도 있고, 별거 아닌 것 같다가도 갑자기 다 무너지는 기분이 들기도 하고."

K는 내 대답을 듣고 담배를 꺼내 불을 붙였다. 연기가 천천히 허공으로 피어올랐다.

"그래, 다들 그러더라."

의미심장한 대답이었다. 그의 말투에는 어쩐지 이미 알고 있다는 듯한 기색이 담겨 있었다.

혹시 눈치챈 걸까?

나는 술잔을 바라보며 입술을 굳게 다물었다.

짧은 침묵이 흐른 후, K가 담배를 털며 말을 꺼냈다.

"요즘은 무슨 생각하면서 그렇게 거리를 돌아다니는 거야?"

나는 어색하게 웃었다.

"그냥… 바람 쐬는 거죠. 생각 정리도 할 겸."

K는 고개를 끄덕이며 천천히 잔을 닦았다.

"그러다 누군가라도 만났나 싶었지. 요즘 같은 날씨엔 다들 괜히 산책을 하더라."

나는 잠시 망설이다가 자연스럽게 하루카의 이름을 꺼냈다.

"그리고 보니… 산책하다가 하루카라는 사람을 만났어요."

그 순간, K의 손이 잠깐 멈췄다. 잔을 닦던 동작이 멈추더니, 고개를 살짝 들어 나를 바라봤다.

"하루카?"

나는 고개를 끄덕였다.

"네, 일본인이더라고요. 혹시… 아세요?"

K는 피식 웃으며 잔을 내려놓았다.

"알지. 내 가게 단골손님이거든. 예전에 가끔 혼자 와서 술 마시고 갔어."

나는 놀란 눈으로 K를 바라봤다. 하루카가 여기서 술을 마셨다고? 머릿속이 복잡하게 뒤엉켰다.

"그 애도 꽤나 사연이 깊은 친구야."

K는 다시 술잔을 닦으며 낮은 목소리로 말을 이어 갔다.

나는 무심한 척했지만 귀가 쫑긋 섰다.

"중학교 1학년 때 어머니가 돌아가셨대."

"…. 뭐라고요?"

"갑작스러운 일이라더군. 그때부터 애들이 괴롭히기 시작했대. '엄마도 없고 친구도 없는 애' 같은 말도 서슴지 않았다고 하더라."

말이 끝나자마자 술집 안이 낯선 정적에 휩싸였다. K의 목소리는 담담했지만, 그 속에 묻힌 무게감이 느껴졌다. 나는 순간 아무 말도 할 수 없었다. 머릿속에서 하루카의 얼굴이 떠올랐다. 조용히 웃던 그 미소. 그 뒤에 그런 상처가 숨어 있었다는 걸 전혀 몰랐다.

"그래서 결국 한국으로 왔대. 새로운 시작이라 생각했겠지."

K는 잔을 돌리며 말을 이었다.

"근데 여기서도 똑같았던 거야. 일본인이라는 이유 하나로 또 따돌림을 받았대. 친구도 없고, 아버지랑 둘이서만 버텼지."

나는 숨을 내쉬었다. 그럼에도 웃을 수 있었던 걸까?

"그러다 고등학교 2학년 때 먼 학교로 전학을 갔대. 그곳에서야 조금씩 친구들을 사귀면서 겨우 숨통이 트였다고 하더라."

K는 마지막으로 술잔을 들어 한 모금 마셨다.

"그때 하루카가 나한테 이런 말을 했어. '평범하게 살고 싶어요. 평범한 하루가 얼마나 어려운 건지 이제야 알겠어요.'"

나는 무거운 숨을 내쉬며 고개를 숙였다. 그녀의 목소리가, 그 말이 머릿속에서 자꾸 맴돌았다. 평범한 하루. 어쩌면 나에게도 가장 어려운 말이었다. K가 내 표정을 읽은 듯 웃으며 말했다.

"처음엔 불편하지? 남의 이야기를 듣는 게."

"…. 조금요."

"근데 묘하게 궁금해지지 않아?"

나는 아무 말 없이 술잔을 들어올렸다. 투명한 액체 너머로 K의 얼굴이 일그러져 보였다.

"…. 그렇네요. 알고 싶어졌어요."

나는 아무 말 없이 그것을 바라보다가, 천천히 입을 열었다. 내 안의 무거운 말들을 꺼내놓을 시간이 온 것 같았다.

"…. 저, 사실….”

목이 약간 메어왔다. 말끝을 고르던 나는 결국 작게 내뱉었다.

"조울증이에요.”

공기마저 멈춘 듯했다. 하지만 예상과 달리, K는 놀라지 않았다. 잔을 닦던 손을 멈춘 채, 마치 다 알고 있었다는 듯 조용히 고개를 끄덕였다.

"그래.”

짧지만 묵직한 대답. 나는 숨을 고르며 말을 이어갔다.

"조증이 오면 뭐든 할 수 있을 것 같아요. 모든 게 완벽해 보이고, 세상이 내 것 같은 기분이죠. 근데… 그게 끝나고 나면 아무것도 아닌 사람이 되어 버려요. 어떤 날은 숨 쉬는 것도 버겁고, 그냥 사라지고 싶다는 생각이 들어요.”

잔을 들어 입에 가져갔다. 하지만 술은 여전히 목에 걸리는 것처럼 무거웠다. K는 천천히 담배를 꺼내 불을 붙였다. 짧은 불꽃 소리. 연기가 천천히 허공으로 피어올랐다. 그리고 그는 술병을 기울이며 내 잔을 채워 주었다.

"이 술집에 오는 사람들 중에 말이야.”

그가 조용히 말을 시작했다.

"대부분은 무언가를 잃은 사람들이야. 어떤 사람은 사랑을, 어떤 사람은 가족을, 또 어떤 사람은 자기 자신을."

나는 고개를 살짝 들었다.

K의 눈빛은 술잔 위로 내리쬐는 조명처럼 은은하게 빛나고 있었다.

"하지만 신기하게도, 그 잃어버린 것들 덕분에 우리가 무엇을 진짜 가지고 있는지를 알게 되더라고."

나는 잠시 그의 말을 곱씹었다. K를 통해 들었던 하루카의 이야기. 그녀가 평범한 하루를 얼마나 간절히 바랐는지. 그리고 나 자신이 언제부터 평범함마저 두려워하게 되었는지.

"너도 마찬가지야."

K의 목소리가 다시 들려왔다.

"너는 너무 높이 올라갔다가 깊이 내려가 버리니까 그 중간에 있는 것들을 볼 수 없었던 거야."

K는 창밖을 가리켰다. 창 너머에는 밤하늘이 펼쳐져 있었다. 별빛 하나 없는 도심의 하늘. 그저 어둡고 텅 빈 공간처럼 보였다.

"밤하늘을 봐."

나는 그의 손끝을 따라 시선을 옮겼다.

"사람들은 별빛만을 바라보지. 근데 가끔은 그 어두운 부분이 훨씬 중요할 때가 있어."

K는 잠시 말을 멈추고 담배를 깊게 빨아들였다. 그리고 천천히 연기를 내뱉으며 말을 이었다.

"별이 빛날 수 있는 이유는 그 어둠 덕분이야. 빛나는 순간만 바라보다 보면, 정작 그 빛을 감싸고 있는 어둠이 얼마나 중요한지 놓치게 돼."

나는 멍하니 그의 말을 들었다. 잔잔한 음악 소리와 술집의 적막이 교차했다. 마음속 어딘가가 묘하게 간질거렸다.

"너는 너만의 밤하늘을 가지고 있는 거야. 그리고 그 안엔 별빛도 있지만, 어둠도 있지. 중요한 건, 그 어둠을 두려워하지 않는 거야."

나는 조용히 술잔을 들어 천천히 입에 가져갔다.

이번에는 술이 조금 더 부드럽게 목을 타고 내려갔다.

"그럼… 어떻게 하면 그 어둠을 두려워하지 않을 수 있을까요?"

나도 모르게 나온 질문이었다. K는 짧게 웃으며 말했다.

"별빛을 셀 때마다, 그 빛 뒤에 숨어 있는 어둠에도 감사하는 거야."

K는 마지막으로 술잔을 들고 나를 바라봤다.

"네가 조증이든 울증이든, 그 모든 건 너의 하늘 위에 떠 있는 별과 어둠 같은 거야. 완벽할 필요 없어. 그 모든 순간이 모여서 네가 되는 거니까."

술집 안은 여전히 고요했지만, 내 마음속에는 작은 파동이 일렁였다. 별과 어둠. 내 안의 빛과 그림자. 그 모든 것을 있는 그대로 받아들이라는 말. 나는 마지막 술잔을 기울이며, K의 말을 곱씹었다.

"K씨, 작가 하셔야 하는 거 아니에요?"

나는 붉어진 눈시울을 애써 숨기며 말했다.

"하하! 그 정도는 아니야."

술집 문 앞에서 잠시 멈춰 섰다. K는 여전히 카운터에 기대어 담배를 입에 문 채 나를 보고 있었다. 짙은 연기가 천천히 천장에 퍼지며 은은한 냄새를 남겼다.

"…. 오늘도 덕분에요."

나는 짧게 고개를 숙이며 말했다. 처음보다 많이 편해졌지만, 아직 K와의 대화는 어딘가 어색했다. K는 잠시 내 얼굴을 바라보다가 담배를 털어내며 웃었다.

"그래. 가는 거야?"

짧지만 낮게 깔린 목소리였다. 진지한 대화의 여운이 남은 듯한 말투.

"네. 오늘은 좀 일찍 가 볼게요."

나는 멋쩍게 웃으며 손을 살짝 흔들었다. 그러자 K가 천천히 몸을 일으켰다.

"뭐, 다음에 또 와. 술은 마시는 사람 마음을 좀 풀리게 해 주잖아. 가끔은 별 얘기 없이 술 한잔 마시러 오는 것도 나쁘지 않아."

그의 말투는 담담했지만, 어딘가 의미심장했다. 나는 고개를 끄덕였다.

"네…. 다음에요."

문을 열자 차가운 공기가 얼굴을 스쳤다. 뒤에서 K의 마지막 한마디가 들려왔다.

"그리고 다음에 올 땐 좀 더 기분 좋을 때 오라고. 술이 쓰기만 하면 재미없으니까."

나는 잠깐 멈춰 서서 문을 닫기 전, K를 다시 바라봤다.

그는 담배 연기 속에서 여전히 무표정한 얼굴로 손을 살짝 들어 올렸다.

"가."

짧은 한마디. 나는 다시 고개를 숙이고, 천천히 밤거리로 발걸음을 옮겼다. K의 마지막 말이, 왠지 모르게 마음속에 남았다.

어제의 대화가 머릿속을 떠나지 않았다. K의 술집에서 나눈 이야기, 그리고 집으로 돌아오는 길에 느꼈던 기묘한 감정들이 계속해서 마음을 어지럽혔다.

'집에만 있으면 더 복잡해질 것 같아.'

책이나 읽으며 시간을 보내고 싶었다. 머리를 식히기에도, 마음을 정리하기에도 조용한 곳이 필요했다. 그래서 며칠 전에 들렀던 작은 카페가 떠올랐다. 은은한 커피 향과 잔잔한 음악이 있는 그곳이라면, 잠시나마 머릿속을 비울 수 있을 것 같았다. 카페 문을 열자 고요한 공기가 나를 맞았다. 창가 쪽에 비어 있는 테이블이 눈에 들어왔다. 자연스럽게 자리를 잡고, 가방에서 『상실의 시대』를 꺼내 테이블 위에 올려 두었다.

잠시 책 표지를 바라보다가 커피를 한 모금 마셨다. 따뜻한 온기가 목을 타고 내려갔지만, 마음속 허전함은 채워지지 않았다. 책장을 넘기려던 그때, 카페 입구 쪽에서 문이 열리는 소리가 들렸다. 하루카였다. 그녀는 문을 열고 천천히 안으로 들어왔다. 카페 안을 둘러보던 하루카는 나와 시선이 마주치자 잠깐 놀란 듯 멈췄다. 그러더니 가볍게 고개를 숙이며 웃어 보였다.

"안녕하세요."

하루카가 멀찍이서 인사를 건넸다.

"아, 네. 또 뵙네요."

나는 담담하게 손을 들어 보였다. 하루카는 나와 조금 떨어진 테이블에 자리를 잡았다. 나는 다시 시선을 책으로 돌렸지만, 글자가 머릿속에 들어오지 않았다.

'또 이렇게 마주치다니.'

왠지 모르게 묘한 감정이 밀려왔다. 잠시 후, 카페 안은 다시 고요해졌다. 잔잔한 음악 소리와 커피를 내리는 소리만이 공간을 채웠다. 나는 천천히 페이지를 넘겼다. 그때였다.

"…. 혹시, 그거『상실의 시대』예요?"

고개를 들자, 하루카가 내 자리 근처에 서 있었다.

"네?"

나는 놀란 듯 책 표지를 내려다봤다.

"아, 맞네요. 무라카미 하루키."

하루카는 살짝 웃으며 내 앞자리를 가리켰다.

"여기… 앉아도 될까요? 그 책, 예전에 읽었던 적이 있어서요. 잠깐 이야기 나누고 싶어서."

나는 잠시 그녀를 바라봤다. 살짝 망설였지만, 곧 고개를 끄덕였다.

"그래요. 괜찮아요."

하루카는 환하게 웃으며 자리에 앉았다. 그녀의 향긋한 커피 냄새가 은은하게 풍겨 왔다.

"이 책, 꽤 무거운 이야기잖아요? 왜 읽고 계세요?"

"그냥요. 한 번 읽었지만… 다시 읽고 싶어서요. 기억이 잘 안 나기도 하고."

나는 담담하게 대답하며 책장을 넘겼다.

"흠, 다시 읽으면 느낌이 다를까요?"

하루카는 턱을 괴고 나를 바라봤다.

"글쎄요. 아직 잘 모르겠어요. 아직 끝까지 읽지 않았거든요."

하루카는 커피를 한 모금 마시며 창밖을 바라봤다.

"저는 이 책 읽을 때, 뭔가 외로운 느낌이 좋았어요. 혼자 있는 기분인데, 그래도 어디론가 끌려가는 이야기 같아서."

"혼자 있는 기분이 좋았다고요?"

나는 의아하다는 듯 물었다.

"응. 가끔은 그게 더 편할 때가 있잖아요. 아무도 신경 쓰지 않고, 아무도 나한테 묻지 않을 때."

나는 그녀의 말을 곱씹었다. 어쩐지, 그녀의 말 속에서 익숙한 공허함이 느껴졌다.

"그래요. 혼자 있는 게 편할 때가 있죠. …근데 결국 다시 누군가와 대화하게 되더라고요."

"그러게요."

하루카가 작게 웃었다.

"결국, 또 이렇게 이야기하고 있으니까요."

잠시 서로 웃었다. 어색하지만 싫지 않은 침묵이 흘렀다. 하루카는 자리에서 일어나며 말했다.

"그럼, 저는 이만 가 볼게요. 다 읽으면… 또 이야기해요."

하루카는 자리에서 일어날 듯하다가, 잠시 머뭇거렸다. 그리고는 다시 앉으며 장난스러운 표정을 지었다.

"근데요, 이렇게 이야기하다가 그냥 가 버리면 좀 아쉽지 않아요?"

나는 잠시 멈칫했지만, 곧 어색하게 웃으며 대답했다.

"아쉽긴 한데, 뭐… 원래 이런 만남은 그런 거 아닌가요? 잠깐 스쳐 가는 정도."

"음… 그렇긴 한데."

하루카는 턱을 괴고 나를 바라보며 살짝 고개를 기울였다.

"그럼 좀 더 이야기해요. 이왕 이렇게 만난 거니까."

나는 잠시 생각에 잠겼다. 하지만 어쩐지, 하루카와는 조금 더 이야기해도 괜찮을 것 같았다.

"뭐… 특별히 할 일이 있는 것도 아니고."

나는 커피잔을 들어 한 모금 마셨다.

"좋아요. 무슨 이야기 하고 싶어요?"

"음… 그럼, 책 이야기부터 해요."

하루카는 내 손에 들린 『상실의 시대』를 가리켰다.

"이 책에서 제일 기억에 남는 장면 있어요?"
나는 한동안 침묵했다. 페이지를 넘길 때마다 마음이 무겁던 문장들이 떠올랐다.
"딱 하나를 고르긴 어렵지만… 와타나베가 끊임없이 혼자라고 느끼는 부분이요. 누군가와 함께 있어도 결국 혼자라는 그 느낌."
"그거, 저도 좋아하는 부분이에요."
하루카의 눈빛이 반짝였다.
"저는 그 장면이… 어쩐지 위로가 되더라고요. 혼자인 게 나만 그런 게 아니라는 걸 알려 주는 느낌이어서."
"위로가 됐다고요?"
나는 의아한 듯 되물었다.
"응. 사람들이 다 똑같이 외롭구나, 하는 생각이 들었어요. 그게 오히려 편했어요."
나는 하루카의 말을 곱씹었다. 그녀의 밝은 겉모습 아래 숨어 있는 무언가가 느껴졌다.
"하루카 씨는… 혼자인 게 익숙해요?"
"익숙하죠."
하루카는 창밖을 바라보며 웃었다.
"혼자인 시간이 길었거든요. 근데… 이렇게 이야기하는 것도 나쁘지 않네요."

잠시 카페 안에 잔잔한 음악만이 흘렀다.

나는 책장을 덮고 하루카를 바라봤다.

"그럼, 다음엔… 다른 책 이야기도 해요. 아니면 그냥, 아무 이야기라도."

"정말요?"

하루카는 놀란 듯 눈을 크게 떴다.

"생각보다 쉽게 약속해 주네요?"

"그냥… 가끔은 대화가 필요할 때가 있으니까요."

나는 가볍게 웃으며 하루카를 향해 물었다.

"그런데, 하루카 씨."

"네?"

"혹시 K라는 사람 아세요? 작은 술집을 운영하는 분인데."

하루카는 잠시 놀란 듯 눈을 깜빡이다가 고개를 끄덕였다.

"아, 혹시… 그 조용한 골목 끝에 있는 가게요?"

"맞아요."

하루카의 얼굴에 금세 미소가 번졌다.

"거기 저 단골이에요. 가끔 혼자 술 마시러 가요."

"K 씨가 하루카 씨 이야기를 한 적이 있어서요."

"내 이야기를요?"

하루카는 살짝 고개를 기울이며 궁금하다는 표정을 지었다.

"뭐라고 했는데요?"

나는 잠시 고민했다. K와 나눈 대화가 떠올랐다. 하루카의 과거에 대한 이야기. 쉽게 꺼낼 수 없는 이야기들이 스쳐 지나갔다.

"그냥… 단골 중에 흥미로운 사람이 있다고 했어요. 혼자 와서 가끔 조용히 술 마시다 가는 사람이라고."

"흥미로운 사람이라…."

하루카는 작게 웃더니 시선을 창밖으로 돌렸다.

"그 사람답네요. K 씨는 언제나 사람들을 다르게 바라보는 것 같아요."

"맞아요. 뭔가… 그냥 술집 사장이 아닌 것 같은 느낌이랄까."

"그죠? 저도 그렇게 생각했어요."

하루카는 다시 내 쪽을 바라보며 말을 이었다.

"그 사람, 가끔 의미심장한 말을 던지잖아요. 그런데 이상하게 그 말들이 마음에 남아요."

나는 작게 웃으며 고개를 끄덕였다.

"정말 그래요. 말 한마디가 머릿속을 맴돌게 만드는 사람이죠."

잠시 대화가 멈추고, 카페 안에는 잔잔한 음악만이 흐르고 있었다. 하루카는 생각에 잠긴 듯 커피잔을 손끝으로 굴리다가 나를 향해 다시 말을 꺼냈다.

"그럼… 다음에 거기 같이 갈래요?"

"거기요?"

"응. K 씨 가게."

하루카는 장난스러운 표정을 지으며 웃었다.

"어차피 둘 다 가 본 곳이니까. 같이 가면 또 다른 이야기가 나올 수도 있잖아요."

나는 잠시 망설였다. 하루카와 또 만나도 괜찮을까. 하지만 이내 마음이 편해졌다.

"…. 좋아요. 같이 가요."

하루카의 눈빛이 반짝였다.

"그럼 약속이에요. 다음엔 K 씨도 같이 이야기할 수 있겠네요."

"그러게요. 어떤 이야기가 나올지 궁금하네요. 아, 저 이만 가 봐야 해요. 혹시 전화번호 받을 수 있을까요?"

"그럼요, 적어 드릴게요."

"심심할 때 연락해도 괜찮죠?"

하루카가 눈웃음을 지으며 말했다.

"네, 제가 먼저 연락할지도 몰라요."

"푸훗, 알겠어요. '아무렇게나' 씨라고 저장할게요."

하루카는 농담을 하며 내 번호를 저장했다. 하루카는 마지막으로 나를 바라보며 웃었다. 창밖으로 나서는 그녀의 뒷모습을 바라보며, 나는 다시 책을 펼쳤다. 그러나 여전히 글자는 머릿속에 들어오지 않았다.

다음에도 이렇게 자연스럽게 만날 수 있을까. 어쩌면 가장 자연스러운 만남은, 우연을 가장한 필연일지도 모른다.

"우연이라…."

혼잣말이 나왔다. 생각해보면, 하루카와의 만남은 처음부터 전부 우연이었다. 무기력한 하루를 달래기 위해 나선 산책길에서 마주친 것도, 다시 같은 길에서 마주친 것도. 그리고 오늘, 아무런 약속도 없이 들른 이 카페에서 또다시 마주친 것까지. 이 모든 게 정말 단순한 우연일까.

"우연이라는 건, 정말 우연일까."

내 손가락이 책 위를 천천히 문질렀다. 내가 좋아하던 책, 내가 자주 오던 카페. 하지만 아무도 몰랐던 나만의 공간이 하루카에게도 겹쳐 있다는 사실이 이상하게 마음을 두드렸다. 왜 하필 오늘, 왜 하필 이곳에서였을까. 커피는 이미 다 식어 있었다. 컵을 바라보며, 나도 모르게 작은 웃음이 새어 나왔다.

삶은 어쩌면 이렇게도 아무렇지 않게 흘러가다가, 별 의미 없을 것 같은 작은 지점에서 방향을 바꾸는지도 모른다. 그리고 그런 순간은 늘, 준비되지 않았을 때에야 찾아온다. 나는 천천히 책을 덮고 자리에서 일어섰다. 문을 열고 나가면서 마지막으로 카페 안을 한 번 더 돌아봤다. 텅 빈 자리에 하루카가 앉았던 흔적이 남아 있었다.

"다음에도… 우연히 마주칠 수 있을까?"

내 발걸음은 여전히 무겁지만, 마음 한구석이 묘하게 가벼웠다.

하루카와 나, 그리고 K.

어쩌면 이 우연이, 더 이상 우연이 아니게 될 날이 올지도 모른다는 생각이 문득 들었다. 바람이 부드럽게 얼굴을 스쳤다. 나는 담배를 꺼내 불을 붙였다. 하얀 연기가 허공으로 천천히 퍼져 나갔다.

우연이라는 건, 그렇게 아무렇지 않게 스쳐 지나가는 것일까. 아니면, 언젠가 반드시 마주쳐야만 하는 운명의 한 조각일까.

연기가 허공에 녹아들어 사라지는 것을 바라보다가, 나는 다시 천천히 발걸음을 옮겼다. 언제나처럼, 그러나 어쩐지 조금은 다른 기분으로.

집으로 돌아오자마자 불을 켜지도 않은 채 방 안에 들어섰다. 어두운 방 안, 창문 틈새로 들어오는 희미한 가로등 불빛이 바닥을 길게 가르고 있었다. 나는 무거운 몸을 이끌고 소파에 털썩 주저앉았다. 테이블 위에는 미처 정리하지 못한 책과 담배갑, 그리고 반쯤 비워진 물컵이 어지럽게 놓여 있었다. 낯설지 않은 풍경. 매일 반복되는 풍경. 하지만 오늘은 조금 달랐다. 나는 고개를 뒤로 젖히고 천장을 바라봤다. 머릿속에는 여전히 하루카의 얼굴이 어른거리고 있었다. 그녀의 목소리, 밝지만 어딘가 단단하게 눌러 담긴 듯한 말투, 그리고 웃을 때 미세하게 올라가던 입꼬리. 카페에서 나눈 대화가 또렷하게 떠올랐다.

별것 아닌 대화였지만, 그 순간만큼은 모든 게 낯설게 다가왔다. 누군가가 나의 취향을 알아봐 준다는 것. 그 작은 연결이 어쩐지 긴 여운을 남겼다. 나는 무릎 위에 올려둔 『상실의 시대』를 바라봤다. 카페에서 들고 온 책은 여전히 같은 페이지에 머물러 있었다. 글자들이 흐릿하게 겹쳐 보였다.

"우연히 이렇게 자꾸 겹치는 걸까."

하루카는 어떤 사람일까. 짧은 대화 속에서도 느껴지던 이상한 무게감. 밝은 표정 뒤에 감춰진 무언가가 분명히 있었다. K의 술집 이야기를 꺼냈을 때, 하루카의 표정이 순간 멈칫했던 것도 잊히지 않았다. 그녀가 왜 그곳의 단골일까. 왜 K와 알고 지냈던 걸까. 나는 자리에서 일어나 창문을 열었다. 차가운 바람이 방 안으로 밀려 들어왔다. 도시의 불빛들이 흐릿하게 출렁였다. 담배 한 개비를 꺼내 불을 붙였다. 하얀 연기가 어둠 속으로 천천히 퍼져나갔다. 나는 천천히 숨을 내쉬었다. 머릿속은 여전히 복잡했지만, 마음 한구석이 이상하게 따뜻했다. 누군가를 떠올리며 이렇게 오래 생각해본 게 얼마 만인지 모르겠다. 창밖을 내다보았다. 거리에 흐르는 불빛들과 사람들의 그림자가 무심히 오갔다. 하루카도 어딘가에서 저 빛들 중 하나로 지나가고 있을까.

"다음엔 또 어떤 우연이 날 찾아올까."

나는 천천히 담배 연기를 내뿜었다. 연기가 허공에서 천천히 흩어지며 사라졌다. 아무 일도 일어나지 않는 밤. 그러나 어쩐지 무언가가 시작될 것만 같은 밤이었다.

다음 날 아침, 눈을 뜨자마자 심장이 빠르게 뛰었다. 이유는 없었다. 그저 모든 것이 잘될 것 같은 기분. 마치 세상이 나를 중심으로 돌고 있는 것처럼, 내가 무슨 일이든 할 수 있을 것만 같은 확신이 머릿속을 꽉 채웠다. 나는 벌떡 일어나 창문을 열었다. 찬 공기가 방 안으로 밀려들었지만, 오히려 그 차가움이 짜릿하게 느껴졌다. 전날의 무거운 감정 따위는 기억나지도 않았다. 기분은 날아갈 듯 가볍고, 심장은 멈추지 않을 듯 빠르게 뛰었다.

"뭔가 해야 해. 지금 당장."

책상 위에 흩어져 있던 책들을 무작정 정리했다. 옷장을 열어 가장 밝은 색의 셔츠를 꺼내 입고, 거울 앞에서 웃었다.

"괜찮아. 아니, 완벽해."

거울 속의 자신이 오늘은 낯설게 반짝였다. 무언가 대단한 일이 일어날 것만 같았다. 커피를 내리는 손길도 빠르고, 발걸음도 가벼웠다. 핸드폰을 들어 C에게 전화를 걸려다 멈췄다.

"아냐, 괜찮아. 나 혼자서도 충분해."

어딘가 나가야 한다는 생각이 계속 머릿속을 두드렸다. 밖으로 나가기만 하면 무언가 특별한 일이 생길 것 같았다.

그러나, 그 기분은 너무도 갑작스럽게 무너졌다. 커피잔을 내려놓는 순간, 손이 떨렸다. 심장의 박동이 툭, 하고 끊어진 것처럼 조용해졌다. 몸이 무겁게 가라앉기 시작했다. 햇살이 방 안을 가득 채우고 있었지만, 그 빛조차 눈부시지 않았다. 방금 전까지만 해도 무엇이든 할 수 있을 것 같았는데, 모든 가능성이 눈앞에서 바스러지는 기분이었다. 의욕은 순식간에 사라지고, 공허함만 남았다. 책상에 앉았지만 손끝이 무겁고, 아무것도 하고 싶지 않았다. 내 머릿속이 비어 있는 것 같았다. 생각은 멈췄고, 모든 감각이 무뎌졌다.

"왜 이렇게 무의미하지?"

밖에서 들려오던 사람들의 웃음소리도 점점 멀어졌다. 창문 틈새로 들어오던 빛도 서서히 흐려지는 것 같았다. 온 세상이 희미하게 흐려졌다. 조금 전까지의 흥분이 거짓말처럼 느껴졌다. 모든 것이 무의미했다.

"아무것도 달라지지 않아."

나는 몸을 일으킬 힘조차 없었다. 이대로 시간이 멈추었으면 좋겠다는 생각이 스쳤다. 하지만, 동시에 머릿속 어딘가에서는 "아냐, 다시 나갈 수 있어. 분명 뭔가 있을 거야."라는 작은 목소리가 들려왔다.

그 목소리는 다시 심장을 두드리기 시작했다. 가슴이 두근거리더니, 또다시 몸이 가벼워졌다.

"그래, 나가야 해. 집에만 있으면 안 돼."

나는 다시 자리에서 일어났다. 마치 방금 전의 무거움이 없었던 것처럼. 창밖을 보며 억지로 웃었다.

하지만 그 웃음은 오래가지 못했다. 불과 몇 분 만에, 또다시 감정이 바닥으로 가라앉았다. 머릿속이 쪼개질 듯 아팠다. 온몸이 얼어붙는 것 같았다. 모든 것이 다시 무너졌다.

"왜, 왜 이렇게 반복되는 거지?"

나는 머리를 감싸 쥐고 소파에 주저앉았다. 숨을 쉬는 것조차 힘들었다. 조금 전의 환희와 자신감은 어디에도 없었다. 대신, 깊은 구멍 속에 갇힌 듯한 느낌만 남았다. 이해할 수 없는 감정의 반복. 끝없이 오르내리는 파도.

"감당할 수가 없어."

내가 어떤 상태인지, 무엇을 원하는지조차 알 수 없었다. 나는 그저 소파에 앉은 채, 다시 조용히 숨을 죽였다. 세상은 여전히 아무 일도 없다는 듯 평온했다.

주저앉은 소파에서 한참을 멍하니 있다가, 배에서 천천히 신호가 왔다. 배고픔이 감정을 밀어낼 수는 없었지만, 그나마 무언가를 해야 한다는 생각이 나를 억지로 일으켜 세웠다.

"밥이라도 먹자. 아무 생각 없이."

걸음을 옮길 때마다 몸은 정말 무거웠다.

부엌으로 향하는 길이 이렇게 멀게 느껴질 줄이야.

마치 내 의지와는 무관하게 몸이 겨우겨우 움직이는 것 같았다. 싱크대에 기대어 냉장고를 열었다. 텅 빈 칸 사이로 대충 사 둔 반찬 몇 개와 즉석밥 하나가 눈에 들어왔다. 딱히 먹고 싶은 건 없었지만, 아무것도 먹지 않으면 더 무너질 것 같았다. 전자레인지가 윙윙 소리를 내며 돌아가고, 그 소음 속에서 다시 생각들이 고개를 들었다.

"왜 이렇게까지 힘들지? 밥 한 끼 먹는 것도 이렇게 어려운 일인가?"

창밖에서는 사람들의 웃음소리가 들렸다. 어디선가 흘러나오는 음악 소리도. 모두들 아무렇지 않게 살아가고 있는데, 왜 나만 이렇게 숨쉬는 것조차 버거운 걸까. 밥이 다 되었다는 전자레인지의 신호음이 울렸다. 천천히 밥을 꺼내고, 반찬을 접시에 옮겼다. 테이블 앞에 앉자마자 허공을 잠시 바라봤다. 식탁 위의 밥과 반찬이 유리창에 비쳤다. 거기에 앉아 있는 내 얼굴도. 눈 밑은 칙칙했고, 입술은 말라 있었다. 밥 한 숟갈을 들어 입에 넣었다.

"맛이 없어."

씹는 동안에도 맛은 느껴지지 않았다. 혀 위에 무언가 있다는 사실만이 감각으로 남았다. 씹는 행위도, 삼키는 과정도 기계적이었다. 그저 하루를 버티기 위한 최소한의 움직임. 숟가락을 잠시 내려놓았다. 숨을 깊게 들이마시고 내쉬었다. 가슴이 답답했다.

"이런 기분이 언제까지 계속될까."

벽에 걸린 시계가 천천히 초침을 옮기고 있었다. 지나가는 시간마저 무의미하게 느껴졌다. 하지만 다시 숟가락을 들었다. 이 밥을 다 먹지 않으면 오늘 하루를 넘기기조차 힘들 것 같았다.

"그냥 먹자. 아무 생각 없이."

다시 한 숟갈, 또 한 숟갈. 입 안 가득 밥을 밀어 넣으며 무표정하게 씹었다. 머릿속이 텅 비어 있었다. 그러다 문득, 어제 만난 하루카의 얼굴이 스쳐 지나갔다.

"하루카는 지금 뭘 하고 있을까."

그 생각은 내 의지와 상관없이 머릿속을 채웠다. 그녀와 함께라면 이 무미건조한 시간이 조금은 달라질까. 하지만 다시 고개를 저었다.

"아냐, 그런 생각은 필요 없어. 지금은 그냥… 먹는 것부터."

숟가락을 마지막으로 내려놓았다. 식탁 위의 빈 그릇만이 남았다.

밥을 다 먹었지만 공허함은 여전했다. 그러나, 어쨌든 오늘의 작은 목표 하나는 끝냈다.

"밥은 먹었으니까."

나는 다시 소파로 천천히 걸어갔다. 『상실의 시대』를 멍하게 읽으며 조용히, 아주 조용히, 지나가는 감정의 파도를 기다렸다.

『상실의 시대』 마지막 장을 넘기고 나니, 갑자기 허전한 기분이 들었다. 오랫동안 천천히 곱씹으며 읽어온 책이었는데, 이렇게 끝이 나 버리다니. 나는 책장을 손끝으로 쓸며 한동안 가만히 앉아 있었다.
어제 카페에서 하루카가 했던 말이 떠올랐다. 그녀는 이 책을 이미 읽었다고 했고, 내가 다 읽은 후에 감상을 나누고 싶다고 했다. 나는 무의식적으로 휴대폰을 집어 들었다. 전화번호부에 하루카의 이름이 새겨져 있었다. 하지만 메시지를 보내야 할지, 말아야 할지 고민되었다. 책을 다 읽고 느낀 감정들이 아직 정리가 되지 않았다. 이런 상태로 이야기한다면, 그녀와 무슨 말을 나눌 수 있을까. 나는 천천히 일어나 방 안을 한 바퀴 돌았다. 책장을 둘러보며 다른 책을 찾았지만, 마땅한 게 눈에 띄지 않았다. 읽고 싶은 책이 없으면, 새 책을 사러 가야 한다. 서점에 가자. 그게 가장 자연스러운 선택이었다. 나는 옷을 챙겨 입고 밖으로 나섰다. 서점 안은 조용하고, 은은한 책 냄새가 가득했다. 나는 자연스럽게 문학 코너로 향했다. 새로운 책을 찾는 것도 중요했지만, 솔직히 말하면… 하루카가 떠올라서 온 것이었다.

책을 한 권씩 훑어보며, 어제 하루카와의 대화를 다시 떠올렸다. 그녀는 『상실의 시대』를 읽고 어떤 감정을 느꼈을까. 그리고 나는 이 책을 읽고 어떤 감정을 느낀 걸까. 문득 하루카에게 메시지를 보내 볼까 싶었다. 하지만 무슨 말을 해야 할까?

'책 다 읽었어.'

너무 평범하다.

'어제 했던 얘기처럼 감상을 나누고 싶어.'

이건 너무 작위적이다. 책을 고르면서도 마음이 복잡했다. 책장에 손을 얹고 잠시 고민하다가, 결국 주머니에서 휴대폰을 꺼냈다.

[『상실의 시대』 다 읽었어요.]

메시지를 보냈다. 보내고 나니, 괜히 긴장되었다. 나는 천천히 책장을 넘기며 그녀의 답을 기다렸다. 그리고 몇 분 후, 화면이 반짝였다.

[그래요? 그럼, 만날까?]

내심 기대했던 대답이었다.

나는 휴대폰을 쥔 손에 힘을 주었다.

[언제 괜찮아요?]

조금의 기다림. 그리고 곧바로 온 답장.

[지금?]

나는 피식 웃었다. 하루카다운 답이었다.

[서점인데, 어디서 볼까요?]

[거기 있어. 내가 갈게요.]

나는 화면을 바라보며 잠시 멈춰 섰다. 이게… 또다시 '우연'일까? 아니면, 이제부터는 내가 만드는 걸까? 나는 조용히 책을 책장에 꽂고, 천천히 그녀를 기다리기 시작했다.

나는 주변을 둘러보았다. 서점은 여전히 조용했다. 책을 고르는 사람들, 앉아서 책을 읽는 사람들, 그리고… 유리문을 열고 들어오는 하루카. 그녀는 평소처럼 편안한 표정이었다. 검은색 코트를 걸치고, 긴 머리를 하나로 묶은 채 다가왔다.

"기다렸어?"

나는 어깨를 으쓱하며 책 한 권을 들어 보였다.

"책 고르면서 기다렸어요."

그녀가 웃음을 지었다.

"책 다 읽었다며. 어땠어?"

"저희, 말 놓기로 한 거예요?"

나는 자연스럽게 반말을 하는 하루카에게 말했다.

"그게 편하지 않겠어?"

나는 잠시 생각했다. 어떻게 표현하면 좋을까. 이 책을 읽고 난 후의 공허함, 그리움, 그리고 어쩌면 감정의 소용돌이 속에서 살아가는 사람들의 이야기가 너무도 현실적이었다는 걸.

"읽으면서… 좀 무거웠어. 책을 덮고 나니까 허전했고."

"그렇지."

하루카는 고개를 끄덕였다.

"이 책은 그런 기분을 주는 책이야."

나는 그녀를 바라보았다.

"너는 어땠어? 이 책 읽었을 때."

하루카는 책장에 손을 올리며 천천히 말했다.

"내가 처음 이 책을 읽었을 때는, 정말 힘든 시기였어."

나는 조용히 그녀의 말을 기다렸다.

"중학생 때였어. 그때 나는 일본에 있었고… 어머니가 돌아가신 지 얼마 안 된 때였지."

그녀의 목소리는 담담했지만, 그 안에 깃든 감정은 쉽게 사라질 수 없는 깊은 것이었다.

"그때 나는 많이 외로웠어. 뭔가에 의지하고 싶었고. 근데 이 책을 읽었을 때, 책 속 인물들이 나처럼 외롭고 혼란스러워하는 걸 보면서… 이상하게 위로가 됐어."

"어떤 부분이?"

하루카는 살짝 웃었다.

"와타나베가 계속 혼자 걸어가잖아. 누군가를 잃고, 또 누군가를 만나면서. 근데 결국엔… 살아가잖아."

나는 가만히 그녀를 바라보았다. 그녀가 말하는 그 장면들이, 다시 내 머릿속에서 펼쳐졌다. 누군가를 잃고도, 계속 살아가는 것. 끝나지 않는 외로움 속에서도, 계속 앞으로 나아가는 것.

"이상하지? 소설인데도, 현실 같았어."

나는 고개를 저었다.

"이해해. 나도 읽으면서… 현실이라고 느꼈으니까."

하루카는 미소를 지었다.

"그럼, 우리도 현실을 살아가야겠네?"

나는 그녀의 말에 피식 웃었다.

"그러게."

그녀는 책장에서 『상실의 시대』를 꺼내 들었다. 표지를 손끝으로 쓸며 말했다.

"책 한 권이 이렇게 많은 걸 남겨 주는 게 신기하지 않아?"

나는 고개를 끄덕였다.

"그래서 다시 읽고 싶어질 때가 있는 것 같아."

"그래서, 다시 읽어 본 소감이 어때?"

하루카가 눈을 반짝이며 물었다.

"느낌이 많이 달랐어."

하루카가 흥미로워하며 물었다.

"어떤 점에서?"

나는 손가락으로 책등을 가만히 쓰다듬으며 말했다.

"처음 읽었을 때는 그냥 공허함만 남았거든. 주인공이 결국 아무것도 가지지 못한 채 떠도는 느낌이 들어서. 근데 이번엔…. 그게 꼭 나쁜 건 아니라는 생각이 들더라."

하루카는 나를 바라보며 작게 웃었다.

"그게 성장한 거 아닐까?"

"성장이라기보단, 그냥 익숙해진 거 아닐까."

그녀는 고개를 갸웃하며 물었다.

"익숙해진다는 건 나쁜 거야?"

나는 잠시 대답을 망설였다. 정말로 나쁜 걸까? 감정의 변화에 무뎌지고, 어떤 감정이든 받아들이게 되는 게.

"잘 모르겠어."

하루카는 가만히 나를 바라보다가 조용히 말했다.

"난 처음 읽었을 때, 되게 슬펐거든. 근데 그 슬픔이 나쁘다고 생각하지는 않았어. 그냥, 그런 감정을 아는 것도 중요하다고 느꼈달까."

나는 그 말을 곱씹었다. 감정을 안다는 것.

"다음에 또 다른 책 읽고 얘기하자."

하루카가 내게 다가와 말했다.

"그래."

나는 희미하게 웃으며 대답했다.

서점에서 나온 우리는 자연스럽게 발길을 돌렸다. 어디로 갈지 정하지도 않았지만, 천천히 걷다 보니 어느새 익숙한 골목으로 접어들었다.

"배 안 고파?"

하루카가 가볍게 물었다. 나는 주머니 속 담배를 만지작거리며 고개를 저었다.

"아직은."

그녀는 고개를 끄덕이며 내 걸음에 맞춰 걸었다. 거리에는 차가운 바람이 불고 있었지만, 어딘가 따뜻한 분위기가 감돌았다. 문득, K의 술집이 떠올랐다.

"하루카."

나는 무심한 듯 그녀를 불렀다.

"응?"

나는 발끝으로 작은 돌을 굴리며 말했다.

"K 술집. 갈래?"

그녀는 살짝 놀란 듯한 표정을 지었다가 금세 미소를 지었다.

"좋지."

우리는 술집 방향으로 걸었다. 아직 해가 완전히 지지는 않았지만, 거리는 벌써부터 밤의 분위기를 띠고 있었다. 술집 문을 열자 익숙한 냄새가 퍼졌다.

"오? 둘이 같이 왔네?"

K는 가볍게 웃으며 우리를 맞이했다.

"어쩌다 보니까요."

내가 대충 얼버무렸다.

"하루카, 너는 언제 와도 반갑지. 오랜만이야."

K는 익숙한 손놀림으로 잔을 닦으며 말했다.

하루카가 활짝 웃으며 바 자리에 앉았다. 나는 그녀 옆에 앉으며 K

를 바라봤다.

"우리 뭐 마실까요?"

"오늘은 뭐 가볍게 가?"

K가 우리를 번갈아 보며 물었다. 하루카는 고개를 갸웃하며 나를 바라봤다.

"네가 정해."

나는 잠시 고민하다가, 조용히 말했다.

"그냥, 위스키."

K는 눈썹을 살짝 올렸다가, 이내 고개를 끄덕였다.

"괜찮은 선택이야."

술이 나오고, 우리는 천천히 마시기 시작했다. 하루카는 잔을 손끝으로 굴리며 말했다.

"여기, 올 때마다 분위기가 좋아."

"그렇지?"

K가 흐뭇하게 웃으며 말했다.

"이 공간이 너한테도 위로가 됐으면 좋겠어."

가만히 잔을 바라보았다. 이 공간. 이 순간. 조증과 울증 사이에서 흔들리는 내 감정과는 다르게, 지금 이곳은 조용하고 따뜻했다.

"오늘은 어때?"

K가 나를 바라보며 물었다. 나는 웃으며 술을 한 모금 마셨다.

"그냥 그래요. 여전히 좀 왔다 갔다 하고."

K는 깊은 눈빛으로 나를 바라보았다.

"많이 힘들겠네."

하루카가 조용히 나를 바라봤다. 그녀의 눈빛에는 묘한 온기가 담겨 있었다.

"그래도… 이 순간은 괜찮아요."

나는 잔을 내려놓으며 말했다.

"그럼 됐지."

K가 나직이 웃었다.

"좋은 순간을 많이 만들면 돼."

나는 하루카를 바라봤다. 그녀도 미소를 지으며 내 잔을 살짝 들어 올렸다.

"건배할까?"

그녀의 잔에 내 잔을 가볍게 부딪혔다.

"건배."

짧고 단순한 한마디였지만, 이 순간을 완벽하게 담아내는 말이었다.

잔을 부딪치는 소리가 가볍게 울렸다. 술집 안은 여전히 적당한 소음으로 가득 차 있었고, 바깥 공기는 차가웠지만 이곳은 묘하게 아늑했다. 위스키를 한 모금 삼키자 목을 타고 뜨거운 감각이 스며들었다. 하루카는 잔을 내려놓고 K를 향해 물었다.

"사장님은 언제부터 여기서 일했어요?"

K는 피워 둔 담배를 손끝에서 툭툭 털며 웃었다.

"음…. 언제부터였더라? 꽤 오래됐지."

"가게를 차리게 된 계기가 있어요?"

K는 살짝 눈썹을 올리며 나를 힐끗 보았다.

"너도 궁금해?"

나는 어깨를 으쓱였다.

"뭐, 궁금하긴 하죠."

K는 조용히 담배 연기를 내뿜었다. 천천히 생각을 정리하는 듯한 표정이었다.

"사실 처음엔 그냥, 내가 갈 만한 곳이 필요했어."

"사장님이 갈 만한 곳?"

하루카가 고개를 갸웃했다.

K는 고개를 끄덕이며 잔을 들어 올렸다.

"사람마다 자기만의 피난처가 필요하잖아? 근데 그게 꼭 술집일 필요는 없지. 어떤 사람은 카페에서, 어떤 사람은 집에서, 또 어떤 사람은… 책 속에서."

그 마지막 말에 나는 순간적으로 하루카를 쳐다봤다. 그녀도 나를 보며 피식 웃었다.

"그래서 술집을 만든 거예요?"

내가 물었다. K는 잔을 비우고 천천히 고개를 끄덕였다.

"어쩌다 보니까 그렇게 됐어. 사람들이 와서 술을 마시고, 이야기를 하고, 그러면서 위로를 받으면 좋겠다고 생각했지. 물론, 그게 다는 아니었지만."

 나는 조용히 그의 말을 곱씹었다. K의 술집이 단순히 술을 파는 곳이 아니라는 건 오래전부터 느끼고 있었다. 이곳은 어떤 의미에서 사람들을 위한 '피난처' 같은 공간이었다. 하루카는 잔을 빙글빙글 돌리며 말했다.
 "사장님도 위로받고 싶어서 만든 거 아니에요?"
 K는 살짝 웃으며 그녀를 바라보았다.
 "그럴지도 모르지."
 그 순간, 문이 열리면서 새로운 손님이 들어왔다. K는 익숙한 듯 손을 들어 인사하고, 우리는 다시 술잔을 기울였다.
 술이 몇 잔 더 오가고, 분위기가 한층 더 편안해졌다. 나는 하루카와 마주 앉아 천천히 말을 이어갔다.
 "너, 아까 K가 했던 말 기억나?"
 하루카는 고개를 끄덕였다.
 "사람마다 피난처가 필요하다는 거?"
 "응."
 나는 잔을 내려놓으며 말했다.
 "넌 어디야?"
 그녀는 생각하듯 잠시 입을 다물었다. 그러더니 잔을 들어 올려 위스키를 한 모금 마셨다.
 "글쎄."

그녀는 작은 미소를 지었다. "예전엔 책이었어. 책 속에 파묻히면 현실이 잊혀졌으니까."

나는 그녀의 눈빛을 바라봤다. 그녀가 처음으로 내게 들려준 『상실의 시대』이야기. 그 책이 힘들었던 그녀의 시간 속에서 어떻게 버팀목이 되었는지.

"지금은?"

그녀는 잠시 고민하다가 말했다.

"아직 찾고 있어."

나는 말없이 고개를 끄덕였다. K가 우리를 번갈아 보며 말했다. "그래도, 찾고 있다는 건 좋은 거야. 찾지 않는 사람도 많거든."

묵묵히 술잔을 바라봤다. 나에게도 피난처 같은 공간이 필요했다. 그런데, 그게 무엇인지 아직 확신할 수 없었다. 하루카가 조용히 물었다.

"너는?"

나는 숨을 들이마셨다. 그리고 천천히 말했다.

"글쎄. 아마도…."

한동안 생각하다가, 나는 피식 웃었다.

"아직 모르겠어."

K는 조용히 우리를 바라보다가 잔을 들어 올렸다.

"그럼 찾을 때까지 마시자."

나는 작게 웃으며 잔을 들어 올렸다. 하루카도 따라 잔을 들었다. 우리 셋은 조용히 잔을 부딪쳤다.

"건배."

술잔이 맞부딪치는 소리가 공간을 가볍게 울렸다. 밖에는 차가운 바람이 불고 있었지만, 이곳은 여전히 따뜻했다.

하루카도 몇 잔을 마신 탓인지, 평소보다 조금 더 힘을 뺀 표정이었다. 테이블 위에는 비워진 잔이 몇 개나 쌓여 있었고, K는 그런 우리를 힐끔 바라보더니 그냥 웃으며 술병을 하나 더 놔두고 갔다. 나는 조금 전의 건배를 떠올렸다. 그게 단순한 의례적 행위였는지, 아니면 뭔가 다른 의미였는지 알 수 없었다. 하지만 확실한 건, 지금 이 순간이 기분 좋다는 것.

"너는 술 잘 마시는구나."

내가 말했다.

"그렇지는 않아. 하지만 마시면 적당히 좋아지는 정도?"

하루카가 잔을 흔들며 웃었다.

"너는?"

나는 대답 대신 한 모금 마셨다. 기분이 점점 붕 떠오르는 것 같았다. 이대로 밤이 끝나지 않았으면 좋겠다고, 그런 생각이 들었다.

"하루카."

그녀의 이름을 불렀다. 왜인지 모르겠지만, 그냥 부르고 싶었다. 입에 착 감기는 이름이었다.

"응?"

"네 얘기 좀 해 봐."

"어떤 얘기?"

"그냥. 네가 어떻게 살아왔는지 같은 거?"

그 말을 내뱉고 나니, 나도 좀 의아했다. 왜 갑자기 이런 말이 튀어나온 걸까, K에게 대충 들었지만 하루카에게서 다시 듣고 싶었던 걸까? 하루카는 잠시 생각하다가, 가볍게 잔을 들어 올렸다. 그리고 한 모금 마신 뒤, 조용한 목소리로 입을 열었다.

"음…. 나 어릴 때 많이 힘들었어."

나는 술잔을 돌리며 그녀의 말을 기다렸다.

"어머니가 돌아가셨을 때가 중학생 때였거든. 그때 진짜 많이 무너졌어. 그냥, 너무 어린 나이에 그런 일을 겪으니까 감당이 안 되더라."

아무 말 없이 그녀를 바라봤다.

"사람들은 보통 애들이 뭘 알겠냐고 하지만, 어린 나이에도 아플 건 다 아프거든."

하루카는 작게 웃었다. 하지만 그 웃음에는 알 수 없는 씁쓸함이 배어 있었다.

"나는 괴롭힘도 심하게 당했고, 결국 한국으로 이민을 가자고 아빠한테 졸랐어."

그녀가 조용히 술을 마셨다. 나도 따라서 마셨다.

"한국에서도 쉽지 않았겠네."

"응. 일본인이라는 이유로 많이 힘들었어. 처음에는 사람들이 막 대놓고 차별하지는 않는데, 그냥… 보이지 않게 벽이 느껴지더라. 내가 이상한 존재처럼 여겨지는 기분?"

"그런데도 적응했잖아."

"응. 근데…." 하루카는 술잔을 내려놓고 창밖을 바라봤다.

"그때 알았어. 내가 완전히 어디에도 속하지 않는다는 걸."

그 말에, 나는 순간 무언가가 가슴에 박히는 기분이 들었다.

"완전히 어디에도 속하지 않는다…."

그 말이 마치 내 이야기처럼 들려서.

"그런데도 괜찮았어?"

하루카는 내 질문에 잠시 생각하다가, 나를 향해 웃었다.

"괜찮지는 않았지. 근데, 그냥 그러려니 했어. 내가 바꿀 수 없는 것들이 있다는 걸 알았거든."

그녀의 목소리는 담담했지만, 묘하게 따뜻한 기운이 있었다.

나는 문득, 내 안에서 무언가가 요동치는 걸 느꼈다. 술 때문일까? 아니면, 이 대화 때문일까? 기분이 좋았다. 너무 좋았다. 몸이 점점 가벼워지고, 머릿속이 빠르게 돌아갔다. 눈앞의 모든 것이 또렷하게 보이고, 음악 소리가 이상할 정도로 경쾌하게 들렸다. 머릿속에는 수천 개의 생각이 떠올랐다.

'지금이라면 뭐든 할 수 있을 것 같은데.'

'아니, 뭐든 해 버리고 싶어.'

나는 하루카를 바라봤다.

"그런데 너는 신기해."

"뭐가?"

"그렇게 힘든 시간을 보냈는데도, 웃을 수 있다는 게."

하루카는 내 말을 듣고 조금 놀란 듯 나를 쳐다보더니, 천천히 웃었다.

"음…. 나도 내가 왜 이러는지 모르겠어. 그냥…. 어쩌면 내가 다른 선택을 할 수도 있었겠지만, 그럼 더 힘들었을 것 같아서?"

"그럼 지금은 행복해?"

그녀는 한동안 대답하지 않았다. 그 사이, 나는 또 한 잔을 들이켰다. 머릿속이 점점 더 빠르게 돌아갔다.

"행복이라…."

그녀는 낮게 중얼거렸다.

"그냥…. 살아가는 거지, 뭐."

나는 그 말에 갑자기 웃음이 터졌다. 별것 아닌 말이었는데, 그 순간 너무 재밌었다.

"하하하, 뭐야. 너 너무 멋있는 거 아니야?"

하루카가 내 웃음소리에 의아한 표정을 지었지만, 나도 멈출 수가 없었다. 술이 더 들어가고, 몸이 더 가벼워졌다.

'좋다. 너무 좋다.'

나는 하루카를 바라보며 말했다.

"오늘은 정말 좋은 밤이야. 너도 그렇게 생각하지 않아?"

하루카는 나를 물끄러미 보더니, 천천히 미소를 지었다.

"응. 좋은 밤이야."

그녀의 잔이 다시 한 번 내 잔과 부딪혔다. 유리잔이 맞부딪히는 소리가, 이 순간을 영원히 붙잡아 두고 싶은 기분을 들게 했다.

술잔이 몇 번 더 기울어지고, 하루카의 말도 점점 느려졌다. 나는 이미 K에게서 그녀의 과거를 들었지만, 그때는 단순한 '정보'에 불과했다. 이제 그녀의 입에서 직접 그 이야기가 흘러나오고 있었다.

"엄마가… 돌아가셨을 때 말이야."

하루카가 조용히 입을 열었다. 나는 눈을 마주쳤다. K에게 들었던 것과 똑같은 이야기의 시작이었다.

"그때 나는 아직 너무 어렸어. 엄마는 늘 괜찮다고 했는데, 사실은 몇 년 동안 아팠던 거더라. 병원에 갔을 때는… 이미 늦었었어."

잔잔한 목소리였다. 감정을 절제한 채 담담하게 이야기하고 있었다. 하지만 나는 그 감정의 결을 느낄 수 있었다.

"두 달도 안 돼서 돌아가셨어. 그날, 엄마 손을 잡고 있었어. 점점 식어가는 걸 느꼈지."

나는 이미 아는 이야기임에도 불구하고, 술잔을 꼭 쥐었다.

"그때 난 생각했어. 엄마가 사라지니까, 나도 사라지고 싶다고."

나는 천천히 숨을 들이마셨다. K에게 들었던 것과 같았다. 하지만 직접 듣는 느낌은 완전히 달랐다. 그녀의 목소리는 너무 가라앉아 있었고, 감정의 깊이가 다르게 다가왔다.

"그리고… 그때부터 이상한 일이 생겼어."

나는 살짝 눈썹을 찌푸렸다. K가 이야기했던 부분과는 조금 달랐다.

"처음엔 친구들이 위로해 줬어. 다들 착한 애들이라고 생각했어. 그런데 어느 순간, 분위기가 바뀌더라. 말로는 '괜찮아?' 하면서도…. 뭔가 피하는 느낌? 그게 계속 신경 쓰였어."

그녀는 피식 웃었다.

"그러다 어느 날, 내 책상 위에 메모가 있었어."

나는 이미 K에게 들었던 이야기라는 걸 알면서도, 무의식적으로 물었다.

"…. 뭐라고 적혀 있었는데?"

"너도 따라가."

나는 순간 숨이 막혔다. 술기운이 올라서인지 가슴이 답답했다.

"그때 처음으로 진짜로 죽고 싶다고 생각했어."

나는 하루카의 얼굴을 바라봤다. 아까보다 더 흐려진 눈동자, 손끝으로 술잔을 문지르는 가벼운 움직임.

"사람들은 그냥… 감당 못 하면 멀어지는구나 싶었어. 근데…. 더 심해졌어."

하루카는 손끝으로 술잔을 가볍게 두드렸다.

"가방이 쓰레기통에 던져져 있던 적도 있고, 화장실 거울에 내 이름이 적혀 있던 적도 있었어. '시체 같은 애', '재수 없어', '어둠의 저주' 같은 말들이었지."

나는 말없이 술잔을 돌렸다. 이건 K에게서 듣지 못한 부분이었다.

"선생님한테 말했어?"

"했지."

하루카는 어이없다는 듯 코웃음을 쳤다.

"근데 뭐래는 줄 알아? '네가 너무 어두운 분위기를 풍기니까 애들이 불편할 수도 있지 않을까?' …. 나보고 조용히 넘기라고 하더라."

나는 말문이 막혔다.

"그날 이후, 나도 그냥 포기했어. 아무도 신경 안 쓰는데, 내가 뭘 할 수 있을까 싶었지."

그녀는 눈을 가늘게 뜨며 창밖을 바라봤다.

"그때 아빠가 알게 됐어. 내가 점점 학교를 안 가려고 하니까. 그리고…. 어느 날 내가 손목을 그은 걸 보고 말았어."

나는 그 말을 듣고 손끝이 저릿해졌다.

"그렇게 한국으로 온 거야?"

"응."

하루카는 작게 고개를 끄덕였다.

"아빠는 일본에 있으면 내가 위험할 거라고 생각했겠지. 그래서 이민을 간 거야. 새로운 곳에서 다시 시작하면 나아질 거라고."

나는 K가 했던 말들을 떠올렸다.

"한국에서도 괴롭힘을 당했어?"

"응. 어딜 가든 다 똑같더라."

하루카는 피곤한 듯 한숨을 내쉬었다.

"여기서도 나는 그냥 일본에서 온 이상한 애였으니까. 아무리 한국어를 잘하려고 해도, 아무리 여기서 익숙해지려고 해도…. 결국 나는 일본인이니까. 나는 '우리'가 아니라 '남'이었으니까."

나는 갑자기 심장이 뛰기 시작했다.

"그때부터 그냥, 무감각해지더라. 아, 나는 어차피 아무도 신경 안 쓰는 사람이구나. 그러면, 내가 살아 있든 죽어 있든 상관없겠구나."

나는 순간 가슴이 덜컥 내려앉았다.

"그래서…."

"응."

하루카가 고개를 끄덕였다. "난 몇 번이나 죽으려고 했어."

그 말이 떨어지는 순간, 나는 손에 힘이 들어갔다.

"자살."

그 단어가 머릿속에서 둔탁한 파문처럼 울려 퍼졌다. 숨이 막히는 기분이었다.

"옥상에 올라갔던 적도 있고, 목을 매달으려고 했던 적도 있었어."

하루카의 목소리가 들려왔다. 하지만 나는 그녀의 말을 온전히 듣지 못했다. 머릿속이 하얘졌다.

"근데 매번, 결국엔 무서워서 못했어. 바닷가 바위 위에서 한참 서 있다가도, 결국은 그냥 돌아왔고…."

그녀는 쓸쓸한 미소를 지었다. 나는 아무 말도 하지 못했다. 내 머릿속에는 단 한 사람의 얼굴이 떠올랐다. 고등학교 때, 그녀. 언제나 나를 바라보며 웃던 얼굴. 하지만 그날, 마지막으로 본 얼굴은…. 차가웠다. 나는 갑자기 숨을 크게 들이마셨다. 손이 떨렸다. 나는 천천히 그녀를 바라봤다. 순간, 여자 친구의 얼굴이 겹쳐졌다. 그녀도 이렇게 담담하게 이야기할 수 있는 날이 왔을까? 아니면, 끝내 오지 못했을까? 나는 갑자기 가슴이 답답해졌다.

"근데, 살아 있네."

내 목소리는 생각보다 힘이 없었다. 하루카는 조용히 잔을 들고 나를 바라보았다.

"살아 있긴 한데, 가끔은 아직도 잘 모르겠어."

그녀의 말이 가슴 깊숙이 박혔다. 마치 과거의 여자 친구가 내게 했던 말처럼 들렸다. 나는 아무 말도 하지 않았다. 그냥, 하루카를 조심스럽게 바라봤다.

나는 더 이상 누군가를 놓치고 싶지 않았다. 그게 사랑인지, 우정인지, 어떤 감정인지 아직은 모르겠지만- 이 사람만큼은, 부서지지 않았으면 좋겠다고 생각했다.

"너 괜찮아?"

하루카가 나를 바라봤다. 나는 대답하지 못했다. 그저 술잔을 다시 집어 들었다. 이 감정을 지워 버리고 싶었다. 손이 흔들렸다.

"이야기하는 거, 생각보다 어렵지 않네."

하루카가 피식 웃으며 말했다. 나는 가볍게 고개를 끄덕였다.

"술이 그런 건 도와주지."

그녀가 장난스럽게 고개를 끄덕이더니, 나를 바라봤다.

"너는 어때?"

"뭐가?"

"너도… 나처럼 힘든 적 있었어?"

나는 술잔을 들어 한 모금 마셨다. 이 질문에 대해 생각할 것도 없이, 나는 자연스럽게 고개를 끄덕였다.

"응. 나도 있었지."

"언제?"

"고등학교 때."

"음…. 어떤 일이었는데?"

나는 한숨을 가볍게 내쉬었다. 이제는 이런 이야기를 하는 것이 그렇게 어려운 일이 아니었다. K에게 한 번 이야기했던 탓일까? 아니면, 하루카가 자신을 먼저 열어 보였기 때문일까?

"그냥, 나도 모르게 조금씩 쌓아 왔던 것 같아."

나는 말하면서, 내가 하는 말이 너무 익숙하다는 걸 깨달았다. 마치 내 안에 있던 퍼즐 조각들을 맞춰 가는 기분이었다.

"원래는 그냥 평범했어. 조용하고, 혼자 있는 걸 좋아하고, 책 읽는 걸 좋아하는 애였지. 근데… 어쩌다 보니, 조금씩 무너졌던 것 같아."

하루카는 조용히 나를 바라봤다. 나는 천천히 술잔을 돌리며 말을 이었다.

"난 원래 내가 우울하다고 생각해 본 적이 없었어. 근데, 아마도 그게… 천천히 쌓이고 있었던 것 같아."

창밖을 바라봤다.

"고등학교 2학년 때 여자 친구가 있었어."

하루카의 눈이 살짝 커졌다.

"근데, 그 애가… 죽었어."

나는 담담하게 말했다. 내가 이렇게 말할 수 있다는 게 스스로도 신기했다.

"자살이었어."

그 순간, 하루카의 표정이 아주 살짝 변했다. 하지만 그녀는 아무 말도 하지 않았다. 그저 나를 조용히 바라보며 기다렸다.

"그때 처음으로 알았어. 아, 내가… 계속 공허함을 쌓아왔구나."

나는 피식 웃었다.

"근데 그걸 너무 늦게 알았지. 그 애가 떠나고 나서야 깨달았어."

하루카는 여전히 말없이 나를 바라보고 있었다. 그녀의 눈빛에는 동정도, 불필요한 위로도 없었다. 그저, 듣고 있었다. 나는 그런 태도가 좋았다.

"그게 계기였어."

나는 다시 한 모금 마셨다. 술이 몸을 타고 내려가면서 속이 뜨거워졌다.

"그때부터 이상하게 감정이 막 왔다 갔다 하기 시작했어. 하루는 미친 듯이 기분이 좋았다가, 다음 날은 바닥까지 가라앉고."

나는 어깨를 으쓱였다.

"그러다가 결국 병원을 갔고, 그제야 알았지. 내가 조울증이라는 걸."

하루카가 조용히 술잔을 집어 들었다. 그리고 천천히 한 모금 마셨다.

"그때 어땠어?"

나는 잠시 생각했다.

"병명을 듣고 나서?"

"응."

나는 술잔을 내려놓고 손끝으로 테이블을 두드렸다.

"솔직히? 별 느낌 없었어."

하루카가 살짝 놀란 듯 나를 바라봤다.

"그냥, 아, 그렇구나 싶었지. 이미 이상한 상태가 너무 오래 지속됐으니까."

나는 가볍게 웃었다.

"근데 웃긴 건, 병명을 듣고 나니까 갑자기 더 실감이 나더라. 아, 내가 진짜 아픈 사람이구나. 내가 그냥 기분이 왔다 갔다 하는 게 아니라, 진짜 병이 있구나."

나는 술잔을 집었다.

"그래서? 지금은 어때?"

나는 하루카를 바라보았다. 그녀는 진지한 표정이었다. 나는 웃어 보이려 했지만, 잘 안 됐다.

"뭐, 살아 있네."

잔이 몇 번 더 부딪히고, 술병이 조금씩 비어 갔다. 이야기는 어느새 가벼운 일상으로 흘러가고 있었다. 마치 조금 전의 무거운 대화가 깊은 바다 밑으로 가라앉고, 수면 위에는 잔잔한 물결만 남은 것처럼.

"넌 보통 뭐 하면서 시간 보내?"

하루카가 술잔을 흔들며 물었다. 나는 잠시 생각하다가 창밖을 바라보았다. 거리에는 여전히 불빛이 반짝이고, 간간이 사람들의 웃음소리가 들려왔다.

"책을 읽거나, 음악을 듣거나…. 가끔은 그냥 아무것도 안 하고 멍때려."

하루카가 피식 웃었다.

"멍 때리기? 잘 어울린다."

나는 가볍게 웃었다.

"넌 어때?"

"나?" 그녀는 턱을 괴고 생각에 잠겼다. "음…. 나는 카페에 가는 걸 좋아해. 사람들 많은 곳에서 조용히 책 읽는 거, 이상하게 좋아."

"사람 많은데 조용히 책 읽는 게 좋아?"

"응. 뭔가…. 혼자 있어도 외롭지 않거든."

나는 하루카의 말을 곱씹었다. 혼자 있어도 외롭지 않은 공간. 문득, 나도 그런 공간을 찾아다녔던 기억이 떠올랐다.

"그래서 가는 카페가 따로 있어?"

"응. 창가 자리가 있는 곳. 가끔은 같은 자리에 앉기도 해."

하루카는 창가에 기대어 고개를 기울였다.

"창문 너머로 비가 내리는 걸 보면서, 커피를 마시고 있으면…. 그냥, 그 순간만큼은 아무것도 생각하지 않아도 돼."

나는 그 장면을 상상해 보았다. 비가 오는 날, 따뜻한 조명 아래서 창밖을 바라보며 앉아 있는 하루카. 그 모습이 왠지 굉장히 잘 어울릴 것 같았다.

"너도 비 오는 날 좋아해?"

내가 물었다.

"응, 좋아해. 넌, 싫어해?"

"아니. 좋아해."

나는 웃으며 고개를 저었다.

"특히 밤에 오는 비는."

"왜?"

"글쎄…. 뭔가 도시가 잠잠해지는 느낌이 들어서. 평소에는 정신없이 바쁜데, 비가 오면 사람들이 조금씩 천천히 움직이잖아."

하루카는 내 말을 듣고 천천히 고개를 끄덕였다.

"맞아. 마치 세상이 잠깐 멈춘 것 같아."

"응. 그게 좋아."

나는 테이블을 가볍게 두드렸다. 우리는 그렇게, 마치 오래전부터 알고 있던 것처럼 자연스럽게 이야기했다.

"근데 너, 노래방 같은 데는 안 가?"

하루카가 갑자기 물었다.

나는 헛웃음을 지었다.

"나 노래 엄청 못해."

"더 궁금해진다. 나중에 한번 들어 봐야겠어."

"절대 안 돼."

나는 단호하게 손을 내저었지만, 하루카는 장난스럽게 웃었다.

"그럼, 주로 듣는 노래는 뭐야?"

나는 잠시 고민하다가 말했다.

"클래식."

하루카는 의외라는 듯 고개를 기울였다.

"클래식? 진짜? 구체적으로 뭐?"

"파가니니. 라흐마니노프. 가끔은 바흐도 듣고."

"오, 멋진데?"

"멋진 게 아니라, 그냥 좋아서 듣는 거야."

나는 술잔을 들어 올렸다.

"너는?"

"난… 재즈?"

하루카가 싱긋 웃으며 말했다.

"비 오는 날에는 꼭 재즈 들어야 해."

나는 그녀의 말에 피식 웃었다.

"카페에서, 창가 자리에서, 비 오는 날, 재즈를 들으며 책을 읽는

다…. 완벽한 하루카 스타일인데."

하루카는 어깨를 으쓱였다.

"완벽하지? 너도 한번 해 봐."

나는 술잔을 기울이며 하루카를 바라봤다. 그녀는 조용히 웃고 있었다. 이야기가 계속될수록, 공간의 공기가 조금씩 변하는 게 느껴졌다. 잔잔한 음악, 은은한 조명, 그리고 창밖의 조용한 거리. 술기운 때문인지, 지금 이 순간이 묘하게 몽환적으로 느껴졌다. 나는 술잔을 내려놓고, 하루카를 바라보았다.

"너랑 이렇게 이야기하는 거, 꽤 좋은데."

하루카는 내 말을 듣고 잠시 나를 바라보더니, 천천히 미소를 지었다.

"나도 그래."

그녀는 술잔을 가볍게 들어 올렸다.

"그럼, 좋은 대화에 건배."

나는 웃으며 잔을 들어 올렸다.

"건배."

유리잔이 부딪히는 소리가 작게 울렸다.

술을 다 마시고 밖으로 나오자, 밤공기가 차가웠다. 나는 가볍게 숨을 들이마셨다. 머리가 살짝 어질어질했다. 하루카는 한 손을 주머니에 넣고 가볍게 하품을 했다.

"슬슬 가야겠네."

나는 하루카를 바라봤다.

"어디까지 가?"

"집까지 가야지, 어디 가겠어?"

나는 그녀의 대답을 듣고 고개를 끄덕였다. 그리고 아무렇지도 않게 말했다.

"내가 데려다줄게."

하루카는 순간 멈춰 서서 나를 바라보았다.

"뭐?"

"데려다준다니까."

나는 조금 비틀거리며 손을 내저었다.

"이 시간에 혼자 가면 위험하잖아."

하루카는 피식 웃었다.

"너나 조심해. 너 지금 꽤 취한 거 같은데?"

"아니야. 나 멀쩡해."

나는 똑바로 걷는 시늉을 했다. 그녀는 가볍게 한숨을 쉬었다.

"그래? 근데 너 지금 약간 휘청거리는 거 같아."

"그건 원래 이렇게 걷는 스타일이야."

하루카는 어이없다는 듯 웃더니, 내 팔을 가볍게 붙잡았다.

"그럴 줄 알고 잡았어. 넘어질까 봐."

나는 그녀를 바라보며 슬쩍 웃었다.

"되게 다정하다."

그녀는 피식 웃더니, 나를 보고 천천히 고개를 저었다.

"너 술 마시면 원래 이렇게 말이 많아져?"

"아니."

나는 고개를 저었다.

"너한테만 그러는 거야."

그 말을 내뱉고, 하루카가 나를 빤히 바라봤다.

내가 방금 뭐라고 했지?

"…. 너한테만?"

"응."

나는 태연한 척하며 말했다.

"너한테만."

하루카는 나를 보더니, 피식 웃었다.

"이런 말도 잘하네, 너?"

나는 천천히 걸으면서, 그녀를 힐끔 바라봤다.

"그럼 넌? 너도 나한테만 이렇게 잘 챙겨 주는 거야?"

하루카는 순간 멈칫하더니, 고개를 살짝 돌렸다.

"술 취한 사람이랑 대화하면 안 되겠다."

"그 말은… 맞다는 거네?"

"그 말은, 그냥 조용히 가자는 거야."

나는 실없이 웃으며 다시 걷기 시작했다. 하루카를 데려다줘야 하는데, 왜 자꾸 내가 잡혀가는 느낌이지?

나는 걸음을 멈추고 하루카를 바라봤다.

"그래도, 내가 데려다줄게."

"아니. 내가 너 데려다줄 거야."

나는 고개를 저었다.

"안 돼. 너 늦었어. 빨리 집 가야 돼."

"너도 늦었어. 너야말로 집 가야 돼."

나는 한숨을 쉬며 손을 뻗어 하루카의 팔을 살짝 붙잡았다.

"하루카."

"응?"

"너, 진짜 예쁘다."

하루카는 순간 말을 잇지 못하고 나를 바라봤다.

"…. 뭐?"

"밤에 보니까 더 예쁜 거 같아."

나는 술기운에 솔직하게 말했다.

"이런 밤에 같이 걸을 수 있어서, 기분이 좋다."

그 말을 듣고 하루카는 순간 당황한 듯했지만, 곧 피식 웃었다.

"너 진짜 술 취했구나?"

"아니, 진심인데?"

"아, 그래?"

하루카는 장난스럽게 고개를 끄덕였다.

"그럼, 술 깬 상태에서 다시 말해 줘."

나는 그녀를 바라보았다.

"그래도 똑같이 말할걸?"

하루카는 한숨을 쉬는 척하면서도, 어딘가 미묘하게 웃고 있었다. 그녀의 표정이 부드러워졌다.

"자, 이제 그만 가자. 집에 가야 해."

"근데…."

나는 잠시 망설이다가 말했다.

"우리, 또 볼 거지?"

하루카는 내 눈을 바라보았다. 그리고 천천히, 작게 웃었다.

"응. 또 보자."

그 말을 들으니, 이상하게 마음이 놓였다. 나는 하루카에게 더 이상 떼를 쓰지 않고, 그녀에게 끌려가듯 조용히 집으로 향했다. 밤공기가 차가웠지만, 마음 한쪽이 이상하게 따뜻했다.

눈을 뜨자마자 머리가 띵했다. 눈꺼풀이 무겁고, 머릿속이 어지러웠다. 한참을 가만히 누워 있다가, 천천히 몸을 일으켰다. 속이 메스껍고, 목이 텁텁했다.

"…. 씨."

입에서 저절로 짧은 한숨이 새어 나왔다. 술을 그렇게 많이 마실 생각은 없었는데. 나는 머리를 감싸 쥐고 침대 옆에 던져진 휴대폰을 집어 들었다. 오전 11시 42분. 한동안 멍하니 화면을 바라보다가, 천천히 어젯밤 기억을 더듬었다.

　술.

　하루카.

　그리고….

　'…. 내가 뭐라고 했더라?'

　나는 이마를 문지르며 눈을 감았다. 머릿속이 흐릿하게 엉켜 있다. 하지만 조각난 기억들이 천천히 떠올랐다.

　"너한테만 그리는 거야."

　"밤에 보니까 더 예쁜 거 같아."

　"우리 또 볼 거지?"

　나는 순간 몸을 굳혔다.

　'아…. 나 진짜 이런 말 했어?'

　머리가 더 어지러웠다. 나는 손으로 얼굴을 가리고 가만히 앉아 있었다. 속이 울렁거리는 이유가 숙취 때문인지, 아니면 불안감 때문인지 알 수 없었다.

　'…. 어떡하지.'

　이대로 있을 순 없었다. 나는 한숨을 쉬며 통화 버튼을 눌렀다.

　- 하루카 (통화 중….)

　신호음이 두어 번 울리고, 하루카가 받았다.

　"…. 여보세요?"

　하루카의 목소리가 들리는 순간, 나는 잠시 말이 막혔다.

'아…. 이거 괜히 걸었나?'

나는 머리를 긁적이며 입을 열었다.

"어…. 혹시, 나 깨웠어?"

"아니. 나 방금 일어나긴 했는데, 어차피 일어날 시간이었어."

나는 안도의 숨을 쉬며 침대에 기대앉았다.

"다행이네…."

"근데 웬일이야?"

나는 한 손으로 이마를 짚고 깊게 숨을 들이마셨다. 어떻게 말해야 할까.

"그게….."

"혹시…."

하루카가 말을 천천히 이었다.

"어제 일 때문에?"

나는 순간 몸이 굳었다.

"……."

"맞네."

나는 고개를 감싸 쥐었다.

"아니, 그러니까…. 나 어제 많이 취했던 거 같아서. 혹시 실수한 거 없나 싶어서 전화했어."

하루카는 잠시 침묵하더니, 나지막이 웃었다.

"실수라…."

나는 손에 땀이 나는 걸 느꼈다.

"아, 그러니까…. 내가 이상한 말 했거나, 뭐가 불편하게 한 거 없나 해서."

하루카는 숨소리를 가볍게 내쉬었다. 그리고, 예상치 못한 말을 던졌다.

"넌 되게 다정하다."

"……. 뭐?"

"너한테만 그러는 거야."

나는 순간 말을 잃었다.

머릿속이 하얘졌다.

"…. 잠깐만."

"밤에 보니까 더 예쁜 거 같아."

나는 그대로 핸드폰을 이마에 대고 눌렀다.

"아 씨…."

머릿속이 울렁거렸다. 숙취 때문인지, 이 상황 때문인지 모르겠다.

"너…. 기억 안 났구나?"

나는 한참 말이 없었다.

"……. 아니, 조금은 났어."

하루카가 웃는 소리가 들렸다.

"그래?"

나는 손으로 얼굴을 가린 채 깊게 숨을 내쉬었다.

"…. 내가 좀 많이 취했었나 봐."

"응. 꽤나."

"그래서…. 그거 다 진심 아니고 그냥 술김에 한 말이라고 생각했어?"

그 말에, 하루카가 짧게 웃었다.

"그건 모르지."

나는 순간 숨을 삼켰다.

"……."

"그래서."

하루카가 나지막이 말했다.

"우리 또 볼 거지?"

나는 핸드폰을 꼭 쥐었다. 이제야 술이 완전히 깨는 기분이었다. 천천히 창밖을 바라보며, 작은 목소리로 말했다.

"…. 응, 또 보자."

그 말을 한 순간, 하루카의 숨소리가 작게 들렸다.

그리고, 그녀도 조용히 말했다.

"그래."

통화가 끝난 후에도, 나는 한동안 핸드폰을 바라봤다. 어지러웠던 머릿속이, 이상하게 맑아지는 기분이었다.

3장

유포리아

바다는 잔잔했다. 물결이 부드럽게 모래 위로 밀려왔다가 천천히 사라지는 풍경을 보며 나는 모래사장 위에 조용히 앉아 있었다. 귀를 간질이는 파도 소리, 바람이 스쳐 지나가는 소리가 귓가를 어루만졌다.

"오랜만에 바다 오니까 좋네."

옆에 앉은 어머니가 나지막이 말했다. 나는 작은 미소를 지으며 고개를 끄덕였다.

"그러게요. 생각보다 좋아요."

아버지는 멀리서 바다를 바라보며 조용히 서 있었다. 마치 깊은 생각에 잠긴 듯한 뒷모습이었다. 그런 아버지를 보며 잠시 미소 짓던 나는, 다시 바다를 바라보았다.

파도가 밀려오는 모습을 바라보자, 문득 하루카의 얼굴이 떠올랐다. 그녀는 지금 뭘 하고 있을까. 이런 바다를 보면, 그녀는 어떤 말을 할까. 어쩌면 바닷가에 서서 가만히 웃으며,

"나도 바다 좋아해." 라고 말할지도 모른다. 아니면, 모래 위에 발자국을 찍으며 천천히 걸어가겠지. 햇살을 받아 반짝이는 긴 머리카락과, 바람에 흩날리는 옷자락이 눈앞에 선명하게 그려졌다. 그녀의 목소리, 그녀의 미소. 그리고 내가 보지 못한 그녀의 다양한 표정들. 하루카를 떠올리니 가슴 한쪽이 저릿했다. 보고 싶었다. 조금 전까지만 해도 온전히 만족스러웠던 바닷가가, 그녀를 떠올린 순간부터 약간 허전하게 느껴졌다.

'…. 전화라도 해 볼까.'

나는 주머니에서 휴대폰을 꺼냈지만, 다시 그대로 넣었다. 지금은 그냥 그녀를 떠올리는 것만으로도 충분하다는 생각이 들었다. 파도가 다시 발끝을 적셨다. 차가운 물의 온기가 그녀의 손길처럼 부드럽게 느껴졌다.

저녁이 찾아왔다. 노을이 붉게 물든 하늘을 배경으로, 우리는 숙소 앞 작은 테이블에 앉아 함께 차를 마셨다. 조용히 풍경을 바라보던 아버지가 천천히 입을 열었다.

"요즘은 좀 어때?"

나는 차가운 찻잔을 만지작거리다가 천천히 고개를 들었다.

"괜찮아요. 전보다는… 많이 좋아진 거 같아요."

어머니가 나를 조심스럽게 바라봤다. 그녀의 눈빛에 담긴 걱정이 느껴졌다.

"약은 계속 먹고 있는 거지?"

"네. 잘 챙겨 먹고 있어요."

어머니는 작게 미소 지으며 고개를 끄덕였다. 잠시 침묵이 흘렀다. 파도 소리와 벌레 소리만이 주변의 고요함을 채웠다. 나는 차를 천천히 마시며 말했다.

"사실… 요즘 좀 더 좋아진 이유가 있어요."

부모님은 말없이 나를 바라봤다. 나는 망설이듯 말을 이었다.

"어떤 사람을 만났거든요."

어머니의 눈이 순간 반짝였다. 아버지의 얼굴에도 미소가 아주 작게 피어올랐다.

"여자 친구니?"

"아니…. 아직 그런 건 아닌데, 좋은 사람이에요."

아버지가 고개를 끄덕였다.

"네가 사람 이야기를 하는 게 참 오랜만인 것 같다. 보기 좋네."

어머니는 따뜻한 눈빛으로 나를 바라보았다.

"그 사람이랑 있으면 편안하니?"

나는 천천히 숨을 들이쉬며 생각했다. 하루카의 미소와 말투, 나를 바라보던 눈빛까지 떠올랐다.

"네, 편안해요. 마음이 좀… 부드러워지는 느낌이에요."

어머니는 안심한 듯 미소 지었다. 그녀의 눈빛에 담긴 긴장이 천천히 풀리는 듯했다. 나는 잠시 망설이다, 아주 작은 목소리로 말을 덧붙였다.

"그리고…. 이제는 괜찮아질 수 있을 거 같다는 생각도 들어요."

그 말에 부모님은 서로의 얼굴을 바라보다가, 다시 나를 향해 미소를 지었다.

"그래, 그거면 됐다."

아버지가 나를 보며 나지막이 말했다. 그 말에는 많은 의미가 담겨 있었다. 걱정, 위로, 응원, 그리고 안심까지. 나는 부모님의 그 표정을 보며, 마음 깊은 곳에 남아 있던 작은 응어리 하나가 서서히 녹는 기분이었다.

숙소 근처의 작은 식당에는 우리 가족 외엔 손님이 없었다. 이른 아침이라 식당 안 공기는 차분하고 정적이었다. 은은하게 퍼지는 따뜻한 국물 냄새가 가게를 부드럽게 채웠다.

나는 어머니와 아버지와 마주 앉아 뜨끈한 국밥 한 그릇을 천천히 떠먹었다. 아침의 부드러운 햇살이 창문을 타고 들어와 테이블 위를 비췄다. 멀리서 들리는 바다 소리와 함께 편안한 침묵이 자리 잡고 있었다.

식사를 하던 도중, 아버지가 먼저 말을 꺼냈다.

"예전에 아빠가 자주 생각하던 질문인데… 인간은 정말 혼자서 살 수 있을까?"

나는 숟가락을 입술 근처에서 잠시 멈추고 생각에 잠겼다.

"혼자서요…?"

"그래. 혼자 살아도 충분히 행복한 삶이 가능할까 하는 생각 말이야."

아버지는 젓가락으로 반찬을 천천히 집으며 말을 이었다.

"너는 어떻게 생각하니?"

나는 잠시 망설이다가, 천천히 숟가락을 내려놓고 아버지를 바라보았다.

"솔직히… 한때는 가능하다고 믿었어요. 특히 제가 아팠을 때는 사람에게 받는 상처 때문에 차라리 혼자가 편하다고 느꼈던 적이 많아요."

어머니가 조용히 내 말을 경청하며 고개를 천천히 끄덕였다.

"그래, 네가 힘들 때 그런 마음이었다는 거 알아. 그게 당연하기도 하고."

나는 가볍게 미소 짓고 다시 입을 열었다.

"네, 그런데… 최근에 생각이 좀 바뀌었어요."

"바뀌었다고?"

아버지가 진지한 눈으로 나를 바라봤다. 나는 천천히 고개를 끄덕이며 이야기를 이어 나갔다.

"네. 그동안 저는 혼자 있을 때가 편하다고 생각했지만, 그건 그냥 마음을 닫아 놓고 살았던 것 같아요. 상처받기 싫으니까요. 혼자가 더 안전할 거라고 믿었던 거죠."

나는 잠시 숨을 골랐다.

"그런데 최근에 K라는 사람, 그리고 하루카라는 사람을 만나면서 생각이 달라졌어요."

어머니가 호기심 어린 눈빛으로 물었다.

"어떤 면에서 그렇게 바뀌게 됐는데?"

나는 작게 숨을 들이마셨다. 하루카의 얼굴이 스치듯 머릿속을 지나갔다.

"그냥… 사람들과 관계를 맺고, 마음을 나누는 게 생각보다 나쁜 일은 아니라는 걸 깨닫게 되었어요. 그 사람들과 있으면서, 제 안에서 조금씩 무언가가 채워지는 느낌이 들었거든요."

나는 국물을 천천히 마셨다. 따뜻한 온기가 가슴으로 퍼졌다.

"특히 K라는 사람은… 제가 가장 힘들었을 때, 제 얘기를 묵묵히 들어 줬어요. 조언을 강요하지 않고, 제 말을 끝까지 들어 준 사람이었죠. 그 사람 덕분에, 사람에게서 오는 위로가 어떤 건지 알게 됐어요."

아버지가 나지막이 말했다.

"사람이 사람을 위로하는 거지. 그렇지?"

나는 미소를 지으며 깊게 고개를 끄덕였다.

"맞아요. 사람이 상처를 주기도 하지만… 결국 그 상처를 치유하는 것도 사람이에요. 인간은 혼자서는 완벽하게 행복해질 수 없다는 걸 그때 깨달았어요."

어머니가 따뜻한 목소리로 말을 받았다.

"그 하루카라는 친구는 어떤 사람이니?"

하루카의 미소가 떠올랐다. 그녀를 떠올리는 것만으로도 나는 미소

짓게 되었다.

"마음이… 굉장히 부드럽고, 따뜻한 사람이에요. 하루카와 있을 땐 정말 마음이 편해요. 그 사람도 나처럼 아팠던 적이 있었는데, 그래서인지 서로 더 이해하고 위로하게 되더라고요."

어머니가 나를 바라보며 작게 웃었다.

"그 사람 덕분에 네가 더 좋아진 거구나."

"네, 그렇게 된 것 같아요. 사람은 결국 누군가를 만나면서 성장하고, 또 치유받는 것 같아요. 하루카와 K를 만나면서, 제가 예전보다 훨씬 괜찮아진 이유도 그것 때문이겠죠."

아버지가 잠시 침묵하다가 고개를 끄덕이며 말했다.

"인생에서 가장 중요한 깨달음 중 하나는 결국 그것이야. 인간은 절대 혼자서는 완전해질 수 없다는 것."

나는 천천히 고개를 끄덕였다.

"네, 저도 그걸 이제야 알게 된 것 같아요. 결국 사람은 다른 사람 없이는 살아갈 수 없다는 걸요."

대화를 마치고 다시 조용히 밥을 먹기 시작했지만, 내 마음속에는 조금 전의 말들이 잔잔하게 메아리치고 있었다.

식당을 나서며 바라본 하늘은, 마치 내 마음을 닮은 듯 맑고 푸르게 펼쳐져 있었다.

집에 도착하자마자 몸이 자연스럽게 침대로 향했다. 짐을 풀 틈도 없이 침대에 털썩 앉았다. 잠시 숨을 돌리며 휴대폰을 집어 들었다. 화면을 켜자마자 자연스럽게 하루카의 이름을 눌렀다. 전화는 금방 연결되었다.

"여보세요?"

수화기 너머에서 들리는 하루카의 밝은 목소리에 나도 모르게 미소가 지어졌다.

"뭐 해?"

"책 읽고 있었어. 넌 집 도착했어?"

"응, 방금. 너 보고 싶어서 전화했어."

내 말에 하루카가 조용히 웃는 소리가 들렸다. 잠시 후 그녀가 부드럽게 말했다.

"나도 보고 싶었어. 여행은 어땠어?"

나는 천장을 바라보며 천천히 웃었다.

"생각보다 좋았어. 부모님이랑 오랜만에 진지한 얘기도 많이 했고…. 바다도 진짜 좋더라. 나중에 너랑도 같이 가고 싶었어."

하루카는 내 말에 기분 좋은 듯 밝게 말했다.

"좋아, 우리 꼭 같이 가자. 약속?"

"약속."

나는 가볍게 웃으며 약속했다. 전화를 통해 그녀의 미소가 보이는 것 같았다. 하루카는 잠시 망설이듯 말을 이어 갔다.

"그런데… 무슨 진지한 이야기를 했어?"

나는 잠시 침묵했다가 솔직하게 답했다.

"그냥… 인생 얘기 같은 거. 그동안 좀 힘들었었잖아. 사람 없이 혼자서 살 수 있을까, 그런 이야기를 했거든."

하루카는 내 이야기를 조용히 들으며 물었다.

"그래서 결론은?"

"사람은… 다른 사람 없이 살 수 없다는 거. 난 그걸 이제야 깨달았어."

하루카가 밝은 목소리로 나직이 말했다.

"좋은 결론이네. 근데 너 내가 오래 보진 않았지만 진짜 많이 좋아진 거 같아."

나는 침대에 누워 창문 너머를 바라보았다. 따뜻한 햇살이 방 안을 가득 채우고 있었다.

"응. 많이 좋아졌어. 사실 너 덕분인 것 같아."

하루카는 잠시 침묵하다가 장난스럽게 말을 걸었다.

"이렇게 멋진 말을 하면 내가 뭐라고 답해야 할지 모르겠네."

나는 크게 웃으며 말했다.

"그냥 고맙다고 하면 되지."

하루카는 밝게 웃으며 대답했다.

"응, 고마워. 진심이야."

통화를 마친 후, 나는 기분 좋은 여운 속에서 하루를 보냈다. 오랜만에 편안하게 음악을 듣고, 책을 읽고, 가끔은 창밖으로 하늘을 바라봤나. 평범하고도 행복한 하루였다.

이제 나는 일상이 이렇게도 아름다울 수 있음을 알게 됐다. 그리고 이 작은 행복의 중심에 하루카가 있다는 사실이 나를 더욱 따뜻하게 했다.

아침 공기가 조금은 차가웠다. 아직 가을이지만, 바람에는 곧 겨울이 찾아올 것 같은 예고가 섞여 있었다. 창문 너머로 비치는 빛이 투명하게 느껴졌다. 침대 위에서 몸을 일으키자, 휴대폰 화면 위에 하루카의 이름이 보였다.

[오늘 날씨 맑긴 한데, 좀 쌀쌀하다. 옷 따뜻하게 입고 산책할래?]

그녀의 메시지에 미소가 절로 지어졌다. 나는 자리에서 일어나 옷장을 열고 잠시 망설이다가, 두꺼운 크림색 니트와 짙은 청바지를 골라 입었다. 거울 속 내 모습이 조금은 어색했지만, 그래도 오늘은 이상하게 신경이 쓰였다. 따뜻한 머플러를 목에 두르고 가벼운 코트를 걸치고 밖으로 나섰다. 거리에선 사람들이 저마다 두꺼운 옷차림으로 발걸음을 옮기고 있었다. 아직 본격적인 겨울은 아니지만, 계절이 넘어가는 경계의 찬바람이 손끝을 스쳤다. 약속 장소였던 공원 입구에는 하루카가 먼저 와 있었다. 옅은 갈색의 두꺼운 가디건과 목을 감싸는 아이보리색 머플러를 한 그녀의 모습이 가을과 겨울 사이의 풍경처럼 조화로웠다. 나를 발견한 하루카가 미소를 지었지만, 눈빛은 평소와 조금 다르게 어딘가 어색하게 흔들렸다.

"생각보다 빨리 왔네?"

그녀의 목소리는 다정했지만 살짝 떨리는 듯했다.

"어, 네가 춥다고 하길래 얼른 왔지."

내 말에 하루카는 살짝 눈을 피하며 작게 웃었다.

평소처럼 나를 편하게 바라보지 못하는 모습이 눈에 띄었다. 우리는 천천히 공원 산책로를 걸었다. 바닥엔 마른 낙엽들이 깔려 있었고, 밟을 때마다 바스락거리는 소리가 정적을 깨트렸다. 하루카는 평소보다 말수가 적었다. 우리는 아무 말 없이 서로의 발자국 소리만을 들으며 걷고 있었다. 바람이 불 때마다 하루카는 머플러를 손으로 가만히 만지작거렸다. 어색한 침묵을 깨기 위해 내가 먼저 입을 열었다.

"이제 진짜 겨울이 오려나 봐."

"응, 그러게…."

그녀는 짧게 대답하고 또 시선을 돌렸다. 내 눈을 마주치지 않고 자꾸만 주변을 둘러보는 하루카의 모습이 조금 이상했다. 어쩌면 평소보다 더 어색하고 불안해 보이는 그녀의 행동들이, 나에게까지 미세한 떨림으로 전해져 왔다. 그 낯선 공기가 내 마음을 아주 조금씩 흔들었다.

우리는 길을 걷다가 우연히 조용한 작은 공터를 발견했다. 아무도 찾지 않은 듯한 공간이었다. 우리는 말없이 나란히 앉았다. 잠시 침묵이 흘렀다. 바람은 차갑지만, 그 공터에 스며드는 햇빛은 기분 좋게 따스했다. 나는 곁눈질로 하루카를 바라봤다. 그녀는 눈을 살짝 감고 있었고, 마치 속으로 깊은 숨을 고르는 듯했다. 그 얼굴 위에 작은 햇살이 비쳐, 그녀의 볼이 살짝 붉어졌다.

무슨 생각을 하는지 묻고 싶었지만, 물을 수 없었다. 잠시 후, 하루카가 다시 눈을 떴다. 내 시선과 마주치자 하루카는 어색하게 고개를 돌렸다. 그녀의 작은 행동들이 평소와 달랐다.

"춥진 않아?"

내가 물었다.

"응, 괜찮아."

그녀의 목소리는 짧고 낮았다. 다시 침묵이 찾아왔다. 이번 침묵은 어색함보다는 편안함이었지만, 나는 자꾸만 그녀의 작은 표정 변화와 행동이 신경 쓰였다.

"근데 오늘…. 뭐 안 좋은 일 있었어?"

나는 최대한 조심스럽게 물었다. 하루카는 깜짝 놀란 듯 나를 쳐다봤다.

"아니, 아무 일도 없었는데…. 왜?"

"그냥 좀… 어색해 보여서."

하루카는 아무 말 없이 작은 미소만 지었다.

"그냥… 오늘 날씨 때문인가 봐."

그녀는 그렇게 말하고 다시 고개를 돌렸다. 나는 하루카의 옆모습을 바라보다가, 결국 더 이상 질문하지 않기로 했다. 그녀가 숨기려 하는 무언가가 있을지도 모른다는 생각을 처음으로 하게 되었다.

침묵이 지나고, 다시 길을 걷기 시작했다. 햇살이 따뜻하게 내려앉는 길 위에서, 하루카가 조용히 말을 꺼냈다.

"너는 학교 다닐 때 주로 어떤 책 읽었어?"

그녀의 질문에 나는 살짝 웃으며 대답했다.

"난 주로 소설을 많이 읽었던 것 같아. 문학 쪽, 감성적인 거 있잖아."

하루카는 밝게 웃으며 고개를 끄덕였다.

"역시 네 취향답다. 나도 문학을 좋아하긴 하는데, 사실 어릴 땐 추리 소설에 빠졌었어. 밤새워 읽다가 엄마한테 자주 혼났었거든."

나는 그 모습을 상상하며 웃음을 터뜨렸다.

"너한테 추리 소설은 조금 의외네. 난 네가 엄청 차분한 에세이나 시 같은 걸 좋아할 줄 알았거든."

하루카는 가볍게 웃으며 대답했다.

"그런 것도 좋아하지만, 사실 나도 가끔은 사건 사고가 많은 책이 좋았어. 범인을 추리하는 재미가 쏠쏠했거든."

우리는 천천히 걸으면서 서로의 책 이야기를 주고받았다. 하루카의 표정이 점점 밝아졌고, 나 역시 편안하게 미소 지을 수 있었다. 어느새 공원 벤치에 나란히 앉아 잠시 휴식을 취하게 되었다.

"그러고 보니, 너는 어떤 음식 제일 좋아해?"

하루카가 갑자기 눈을 반짝이며 물었다. 나는 잠시 고민하다가 말했다.

"음…. 특별히 가리는 건 없는데, 제일 좋아하는 건 역시 파스타인 것 같아. 크림 파스타 같은 거."

하루카는 작게 탄성을 지르며 웃었다.

"나노 크림 파스타 진짜 좋아하는데! 근데 나는 만들어 먹으면 꼭 실패해."

그녀의 작은 고백에 웃음이 나왔다.

"요리 잘 못 해?"

하루카는 쑥스러운 듯 미소를 지었다.

"응, 사실은 좀 엉망이야. 예전에 한번 해 봤다가 크림을 너무 졸여서… 거의 죽 같은 파스타를 먹었던 기억이 있어."

나는 상상만으로도 웃음이 나와 버렸다. 하루카도 내 반응에 덩달아 웃음을 터트렸다.

"그래도 직접 해 먹어 본 게 어디야? 난 아예 시도조차 못 하거든."

하루카가 밝게 웃으며 말했다.

"그럼 다음에 같이 시도해 볼래? 둘이 하면 좀 나으려나?"

"그럴까? 둘이 하면 죽보단 낫겠지."

우리는 가볍게 웃으며 서로의 눈을 바라봤다. 그녀의 눈빛에 있던 미세한 어색함이나 긴장은 어느새 사라지고 없었다. 그저 친구와 나누는 편안하고 따뜻한 대화. 아무 부담도 없이 서로의 사소한 이야기들을 공유하는 순간이었다. 하루카가 문득 말했다.

"너랑은 이런 소소한 얘기 하는 게 참 편한 거 같아."

그 말이 이상하게 가슴을 따뜻하게 만들었다.

"나도 그래. 특별한 이야기가 아니더라도, 너랑 있으면 그냥 좋아."

나는 조금 더 편안해진 목소리로 말했고, 하루카는 미소 지으며 조용히 고개를 끄덕였다.

우리는 길을 걷다가 골목에 자리 잡은 아담한 파스타 가게 앞에서 멈췄다. 나무로 만들어진 작은 간판 위로 부드러운 불빛이 따뜻하게 내려앉고 있었다. 하루카가 잠시 멈춰서 가게 안을 살짝 바라보았다가, 곧 나를 돌아보며 말했다.

"아까 파스타 얘기해서 그런지 진짜 먹고 싶어졌어. 우리 들어갈래?"

그녀의 밝고 부드러운 목소리에 나도 가볍게 미소 지으며 고개를 끄덕였다.

"좋아. 마침 좀 배고프기도 하고."

문을 열고 들어서자 작은 종소리가 따뜻하게 울렸다. 포근한 분위기의 실내에는 나긋한 음악과 버터향이 은은하게 흘렀다. 직원이 우리를 반기며 창가 쪽 아늑한 자리를 안내했다. 우리는 나란히 마주 보고 앉았다. 서로의 시선이 닿자 무언가 모를 미묘한 공기가 순간적으로 우리 사이에 머물렀다. 그때 메뉴판을 건네주던 직원이 친절한 미소를 지으며 우리에게 말을 걸었다.

"메뉴 고민되시면 추천해 드릴까요?"

하루카가 직원에게 밝게 웃으며 물었다.

"네, 여기 뭐가 제일 맛있어요?"

직원은 환한 미소를 지으며 우리 둘을 번갈아 쳐다보고는 자연스럽게 말했다.

"저희 가게에선 '커플 세트'가 가장 인기예요. 커플들은 보통 그걸 많이 드시거든요. 크림 파스타랑 토마토 파스타 둘 다 나와서 좋아하시더라고요."

순간 직원의 말에 나도 모르게 얼굴이 붉어졌다. 하루카 역시 미세하게 당황한 듯 살짝 눈을 피하며 메뉴판을 어색하게 만지작거렸다.

"어…. 저희…."

내가 무언가 말하려 했지만, 순간 입에서 말이 잘 나오지 않았다. 하루카는 대신 살짝 웃으며 조심스럽게 대답했다.

"그럼 그걸로 주세요."

직원이 메뉴판을 받아가며 다시 한번 따뜻한 미소를 지었다.

"네, 금방 준비해 드릴게요. 예쁜 커플이시네요."

직원이 떠난 뒤, 테이블 위에 다시 묘한 침묵이 찾아왔다. 하루카는 손끝으로 머리카락을 천천히 만지작거렸고, 나는 자연스레 창밖으로 시선을 돌렸다. 마음속에 작은 파도가 치듯 설렘과 어색함이 동시에 밀려왔다.

"우리…. 그런 분위기인가 봐."

하루카가 작게 중얼거렸다. 나는 그녀의 말을 듣고 다시 얼굴이 뜨거워졌다. 하루카 역시 뺨이 붉어진 채 눈을 살짝 내렸다.

"그러게…."

짧은 침묵이 흘렀다. 조금 후 직원이 가져온 파스타 두 접시가 테이블 위에 놓였다. 하나는 부드럽고 향긋한 크림 파스타, 또 다른 하나는 새콤한 향의 토마토 파스타였다.

"맛있게 드세요."

직원이 떠난 뒤, 나는 포크를 집어 들었다. 하루카도 포크를 들어 파스타를 천천히 말았다. 크림 파스타의 부드럽고 진한 향이 입 안 가득 퍼지자, 어색했던 분위기가 조금씩 부드러워지기 시작했다.

"맛있다."

내가 나지막하게 감탄하자 하루카가 살짝 웃으며 동의했다.

"응, 진짜 맛있네. 이렇게 먹으니까 더 좋다."

우리는 천천히 파스타를 먹으며 조금씩 긴장을 풀어갔다. 포크로 파스타를 마는 소리와 음악 소리만이 공간을 채웠다. 하루카가 조용히 말을 꺼냈다.

"근데 너는 크림 파스타를 진짜 좋아하는구나. 아까 말할 때부터 눈이 반짝거리던데?"

나는 가볍게 웃으며 고개를 끄덕였다.

"응, 난 크림 파스타가 제일 좋더라. 너랑 먹으니까 더 맛있는 것 같아."

말을 마친 뒤 나조차도 놀라 잠시 입술을 다물었다. 생각보다 조금 더 솔직한 말이었다. 하루카의 포크가 아주 잠시 멈칫했다. 그녀가 작게 웃으며 시선을 내렸다.

"나도… 너랑 같이 먹으니까 더 맛있어."

아주 작은 목소리로 그녀가 답했다. 나는 그녀의 얼굴을 잠시 바라봤다. 그녀의 뺨이 여전히 살짝 붉어져 있었다. 조용히 파스타를 먹는 동안, 우리 둘 사이의 공기는 묘하게 달라졌다. 조금 전의 어색함보다는 부드러운 편안함과 미세한 설렘이 가슴속에서 맴돌았다.

식사를 마치고 밖으로 나오자, 찬 공기가 얼굴을 감쌌다. 가게의 포근한 열기에서 벗어나니, 다시 정신이 맑아지는 것 같았다. 하루카가 가게를 힐끔 쳐다보며 조심스럽게 웃었다.

"오늘은 좀… 뭔가 이상했지?"

나는 가볍게 미소 지으며 말했다.

"그래, 좀 그랬어. 근데 나쁘진 않았던 거 같아."

하루카가 작게 웃으며 살짝 고개를 끄덕였다. 그녀의 얼굴에 스친 미세한 미소가 나를 또다시 설레게 했다. 우리는 그렇게 천천히 길을 걷기 시작했다. 오늘의 일들이 마음속에서 작은 물결처럼 계속 맴돌았다. 우리의 관계가 어쩌면 오늘을 계기로 조금 더 달라질지도 모른다는 생각이 들었다. 서로의 얼굴을 마주 보지 않은 채 걸으면서, 나는 그저 이 순간이 조금 더 오래 지속되었으면 하는 바람을 품고 있었다.

하루카와 나는 천천히 걸으며 그녀의 집을 향해 가고 있었다. 쌀쌀한 바람이 가끔씩 불어와 얼굴을 스쳤지만, 함께 걷는 길 위의 공기는 따뜻하고 편안했다. 하루카가 잠시 고개를 들어 밤하늘을 바라보며 말했다.

"오늘 달이 참 예쁘다."

나도 자연스레 하늘을 올려다봤다. 달빛이 투명하게 빛나고 있었다. 우리가 그렇게 잠시 멈춰서 달을 바라보고 있을 때, 멀리서 낯익은 실루엣 하나가 천천히 다가왔다. 어둠 속에서도 알 수 있는 키 큰 체격과 특유의 편안한 걸음걸이.

"K…?"

내가 무심코 중얼거리자, 하루카도 놀란 듯 K를 바라봤다. K 역시 우리를 발견하고 멈춰 서서 살짝 미소 지었다. 그는 평소의 밝은 얼굴과는 다르게 조금 지쳐 보이는 표정이었다.

"어라, 여기서 다 만나네."

그의 목소리는 평소보다 낮고 조금 힘없이 들렸다. 하루카는 K를 신기하다는 듯 바라보며 말을 걸었다.

"사장님, 왜 여기 계세요?"

K는 여전히 담담한 미소를 지으며 어깨를 으쓱했다.

"사실, 여기 근처 살거든. 가게 끝나면 늘 늦은 시간이라 잘 못 마주쳤나 보네."

나는 조금 놀라며 K를 바라봤다. 그동안 K의 가게만 찾아갔지, 그의 일상이나 집 같은 건 생각해 본 적이 없었다.

"전혀 몰랐어요. 근데 오늘 일찍 퇴근하셨나 봐요?"

내가 묻자, K는 작은 한숨을 내쉬며 어색하게 미소 지었다.

"응, 오늘은 좀 몸이 별로라 일찍 닫고 나왔지."

K의 얼굴이 조금 창백해 보였지만, 그는 그걸 숨기려는 듯 나와 하루카를 번갈아 보며 밝게 웃었다.

"근데 너희 둘이 같이 있는 걸 보니 기분이 좋네. 잘 어울린다."

그 말에 하루카와 나는 순간 얼굴이 붉어졌다. K는 그런 우리의 반응을 보고 특유의 가벼운 웃음을 터뜨렸다.

"그렇게까지 놀랄 건 없잖아?"

하루카가 부끄러운 듯 K의 말을 얼른 넘겼다.

"아니에요. 저희 그냥… 집에 가는 길에 마주쳐서요."

K는 고개를 끄덕이며 나를 보았다. 그의 눈빛에는 장난스러움과 진지함이 미묘하게 뒤섞여 있었다.

"어쨌든, 오늘은 너희 보니까 좋네. 난 얼른 가 봐야겠다. 너희도 감기 걸리지 않게 조심하고."

"네, 들어가세요. 얼른 쉬세요."

K는 손을 가볍게 흔들고 우리를 지나갔다. 그의 뒷모습이 평소보다 어딘가 쓸쓸하게 느껴졌다. 잠시 침묵 속에서 걷다가 하루카가 먼저 말했다.

"K 사장님이 근처에 사는 줄 몰랐네."

"응, 나도 처음 알았어. 뭔가… 가게 밖에서 만나니까 기분이 좀 이상하지 않아?"

하루카는 미소를 지으며 고개를 끄덕였다.

"맞아, 매번 같은 장소에서만 보다가 이런 우연히 마주치니까 신기한 느낌이야."

우리는 잠시 더 말없이 걸었다. 조금 전 K의 모습이 자꾸만 머릿속을 맴돌았다. 그 밝고 유쾌했던 K에게 그런 쓸쓸한 표정도 있었구나 하는 생각이 들었다. 나는 하루카를 바라보았다. 그녀 역시 K와의 우연한 만남에 여러 가지 생각이 떠오르는 듯 조용히 길을 걷고 있었다. 그 순간만큼은 서로 말하지 않아도 같은 생각을 하고 있다는 느낌이 들었다.

"우리 다음에 K 사장님 가게 또 같이 갈까?"

내 말에 하루카는 밝게 미소 지었다.

"그래, 그러자. 오늘 보니까 더 그런 생각이 드네."

우리는 천천히 하루카의 집을 향해 계속 걸었다. 우연한 만남 하나가 우리의 밤 산책을 조금 더 특별하게 만들어 준 것 같았다.

하루카의 집 앞에서 그녀를 배웅하고 돌아서는 길, 어둠 속에도 가슴이 따뜻하게 뛰었다. 걸음을 옮길 때마다 하루카의 미소가 자꾸만 떠올랐다. 그녀와 다음 만남이 기다려졌다. 하지만 그때였다. 낯선 발소리와 함께 뒤에서 조용히 목소리가 들려왔다.

"저기요, 잠깐만요."

걸음을 멈추고 돌아보자, 처음 보는 여자가 길가에 서 있었다. 긴 머리카락이 바람에 살짝 흔들리고 있었다. 나는 어리둥절한 표정으로 그녀를 바라봤다.

"저요?"

"네. 저기…. 혹시 번호 좀 주실 수 있을까요?"

처음 듣는 말에 당황해 잠시 얼어붙었다. 그녀는 망설임 없이 한 발짝 더 다가왔다. 나는 본능적으로 조금 뒤로 물러났다.

"저 죄송한데…. 애인 있어요."

나는 최대한 단호하지만 정중하게 말했다. 그녀는 순간 당황한 듯 잠깐 말을 잃었지만 이내 부드럽게 미소를 지으며 말했다.

"아, 그럼 그냥 친구로만 지낼 순 없을까요? 그냥 연락만이라도…. 부담 안 드릴게요."

그녀의 말투는 친절했지만, 눈빛에는 집요한 열기가 담겨 있었다. 낯선 사람에게서 느끼는 두려움과 불편함이 등골을 서늘하게 만들었다.

"죄송합니다만, 제가 그런 거 별로 익숙하지가 않아서…."

내가 어렵게 거절했지만 그녀는 오히려 더 적극적으로 나왔다.

"아, 정말로 연락만 할게요. 절대 불편하게 하지 않을 거예요. 부탁이에요."

그녀의 간절한 목소리에 상황을 빨리 끝내고 싶어 결국 마지못해 그녀가 내민 휴대폰에 내 번호를 천천히 눌러줬다. 번호를 입력하는 순간 손이 조금 떨렸다. 번호를 받고 그녀는 미소 지으며 고개를 숙였다.

"정말 감사합니다! 조심히 들어가세요."

"네…. 그럼 이만…."

그녀에게서 빠르게 벗어나고 싶었다. 집으로 돌아오는 내내 마음이 찝찝했다. 하루카의 얼굴이 계속 떠올랐다. 미안함과 혼란스러움이 가슴을 무겁게 눌렀다. 집에 도착해 현관문을 닫고 크게 한숨을 내쉬었다. 하루카가 알면 어떻게 생각할까 하는 죄책감이 나를 더 괴롭게 했다. 그때 휴대폰이 짧게 진동했다. 낯선 번호에서 메시지가 왔다. 나는 천천히 메시지를 열었다.

[집에는 잘 들어가셨어요? 방금 번호 드린 사람이에요! 많이 놀라셨죠? 미안해요. 전 김서아라고 해요. 사실 이렇게 적극적으로 다가간 건 처음이에요.]

나는 천천히 메시지를 내려 읽다가 순간 눈이 멈췄다. 이어진 메시지에는 뜻밖에도 내 이름이 적혀 있었다.

[근데 민준 씨, 애인이 있다는 거 진짜예요? 아니어도 괜찮아요. 그냥 가끔이라도 연락하면서 지내요, 우리.]

그녀가 메시지에서 내 이름을 부르는 순간, 심장이 철렁 내려앉았다. '최민준'. 나조차도 낯설게 느껴지는 이름이 화면 위에서 선명하게 빛났다. 순간 이상한 생각이 들었다. 지금까지 하루카에게조차 이름으로 불린 적이 없다는 걸 문득 깨달았다. 그토록 가까워진 하루카조차 내 이름을 모른다는 게 너무나 이상했다. 하지만 지금, 이름조차 모르는 낯선 여자가 내 이름을 너무도 쉽게 불렀다. 나는 메시지 화면을 멍하니 바라봤다. 잠시 후 다시 메시지가 왔다.

[민준 씨, 답장 기다릴게요. 앞으로 친하게 지내요, 알았죠?]

지나친 친밀함이 느껴지는 그녀의 태도에 심장이 빠르게 뛰었다. 익숙하지 않은 상황이 낯설고 두려웠다. 하지만 더욱 큰 감정은 하루카에 대한 미안함이었다. 하루카에게 죄를 지은 것처럼 마음이 아팠다. 휴대폰 화면을 꺼 버리고 천장만 바라봤다. 침묵 속에서 속삭이듯 내 이름을 천천히 발음해 보았다.

"최민준…."

익숙해야 할 내 이름이, 이상하게도 입술 위에서 낯설고 불편했다.

그날 밤, 잠들지 못하고 뒤척이며 여러 가지 감정이 교차했다. 하루카가 내 이름을 부르는 모습을 상상했지만, 쉽게 떠오르지 않았다. 하지만 이름을 듣고 싶다는 생각이 처음으로 절실하게 다가왔다.

'하루카는 언제쯤 내 이름을 불러 줄까?' 그 생각이 밤이 깊어지도록 머릿속을 떠나지 않았다.

아침 햇살이 눈꺼풀 위로 내려앉았다. 창가에서 흘러 들어오는 빛이 부드럽게 침대를 비추고 있었다. 나는 아직 몽롱한 정신을 붙잡으며 간신히 몸을 일으켰다. 잠시 어제 있었던 일이 떠오르며 마음이 복잡해졌다. 휴대폰을 들어 하루카의 이름을 눌렀다. 메시지를 천천히 입력했다.

[하루카, 너 혹시 내 이름 알고 있어?]

잠시 기다리자 그녀의 답장이 바로 왔다.

[당연히 알고 있지. 최민준이잖아? 갑자기 왜?]

그녀의 답장이 너무도 자연스러워 나는 순간 당황했다. 당연한 대답이었지만, 이상하게도 가슴이 쿵쾅거렸다. 다시 천천히 문장을 입력했다.

[아니, 알고 있었다면 왜 여태까지 한 번도 부르지 않았어?]

잠시 후, 그녀의 답장이 왔다.

[글쎄, 딱히 신경 안 써서? 그냥 넌 너니까. 이름으로 부를 일이 별로 없었던 것 같은데.]

그녀의 대답에 이상하게 맥이 빠졌다. 하루카가 내 이름을 부르는 걸 중요하게 생각하지 않았다는 사실이 마음 한구석을 시큰하게 만들었다. 그 순간 하루카의 다음 메시지가 다시 화면 위로 올라왔다.

[근데 너도 내 이름 부른 적 거의 없지 않아?]

그 말을 보는 순간 가슴이 덜컹 내려앉는 느낌이었다. 정말이었다. 나 역시 그녀의 이름을 입 밖으로 꺼낸 적은 많지 않았다. 마치 서로에게 가까워질수록 이름은 멀어졌던 것 같았다. 나는 짧게 답장을 썼다.

[그랬나…? 생각해 보니 그렇네. 아무튼… 내일 또 만날래?]

답장은 금방 왔다.

[좋아, 내일 보자. 오늘 하루도 잘 보내!]

나는 메시지를 닫고 침대 위에 한동안 멍하니 앉아 있었다. 마음속이 어딘가 적적했다. 단지 이름 하나 때문이라고 생각하기엔 이상한 기분이었다. 결국 집을 나와 혼자서 동네 근처 개천가를 천천히 걸었다. 하늘은 흐릿했고, 물 위로 작은 바람이 불었다. 주머니에 손을 넣은 채 터벅터벅 걷다 보니 하루카와 있었던 시간이 하나씩 머릿속을 스쳐 지나갔다.

함께 걸었던 길들, 함께 나눴던 수많은 이야기들, 그리고 파스타 가게에서 느꼈던 그 묘한 설렘까지. 그 모든 순간들이 갑자기 이상하리만큼 아득하고 멀게 느껴졌다.

'왜 이름을 부르지 않았던 걸까?'

아주 사소한 문제였지만, 어쩌면 우리의 관계를 상징하는 일이 아닐까 하는 생각이 문득 들었다. 나는 그녀의 이름을 부르지 않았고, 그녀

역시 내 이름을 부르지 않았다. 그동안 그런 일이 전혀 이상하지 않았 다는 사실이 더 기묘했다. 나는 개천가 벤치에 앉아 멍하니 흐르는 물을 바라봤다. 마치 내 마음처럼 물이 흐릿하고 어지럽게 흘러가는 것 같았다.

조금 더 걷다 보니 배가 고팠다. 나는 평소 자주 가던 근처의 작은 식당으로 발걸음을 옮겼다. 자리에 앉아 대충 익숙한 메뉴를 주문하고, 멍하니 창밖을 바라봤다. 작은 가게 안으로 흐르는 음악이 이상하게도 슬프게 느껴졌다. 식사를 마치고 밖으로 나오니 차가운 공기가 얼굴을 스쳤다. 마음은 아직도 가라앉아 있었다. 집으로 돌아오는 길에도 계속 생각이 복잡했다. 하루카와의 모든 순간이 특별했지만, 어느새 사소한 것들에 대한 허무함이 밀려왔다. 혼자 걸으며 이런저런 잡념들이 나를 가득 채웠다.

현관문을 열고 집에 들어오자 더 조용하고 쓸쓸한 기분이 들었다. 하루카가 없는 내 공간은 이상하게도 텅 비어 있었다. 나는 소파에 털썩 주저앉아 또다시 생각에 빠졌다.

'최민준.'

내 이름을 속으로 중얼거렸다. 이름 하나로 이렇게까지 마음이 흔들릴 줄 몰랐다. 어쩌면 이름이라는 건 그저 이름일 뿐인데, 하루카와의 관계에서 이런 사소한 것이 크게 느껴질 줄은 생각하지 못했다. 한참을 앉아 있다가 나는 깊은 한숨을 내쉬었다. 잡념은 쉽사리 떠나지 않았다. 오늘 하루는 그렇게 끝났다. 나는 하루카의 이름을 조용히 불러보았지만, 그녀가 옆에 없으니 그저 허공에 흩어질 뿐이었다.
'하루카.'
이름을 입술에 담고 있자니 마음속이 점점 더 어지럽고 적적해졌다.

그날 이후로 나와 하루카는 훨씬 자주 만나기 시작했다. 처음엔 사소한 산책이나 간단한 식사 정도였지만, 시간이 흐를수록 서로의 일상 깊숙이 파고들었다. 자연스레 하루카는 K의 술집에도 가끔 나와 함께 들렀다. K는 우리 둘을 보며 늘 특유의 장난스러운 미소를 지었다.
"너희 둘, 이제 아주 그림 같구나."
그의 말이 농담처럼 들렸지만, 이상하게 싫지 않았다.
얼마 지나지 않아 C와도 함께 만났다. 하루카는 밝고 쾌활한 C와 금세 친해졌고, 우리는 종종 셋이 어울려 가볍게 술을 마시거나 길거리 벤치에서 긴 이야기를 나누곤 했다. 그렇게 우리 네 사람의 삶은 조금씩 얽히고 서로에게 자연스레 스며들었다.
어느 순간부터 나는 하루카가 없는 하루가 이상하게 느껴지기 시작했다. 하루카도 마찬가지였는지, 우리가 함께하는 시간이 많아질수록 그녀의 눈빛도 점점 더 다정해졌다.
그리고 나는 깨달았다. 그녀를 좋아하고 있다는 것을. 더는 숨기고 싶지 않다는 것을.
밤이었다. 깊은 밤하늘엔 별이 몇 개쯤 희미하게 빛났다. 이제는 꽤나 익숙해진 이 산책길을 걷다가 작은 벤치 앞에서 걸음을 멈췄다. 주변엔 아무도 없었고, 조용한 거리에는 가로등 불빛만이 아련하게 퍼지고 있었다. 하루카가 벤치에 앉아 하늘을 올려다봤다. 가로등 불빛 아래 비친 그녀의 옆모습이 평소보다 더 아름다웠다. 나는 천천히 그녀 곁에 앉아 함께 밤하늘을 바라봤다.

잠시 침묵이 흘렀다. 문득 하루카가 웃음을 터뜨렸다. 내가 의아한 눈으로 그녀를 바라보며 그녀에게 물었다.

"너랑 나, 처음 만났을 때 기억나?"

그녀는 살짝 미소를 지으며 대답했다.

"당연하지. 너랑 처음 만났을 때, 내가 얼마나 어색했는지 알아?"

내가 작게 웃었다.

"알아. 난 네가 나 싫어하는 줄 알았다니까? 네 표정이 얼마나 무서웠는지 몰라."

"그때 나 그냥 당황한 거였어. 갑자기 누가 말을 걸 줄은 몰랐으니까."

하루카가 빙긋이 웃으며 나를 바라봤다.

"네가 말을 걸어 줘서 얼마나 다행인지 몰라."

그 말을 듣고 하루카는 다시 조용히 웃었다. 우리는 다시 별을 바라보며 추억에 잠겼다. 하루카가 조심스럽게 말을 이어갔다.

"생각해 보면 너랑 있으면 신기한 일이 자주 일어났던 것 같아."

나는 살짝 고개를 끄덕였다.

"맞아, 너랑 비 맞으면서 걸었던 날 기억해? 갑자기 비가 쏟아져서."

하루카의 눈빛이 부드럽게 흔들렸다.

"기억하지. 그때 너랑 나 둘 다 우산이 없어서, 카페 앞에 뛰어들어가서 한참 비가 멈추길 기다렸잖아."

나는 웃음을 터뜨렸다.

"그때 네 얼굴에 물이 흥건하게 젖어 있어서 내가 손수건 건네줬는데, 결국 네가 그걸 집에 가져가 버렸잖아."

하루카가 살짝 민망한 듯 웃으며 말했다.

"그거 지금도 집에 있어. 그날부터 계속 주인한테 돌려줘야지 하면서도 이상하게 그러질 못했어."

그 말을 듣는 순간 심장이 조금 더 빨리 뛰기 시작했다. 하루카의 표정도 조금은 달라져 있었다. 마치 말하지 않은 무언가를 숨기고 있는 것처럼. 나는 용기를 내어 입을 열었다.

"하루카."

그녀가 나를 향해 천천히 고개를 돌렸다. 눈동자가 별빛을 닮아 반짝였다. 순간 목소리가 잘 나오지 않았다. 나는 긴장한 손을 바지 주머니 속에 꼭 쥐며 천천히 말을 꺼냈다.

"사실은… 할 말이 있어."

하루카가 나를 바라보며 고개를 살짝 기울였다. 그 작은 행동마저 내 가슴을 두근거리게 했다.

"어떤 거?"

나는 크게 숨을 한 번 들이마시고, 떨리는 목소리를 애써 숨기며 말했다.

"나 있잖아, 너 좋아해. 그냥 친구로서가 아니라…. 진짜로 좋아한다고."

그 말을 하는 순간 세상이 고요해졌다. 나는 숨을 제대로 쉴 수도 없을 만큼 긴장하고 있었다. 하루카는 말없이 나를 바라봤다. 그녀의 얼굴이 점점 더 붉어지고 있었다. 잠시 후, 그녀의 작고 떨리는 목소리가 조심스럽게 들려왔다.

"언제부터였어?"

나는 잠시 고민하다가 솔직히 말했다.

"정확히는 모르겠어. 근데 네가 없을 때 계속 네 생각이 나고, 네가 옆에 있으면 더 오래 같이 있고 싶고…. 처음엔 이런 게 좋아하는 건지 몰랐는데, 이제는 확실히 알겠어. 난 네가 좋아."

하루카는 그 말을 듣고 살짝 고개를 숙였다. 그녀의 입가엔 작은 미소가 떠올라 있었다. 심장이 쿵쾅거리는 소리가 귀까지 선명하게 들리는 듯했다. 그녀가 작은 목소리로 말했다.

"나도… 나도 그래."

순간 내 가슴이 멈춘 것 같았다. 하루카는 천천히 고개를 들고 나를 다시 바라봤다. 그녀의 눈빛이 촉촉하고 깊었다.

"사실은 나도 너 좋아해. 네가 생각하는 것보다 훨씬 전부터. 그런데 왠지 그걸 말하면 너랑 어색해질까 봐 말 못했어."

하루카가 웃으며 덧붙였다.

"우리, 진작 얘기할 걸 그랬다."

나도 그제야 긴장이 풀리며 미소를 지었다.

"그러게 말이야."

우리는 서로를 바라보며 작은 웃음을 터뜨렸다. 그제야 숨통이 트이는 느낌이었다. 나는 조심스레 그녀의 손을 잡았다. 그녀의 손은 차가웠지만, 내 손과 닿는 순간 따스하게 느껴졌다. 하루카의 손끝이 가늘게 떨렸다.

나는 천천히, 아주 다정하게 그녀의 이름을 불렀다.

"하루카…."

그녀가 나를 바라보며 작게 웃었다. 그리고는 망설임 없이 내 이름을 불렀다.

"민준아…."

내 이름이 그녀의 입술을 통해 흘러나오는 순간, 온몸이 따뜻해졌다. 오랜 시간 느껴왔던 불안과 적적함이 순식간에 사라졌다.

우리는 긴 시간 동안 벤치 위에서 서로의 손을 잡고 앉아 있었다. 이 밤이 지나가는 것이 아쉬웠다. 하루카가 작게 속삭였다.

"앞으로는 내 이름 많이 불러 줘."

나는 고개를 끄덕이며 답했다.

"그래, 너도 내 이름 자주 불러 줘."

그날 밤, 처음으로 우리의 관계는 이름을 가진 사이가 되었다. 더 이상 말하지 않아도 우리는 서로의 마음을 충분히 알고 있었다. 이제야 비로소, 우리는 진짜 연인이 된 것이었다.

그날 고백을 나누고, 연인이 되었다는 단어 하나가 우리 사이에 조용히 스며들었다. 그 이후의 시간은 마치 봄처럼 따뜻했고, 여름처럼 빠르게 지나갔다. 어느새 계절은 깊고 조용한 겨울로 접어들었다.

우리는 특별한 날보다 평범한 날들을 더 많이 함께했다. 카페 구석진 자리에 앉아 서로가 좋아하는 책을 추천해 주고, 익숙한 동네의 골목길을 두 손 꼭 잡고 걷기도 했다. 가끔은 영화관에서 나란히 앉아 무의미한 장면에도 함께 웃었고, 비 오는 날엔 우산 하나로 비좁게 어깨를 맞댄 채 천천히 걷는 법도 익혔다. 추운 날이면 따뜻한 국물이 생각난다며 아무 식당에 툭 들어가 김이 모락모락 나는 라면을 함께 먹기도 했고, 하루카는 가끔 실없이 웃으며 말했다.

"이게 데이트야?"

나는 늘 그렇게 대답했다.

"그럼, 우리에게는 이게 제일 좋은 데이트지."

겨울이 되자 하루카는 두툼한 패딩을 꺼내 몸을 감싸고, 나는 장갑을 끼지 않은 손으로 그녀의 손을 꼭 잡았다. 눈이 내리던 어느 날 밤에는 한참을 말없이 걸으며, 이 시간이 영원했으면 좋겠다는 생각을 하기도 했다. 그렇게 우리는 수없이 많은 데이트를 했고, 그보다 더 많은 순간들을 함께 기억하게 되었다. 겨울은 어느새 우리 곁에 바짝 다가와 있었다. 하지만 내 곁에 하루카가 있었기에, 그 추위마저 따뜻하게 느껴졌다.

오늘은 하루카와 수족관 데이트를 하기로 한 날이다. 하루카는 굉장히 들떠있었으며 빨리 수족관에 가고 싶다고 며칠 전부터 징징댔었다.

수족관에 도착했을 땐 벌써 해가 기울어 있었다. 겨울이라 그런지 햇살은 일찍 자취를 감췄고, 바람은 날카롭게 차가웠다.

입구를 지나 안으로 들어서자, 바깥의 매서운 바람 대신 잔잔한 물소리와 은은한 조명이 우리를 감쌌다. 마치 외부 세계와 단절된 또 다른 우주 속에 들어온 느낌이었다.

하루카는 입구에서부터 눈을 반짝이며 말없이 천장을 올려다봤다. 천장 너머로는 바닷속을 그대로 옮겨놓은 듯한 거대한 수조가 있었고, 우리는 그 아래를 걷고 있었다.

"와…. 이거 진짜 멋지다."

하루카가 감탄 섞인 목소리로 말했다. 나는 그녀를 바라봤다. 물고기를 보는 그녀의 눈동자가 수조 속 물빛을 닮아 반짝였다.

파란빛이 그녀의 뺨과 목선을 타고 부드럽게 흐르듯 내려앉았다.

"나보다 더 신나 보이네."

내가 웃으며 말하자, 그녀는 고개를 돌려 나를 바라봤다.

"그럴 수밖에 없지. 나 수족관 진짜 좋아하거든. 바다를 무서워하면서도 그 안은 이렇게나 아름답잖아."

그녀의 말에 나는 고개를 끄덕였다.

"무서워하면서도 좋아한다는 건 좀 이상한데?"

"응, 이상해. 근데 그런 감정이 나한텐 익숙해."

하루카는 말을 마치고 조용히 웃었다.

나는 그 웃음을 오래도록 바라봤다. 물빛 속의 하루카는 현실보다 더 비현실적인 무언가처럼 느껴졌다.

그녀와 함께 있는 시간이, 시간이 아니라 순간처럼 흘러가고 있었다. 우리는 크고 작은 수조 앞을 따라 천천히 걸었다.

조용히 수조 속을 헤엄치는 가오리와 해파리, 기괴한 생김새의 열대어들. 그 사이로 빛이 비치고, 파동이 벽에 아른거리며 그림자를 만들었다. 하루카가 잠시 멈춰 서며 물었다.

"넌 물속에 들어가 본 적 있어?"

"음…. 수영장 말고는 없어. 바다는 어릴 적에 간 게 전부야."

"나는 한 번도 바닷속에 들어가 본 적 없어. 엄마랑 바닷가에 가긴 했었는데…. 들어가자마자 무서워서 울었었대."

나는 그녀의 옆모습을 바라봤다.

"다음에 같이 들어가 볼까?"

내가 농담처럼 말하자 하루카는 살짝 웃었다.

"그러다 나 울면 어떡해?"

"그럼 안아 줄게."

그 순간 그녀가 나를 바라봤다. 한참을, 조용히. 내 말이 농담인지, 진심인지 구분이 되지 않았다는 듯. 혹은 굳이 구분하지 않아도 괜찮다고 생각하는 눈빛이었다.

우리는 해파리 전시관으로 향했다. 그곳은 조명이 더 어두웠고, 둥

글고 투명한 수조 안에서 해파리들이 천천히 떠다니고 있었다. 형광빛처럼 희미하게 빛나는 해파리들이 마치 시간이 없는 곳을 헤엄치는 것처럼 보였다. 하루카는 눈을 떼지 못했다.

"이런 거 보면 말이지…. 나중에 죽으면 그냥 이렇게 해파리로 태어나도 괜찮을 것 같아."

나는 웃으며 말했다.

"해파리로 태어나면 나 못 알아보잖아."

그녀가 나를 살짝 바라보았다.

"그럼 내가 네 옆에만 떠다닐게. 그럼 알 수 있지 않을까?"

그 순간, 이상하게 가슴이 저려왔다. 사소한 말이었지만, 그 안엔 무언가 더 깊은 게 담겨 있는 듯했다. 나는 말없이 그녀의 손을 가만히 잡았다. 하루카는 천천히 내 손을 감싸 쥐었다. 마지막으로 우리가 멈춘 곳은 돌고래 수조 앞이었다. 넓은 유리 너머로 돌고래가 유영하는 모습을 바라보며, 우리 둘은 말없이 벤치에 앉았다.

"민준."

하루카가 조용히 나를 불렀다.

"응?"

"지금 이 순간이 계속되면 좋겠다고 생각해 본 적 있어?"

나는 대답하지 못하고 그녀를 바라봤다. 하루카는 유리 너머로 흐르는 물빛을 보며 말했다.

"그냥… 이 고요함이, 깨지지 않았으면 좋겠다고 생각했어. 너랑 있을 때마다 그래."

그 말은 고백처럼 들렸다. 하지만 이미 우리는 고백을 지나, 서로를 받아들이고 있었기에 더 깊은 울림으로 다가왔다. 나는 그녀의 어깨에 천천히 기대었다. 하루카도 살짝 내 어깨에 머리를 기댔다. 이 공간, 이 시간, 이 고요함. 모든 게 마치 꿈처럼 흐릿하고 부드러웠다.

집에 도착한 건 밤 11시가 조금 넘은 시간이었다. 현관문을 닫는 순간, 아늑했던 수족관의 푸른빛은 마치 손에서 미끄러지듯 사라졌다. 아무도 없는 집 안은 정적에 잠겨 있었고, 그 조용함이 갑자기 무겁게 느껴졌다. 나는 외투를 벗어 아무렇게나 의자에 걸치고, 조명도 켜지 않은 채 거실에 앉았다. 방금 전까지 하루카와 함께 있었던 사람이 맞는지 의심스러울 정도로, 마음은 이상하게도 허전했다. 행복했어야 하는 밤이, 왠지 모르게 조용히 나를 잠식해왔다. 소파에 등을 기대고 천장을 올려다봤다.

'오늘 정말 좋았는데.'

분명 좋았다. 정말 그랬다. 하루카의 손은 따뜻했고, 미소는 아름다웠고, 그 말들도 전부 나를 향해 있었다. 그런데, 왜 이렇게 불안한 걸까. 가슴이 조이는 듯한 기분. 목 안쪽이 막히는 듯한 답답함. 뭔가 잘못된 건 없었지만, 그렇기 때문에 더 불안했다.

'나, 이렇게 행복해도 되는 걸까?'

불쑥 올라온 생각에 나도 모르게 숨을 들이마셨다. 이 행복은 너무 정확하고, 너무 단정하고, 그래서 더 위태로워 보였다.

'이런 시간은 오래 가지 않을 거야.'

그 말이 머릿속에서 또렷하게 떠올랐다. 누가 말한 적도 없고, 하루카가 그런 기색을 보인 것도 아니었다. 그저 내 안 어딘가 깊은 곳에서부터 계속 울리는 소리였다. 무너질 거라는, 다시 돌아갈 거라는…. 그 익숙한 무력감의 그림자가 점점 내 어깨 위로 드리웠다. 나는 휴대폰을 집어 들었다. 하루카의 메시지가 아직 열려 있었다. 수족관 앞에서 찍은 사진, 웃고 있는 그녀의 얼굴, "오늘 정말 고마웠어."라는 짧은 문장.

그것들을 바라보다 화면을 꺼 버렸다. 그녀는 지금쯤 잠들었을까. 혹시 나처럼, 아무 이유 없이 불안해하고 있을까. 아니, 하루카는 그럴 리 없다. 그녀는 나와 달라. 단단하고, 따뜻하고, 자신이 걸어가고 있는 삶을 두려워하지 않는 사람이다.

'나만 이상한 거겠지.'

나는 그렇게 되뇌며 다시 천장을 바라봤다. 심장은 평소보다 빠르게 뛰었고, 온몸이 이상하게 차가웠다. 지금처럼 모든 게 평온할 때, 오히려 마음속은 더 요동친다. 언제 이 고요함이 깨질지 모른다는 공포가, 사랑이라는 이름으로 날 조용히 옭아매고 있었다.

나는 자리에서 일어나 거실 조명을 켰다. 빛이 켜지는 순간 눈이 시렸고, 그제야 내가 꽤 오랫동안 어둠 속에 있었다는 걸 알았다. 손을 덜덜 떨며 찬장을 열어 물 한 잔을 마셨다. 목을 타고 내려가는 냉기가 그제야 나를 현실로 끌어오는 듯했다.

'조금만 더… 조금만 더 버텨보자.'

나는 스스로에게 그렇게 말했다. 이 행복이 끝나지 않기를 바라며, 하지만 언젠가 끝나게 될 거라는 것을 이미 알고 있는 마음으로. 그렇게 또 하나의 밤이 지나가고 있었다. 조용히, 그러나 나를 천천히 무너뜨리며.

12시를 조금 넘긴 시각. 문득 더는 혼자 있기 힘들다는 생각이 들었다. 나는 핸드폰을 들고 C에게 전화를 걸었다. 전화가 두 번 울리고 난 뒤 C가 받았다.

"어, 왜?"

"술 마시자. 지금."

"…. 갑자기?"

"응. 급해."

C는 잠시 말을 아꼈다가 낮은 목소리로 물었다.

"괜찮아?"

"모르겠어."

그 한 마디에 C는 더 묻지 않았다.

"어디로 갈까?"

"우리 동네. 골목 안에 허름한 데 있어. 조용한 데로."

"알겠어. 금방 갈게."

골목 깊숙이 있는, 간판도 오래되어 글자가 벗겨진 허름한 술집. 하얗게 바랜 플라스틱 간판 아래 불빛만 희미하게 켜져 있었다. 먼지가 내려앉은 듯한 조용한 가게 안, 2인용 테이블 하나를 차지하고 앉은 나는 C를 기다렸다. 잠시 후, C가 문을 열고 들어왔다. 나를 보자마자 아무 말 없이 마주 앉았다.

"뭐 시켰어?"

"아직. 그냥 네 얼굴 좀 보고 있으려고."

C가 작게 웃으며 메뉴판을 들었다.

"오늘은 센 거 마셔야겠네."

우린 소주를 시켰다. 안주는 적당히 아무거나 골랐다. 병이 테이블에 올라오고, 첫 잔이 비워졌을 때까지 둘 다 말이 없었다. 둘째 잔을 따르던 찰나, C가 물었다.

"이제 말해 봐. 무슨 일이야."

나는 한숨을 쉬고, 눈을 감았다가 다시 떴다. 그리고 천천히 말을 꺼냈다.

"나 요즘 좀 이상해."

"어떻게?"

"너무… 행복해."

C는 소주잔을 입가에 댄 채로 날 바라봤다. 나는 헛웃음을 흘리며 말을 이었다.

"하루카랑 잘 되고, 자주 만나고, 웃고…. 나를 좋아해 주는 사람도 있고, 나도 누군가를 좋아하고…. 다 좋아. 근데 말이야."

나는 다시 한 잔을 들이켰다. 쓰디쓴 알코올이 목을 지나 가슴에 닿는 순간까지도 쓰라렸다.

"그게 무서워. 너무 좋아서."

C는 아무 말 없이 고개를 끄덕였다. 나는 잔을 내려놓으며 손을 말아 쥐었다.

"이게 언제 무너질지 모르겠어. 내 마음이 말이야…. 이제 막 회복된 줄 알았는데, 다시 툭 건드리면 다 무너질 것 같아."

C는 천천히 소주를 마시고, 젓가락으로 안주를 뒤적이며 말했다.

"그 기분, 나도 조금은 알아. 행복이 길어지면 무서워지는 거. 그게 원래 너한테 익숙한 게 아니라서 그렇지."

나는 고개를 숙였다. 머리가 무겁고, 마음이 더 무거웠다.

"가끔 그런 생각이 들어. 내가 진짜 행복해도 되는 사람인가? 하루카 같은 애가 나를 좋아하는 게…. 말이 돼? 그리고…. 이게 끝나면 난 또 돌아갈 거잖아. 망가지던 그 자리로."

C는 나를 오래 바라보다가, 담담히 말했다.

"야, 너는 누구보다 힘든 시간 견디고 여기까지 왔잖아. 그걸 하루카가 모르고 좋아하는 거 아니야. 그녀는 네가 어떤 사람인지 알고도 널 선택한 거야."

나는 그 말을 듣고도 고개를 들지 못했다.

"근데 난… 난 아직도 그게 익숙하지가 않아. 그녀가 내 손을 잡아줄 때마다, 그 손이 언젠가 내 손을 놓을까 봐 겁이 나."

잠시 침묵이 흘렀다. C는 소주병을 다시 들고 내 잔에 채우며 말했다.

"그 손이 놓일까 봐 두려우면, 더 꽉 잡으면 되는 거 아니야?"

나는 조용히 고개를 들었다. C는 나를 바라보며, 예전부터 그랬듯, 미소 한 점 없이 말했다.

"겁나면 겁난다고 말해. 무너지기 전에. 너 혼자 막을 수 없을 땐, 말해야 돼. 그게 네가 예전과 달라진 거야."

그 말이 가슴 깊이 박혔다. 나는 천천히 고개를 끄덕였다. 잔을 들고 조용히 말했다.

"그래도, 네가 있어서 다행이다."

"그건 진작부터 알고 있었어야지."

나는 한참을 말없이 앉아 있었다. 잔에 남은 소주도, 이미 식어 버린 안주도 더 이상 손에 닿지 않았다. 그저 고개를 푹 숙이고 조용히 숨만 쉬었다. 술잔에 비친 내 얼굴은 한없이 피곤해 보였다. 그때 C가 가볍게 입을 열었다.

"그래서, 넌 지금 도망치고 싶은 거야?"

나는 느릿하게 고개를 들었다.

C의 눈이 나를 똑바로 향하고 있었다.

"…. 도망친다는 표현은 좀 그렇다."

"그럼 뭐라고 불러야 돼? 무서워서 멈춰선 거? 아니면, 이 행복을 믿지 못해서 그냥 주저앉은 거?"

나는 아무 말도 하지 못했다. 그저 침묵으로 답을 대신했다. C는 한 손으로 턱을 괴고 다른 손으로 내 잔에 천천히 소주를 따라주었다. 투명한 액체가 조용히 잔을 채웠다.

"민준아."

C가 아주 드물게 진지한 목소리로 내 이름을 불렀다. 그 목소리를 듣고 나는 조용히 숨을 들이마셨다. 이렇게 조심스럽고 깊이 있게 내 이름을 부르는 사람은 많지 않았다.

"너는… 행복해도 되는 사람이야. 근데 그게 왜 이렇게 어려워?"

나는 천천히 눈을 들어 C를 바라봤다. C의 눈빛은 피하지도 흔들리지도 않았다.

"네가 무너졌던 시간, 난 다 봤어. 네가 얼마나 힘들었고, 얼마나 견뎠는지 알잖아. 그런데 이제 겨우 손에 닿기 시작한 따뜻함을, 네가 스스로 밀어내는 게 맞아?"

나는 잠시 머뭇거리다 작게 말했다.

"…. 하루카가 나한테 실망할까 봐 무서워."

C는 작게 웃었다. 하지만 그 웃음엔 묘하게 차갑고 안타까운 빛이 섞여 있었다.

"민준아, 널 실망시킬 수 있는 사람은 결국 너밖에 없어. 하루카는 네가 허약해서 좋아한 게 아니야. 완벽하지 않아도, 때때로 무너져도… 널 있는 그대로 좋아한다고. 그걸 못 믿는 건 결국 너야."

나는 깊게 숨을 들이마셨다. 그의 말이 정확히 내 가슴에 꽂혔다. 아무리 부정하려 해도, 그의 말이 틀리지 않다는 걸 알고 있었다.

"그래도… 난 무서워."

"무서운 건 당연하지. 사랑이 원래 그런 거니까. 근데 무섭다고 아무 것도 안 하면, 너 결국 또 같은 자리에 돌아가."

C는 조용히 술잔을 들어 천천히 마시고는 나를 다시 바라보며 말을 이었다.

"너, 기억나? 고등학교 2학년 때 네가 처음 무너졌을 때, 나한테 했던 말."

나는 천천히 고개를 끄덕였다. 기억하지 못할 리 없었다.

"'다시는 아무도 안 믿을 거야.'라고 했었지."

C가 천천히 말을 이었다.

"근데 지금 너, 다시 누군가를 믿기 시작했잖아. 하루카를…. 그리고 너 자신을 조금씩."

"…. 그래서 더 무서워."

"무서운 거 좋아. 무서워도 돼. 근데 그 공포에 눌려서 사랑을 포기하지는 마."

C는 내 눈을 끝까지 피하지 않으며 마지막 잔을 따라 내게 건넸다.

"그럼에도 불구하고- 사랑하고, 그 안에서 네가 살아 있다는 걸 느끼는 거. 그게 너한테 진짜 필요한 일이야."

나는 말없이 고개를 숙이고 잔을 바라봤다. 술은 점점 더 쓰게 느껴졌고, 마음속도 점점 더 메말라 가는 것 같았다.

"…. 넌 나보다 어른 같다."

C는 가볍게 웃었다.

"그럴 리가. 단지 너한테 너무 중요한 얘기라, 말 안 하면 후회할 것 같았을 뿐이야."

C의 말을 듣고 나도 따라 작게 웃었다. 하지만 그 웃음 안에는 여전히 깊은 피로와 슬픔이 함께 묻어 있었다. 잠시 후 나는 천천히 입을 열었다.

"…. 하루카한테 너무 많은 걸 바란 것 같아."

"그럼 지금이라도 솔직해져. 지금 네가 필요한 건 완벽한 연기나 눈치 보는 거 말고, 그냥 네 마음 말하는 거야."

나는 천천히 고개를 끄덕였다. 그리고 눈을 감고, 깊게 숨을 들이쉬었다. 가슴 깊은 곳에서 무언가가 움직이는 것 같았다. 작게 중얼거리듯 말했다.

"행복해도 되는 사람…. 나도 그럴 수 있을까."

C는 내 말을 듣고 잔을 들어 내 잔과 부딪혔다. 잔과 잔이 부딪히는 맑은 소리가 조용한 술집 안에 울려 퍼졌다.

"이미 그러고 있어, 민준아. 이제 그걸 좀 인정해 줘."

술에 취한 몸으로 골목을 천천히 걸어 집에 도착했을 때, 시계는 자정을 훌쩍 넘기고 있었다. 현관문을 닫고 불도 켜지 않은 채 거실 소파에 털썩 앉았다. 밖에서는 분명히 춥다고 느꼈는데, 지금 내 피부는 뜨겁게 달아올라 있었다. 알코올이 흐르는 곳마다 감각이 묘하게 무뎌졌다.

잠깐 숨을 고른 뒤, 나는 바지 주머니에서 휴대폰을 꺼냈다. 하루카의 이름이 있는 대화를 터치했다. 아직 읽지 않은 메시지는 없었고, 마지막 메시지는 하루카가 보낸 짧은 '잘 자 :)'였다. 나는 손가락을 천천히 자판 위로 가져갔다.

[하루카, 나 사실….]

생각보다 손끝이 떨렸다. 몇 초간 가만히 그 문장을 바라보다가, 다시 이어서 타이핑했다.

[요즘 좀 이상해.]

그 아래 이어질 말들이 머릿속을 빙빙 돌았다.

'불안해.' '괜히 겁이 나.' '이 행복이 갑자기 사라질 것 같아서….'

근데 이상하게, 그 말을 쓰면 안 될 것 같았다. 아니, 말하고 싶지 않았다. 말해 버리면 정말 그 일이 일어날 것 같은 이상한 두려움이 있었다. 나는 한 글자씩 천천히, 아주 조심스럽게 삭제했다. '이상해.' '좀.' '요즘.' 그리고 마지막 '하루카, 나 사실'까지 전부.

화면 위엔 다시 아무 말도 쓰여 있지 않았고, 커서만이 깜빡깜빡 조용히 존재를 드러내고 있었다. 문득, 혼잣말처럼 속으로 중얼거렸다.

'말하면 멀어질까 봐…. 근데 말하지 않으면, 나 혼자 멀어져 갈 것 같고….'

이 이상한 모순. 사랑하는 사람에게 솔직해지고 싶은 마음과, 그 솔직함이 상대를 상처 입힐까 봐 침묵하게 되는 마음. 그 둘 사이에서 계속 휘청였다. 나는 한참을 그대로 앉아 있다가 결국 메시지 창을 닫고, 휴대폰을 엎어 놓았다.

하루카와 만나기로 한 날 아침, 눈을 떴을 때 머릿속은 여전히 조금 흐릿했다. 어젯밤에 술을 마신 탓도 있겠지만, 아마 그보단 내가 지닌 생각의 무게 때문일 거였다.

거울을 보며 옷매무새를 고치다가 문득 내 얼굴이 너무 낯설게 느껴졌다. 조금 더 깔끔해 보이려고 바른 헤어크림, 조금 덜 피곤해 보이기 위해 고른 밝은 셔츠. 누구보다 좋아하는 사람을 만나러 가는 날인데, 왠지 모르게 마음이 무거웠다.

'너는 행복해도 되는 사람이야. 무서우면, 무섭다고 말해. 그 공포에 눌려서 사랑을 포기하지는 마.'

C의 말이 머릿속을 맴돌았다. 나는 고개를 한 번 툭 흔들고, 발걸음을 옮겼다. 오늘의 데이트 장소는 서울숲 근처 작은 갤러리였다. 하루카가 전부터 가고 싶다고 말했던 곳. 작고 조용한 전시관. 유리창 너머 햇빛이 벽에 가만히 내려앉고 있었다.

"이 그림 좋아."

하루카가 어느 한 작품 앞에 멈춰 서며 말했다. 나는 그녀 옆에서 고개를 끄덕였다. 사실 그림이 어떤 내용인지 잘 모르겠었지만, 그녀의 옆에 서 있다는 것만으로 좋았다.

"무슨 점이 좋아?"

"글쎄. 그냥…. 조용하잖아. 근데 묘하게 따뜻해. 무슨 말인지 알겠어?"

나는 웃었다.

"응, 너랑 비슷하네. 조용한데 따뜻한 거."

하루카가 나를 슬쩍 흘겨보며 웃었다.

"그런 말, 진짜 아무렇지 않게 잘하네?"

"연습했거든. 어젯밤에 거울 보면서."

"거짓말."

우린 동시에 웃었다. 그 웃음 속에 흐르던 평온함. 그 순간만큼은 아무 불안도, 의심도 존재하지 않았다. 그런데 그렇게 웃던 중 문득, 가슴속이 시리게 식어갔다. 마치 벽에 비친 내 그림자가 조금씩 무너져 내리는 것 같았다.

'이 순간이…. 언제 끝나 버릴까.'

다시, 그 생각이 찾아왔다. 예고 없이 불쑥. 이 행복은, 너무 맑고 단단해서 오히려 깨질 것 같았다. 이 사람을 잃으면, 나는 다시 되돌아갈 자신이 없을 것 같았다. 하루카가 내 손을 가볍게 잡았다. 나는 놀란 듯 그녀를 바라봤다. 그녀는 아무 말 없이, 단지 미소만 지은 채 내 손을 가만히 쥐고 있었다. 그 따뜻함 속에서 나는 아주 조심스럽게, 마음을 가다듬었다. C의 말이 다시 떠올랐다.

'그 공포에 눌려서 사랑을 포기하지는 마.'

나는 숨을 깊게 들이마셨다. 그리고 그 불안을 조금은 부끄럽게, 조금은 단단하게 눌러 껐다. 내 손을 잡은 하루카의 손을, 이번엔 내가 먼저 더 꽉 잡았다.

"우리, 걷자."

"응. 근처에 좋은 길 있어."

우리는 전시관을 나와 천천히 걸었다. 겨울의 바람이 살짝 찼지만, 손끝은 따뜻했다. 나는 자주 그녀를 바라봤다. 그녀는 그런 나를 볼 때마다 웃었다. 그 웃음이, 내 안에 쌓여있던 어둠을 조금씩 녹이고 있었다. 나도 모르게 입안으로 작게 중얼거렸다.

'나는… 행복해도 되는 사람이다.'

우리는 서울숲 근처 작은 공원을 천천히 걷고 있었다. 날씨는 차가웠지만, 햇살이 나뭇가지 사이를 부드럽게 비추고 있어 생각만큼 춥지 않았다. 가끔씩 불어오는 바람 소리와 우리 둘의 조용한 발자국 소리만이 귓가에 들려왔다.

한동안 말을 잃고 걸었다. 하루카는 손을 잡은 채 아무 말 없이, 마치 내 마음을 기다리기라도 하듯 옆을 지켰다. 그녀의 고요한 표정이 이상하게도 나를 더 안심시켰다.

그녀에게 말을 꺼내야 한다는 생각이 있었지만, 좀처럼 용기가 나지 않았다. 내 안에 있는 복잡한 감정들을 어디서부터 말해야 할지 도무지 알 수 없었다. 그때 하루카가 나를 슬쩍 쳐다보며 작은 목소리로 물었다.

"민준아, 오늘 좀 조용하네. 무슨 생각 해?"

나는 잠시 망설이다가 어색하게 웃었다.

"어…. 티가 났어?"

"응, 조금. 아까부터 뭔가 말하려고 망설이는 사람처럼 보였어."

하루카는 그렇게 말하며 가볍게 내 손을 두 번 쥐었다 놓았다. 그 따뜻한 감촉에 용기가 조금씩 차올랐다. 잠시 숨을 고른 뒤, 나는 천천히 입을 열었다.

"하루카, 나 사실 요즘 좀 이상해."

"이상하다는 게 어떤 거?"

그녀는 아무렇지 않게, 그러나 분명히 진지한 목소리로 물었다. 나는 잠시 망설이다가 조금 더 용기를 냈다.

"너랑 있을 때마다 정말 좋아. 너무 좋아서…. 가끔은 이게 두려워."

하루카가 가만히 내 얼굴을 바라봤다. 눈에는 이해와 함께 걱정이 섞여 있었다.

"무슨 말인지 조금 알 것 같아. 근데… 구체적으로 어떤 게 두려운 거야?"

나는 발끝을 내려다보며 말했다.

"이 행복이 갑자기 사라져 버릴까 봐. 네가 내 곁에서 사라져 버리면, 내가 다시는 이만큼 행복하지 못할까 봐…. 그런 생각이 자꾸 들어."

말을 꺼내고 나니, 내 안에 꽉 차 있던 답답한 감정들이 조금씩 풀리는 듯했다. 하루카는 걸음을 멈추고 나를 마주 봤다. 나는 그녀의 눈을 조심스럽게 바라봤다.

"하루카, 너를 좋아하면서도 이 행복을 믿지 못하는 내가 너무 미워. 난 네가 생각하는 것만큼 강하지도 않고…. 네가 실망할까 봐 두려워."

잠시 조용히 있던 그녀가 천천히 고개를 저었다. 그녀의 입가엔 작고 부드러운 미소가 피어 있었다.

"민준아, 나도 네가 나처럼 행복했으면 좋겠어. 너랑 같이 있을 때면 나도 똑같은 불안을 느낄 때 있어. 좋아하는 사람이 생기면 다들 그런 감정을 느끼지 않을까?"

나는 그녀의 말에 조금 놀랐다.

"너도… 그런 생각을 해?"

하루카는 아주 천천히 고개를 끄덕였다.

"당연하지. 행복은 쉽게 깨질 것 같아서 두려워. 나도 그런 적 많았어. 근데… 네가 지금 내게 말한 것처럼, 우리 이 두려움을 서로 나누면 더 괜찮아질 거야."

그녀는 천천히 말을 이어갔다.

"네가 느끼는 감정들이 이상한 게 아니야. 오히려 자연스러운 걸지도 몰라. 그리고 난 네가 이렇게 솔직하게 말해 줘서 기뻐."

나는 그 말을 듣고 작게 한숨을 내쉬었다. 그리고 조용히 말했다.

"어제 C랑 술을 마셨어. 걔가 나한테 그랬어. 무섭다고 해서 이 행복을 포기하면 안 된다고. 그 공포에 지면 안 된다고…."

하루카는 내 말을 듣고 환하게 웃었다.

"C는 정말 좋은 친구네. 나도 그렇게 생각해."

그녀가 다시 내 손을 꽉 잡았다.

"우리 같이 노력해 보자. 서로에게 솔직해지고, 무서운 것들도 전부 말하면서…. 알겠지?"

나는 그녀를 바라보며 작게 고개를 끄덕였다.

"그래, 그렇게 할게."

하루카는 다시 미소 지으며 한 걸음 더 가까이 다가와 내 어깨에 가볍게 머리를 기댔다. 그 부드러운 머리칼이 내 볼을 스쳤고, 나는 그녀에게서 나는 따뜻한 향기에 천천히 긴장이 풀어졌다. 공원에는 여전히 부드러운 바람이 불고 있었고, 그 순간만큼은 세상이 온전히 나와 하루카의 것 같았다. 그리고 나도 모르게 다시 속으로 작게 되뇌었다.

'나는… 행복해도 되는 사람이다.'

하루카의 손을 잡고 그렇게 걸으며, 나는 오랜만에 내 마음을 가득 채웠던 두려움이 조금씩 희미해지는 것을 느꼈다. 이 사람과 함께라면, 나는 조금 더 용기를 내 볼 수도 있겠다고, 처음으로 그렇게 믿어보기 시작했다.

오늘은 병원에 가는 날이다. 전에 갔을 때보다 많이 좋아진 모습에 놀라며 나는 발걸음을 옮겼다.

병원 대기실 의자에 앉아 창밖을 바라보며 조용히 진료 순서를 기다렸다. 지난번에 왔을 때는 병원 창문 바깥의 풍경이 어둡고 칙칙해 보였는데, 오늘은 같은 창밖 풍경이 이상하게 밝고 따뜻하게 느껴졌다.

"최민준 씨, 진료실로 들어오세요."

간호사의 목소리에 나는 자리에서 일어나 진료실 문을 열었다. 문을 여는 순간, 의사 선생님은 언제나처럼 온화한 미소로 나를 맞이했다.

"안녕하세요, 민준 씨. 오랜만이네요."

나는 가볍게 인사하며 진료실 안 의자에 앉았다.

"안녕하세요, 선생님."

의사 선생님은 내 얼굴을 한참 바라보시더니, 부드러운 표정으로 천천히 질문을 던졌다.

"어때요, 민준 씨? 요즘은 어떻게 지내요?"

그 말에 나는 잠시 말을 고르며 미소를 지었다. 최근의 기억들이 머릿속을 스쳐 지나갔다. 하루카의 미소, K의 다정한 목소리, C와의 진지한 대화. 이런 기억들이 내 마음을 살며시 어루만져주고 있었다. 나는 자연스럽게 웃으며 대답했다.

"요즘… 조금 좋은 것 같아요. 아니, 그냥 좋아요. 편안하고… 행복한 날들이 좀 많아졌어요."

의사 선생님이 내 미소를 바라보며 천천히 미소를 지으셨다. 그 눈빛 속에 담긴 안도감이 느껴졌다.

"그래요? 참 다행이네요. 그렇게 웃는 모습을 보니까 나도 마음이 좀 놓이네요."

나는 조금 더 자세히 이야기하고 싶어졌다.

"사실… 최근에 만난 사람들이 저한테 큰 힘이 되어 주고 있어요. 특히 어떤 친구랑 있을 때면… 전엔 느끼지 못했던 편안함 같은 게 생겨서요."

의사 선생님이 흥미롭다는 듯 나를 바라봤다.

"그 친구 분은 민준 씨에게 어떤 사람인 것 같아요?"

나는 잠시 생각하다가 다시 웃으며 말했다.

"음…. 같이 있으면 이상하게 마음이 편해지고 행복해지는 사람이에요. 그리고 또…. 그런 행복 때문에 가끔 불안하기도 하지만, 그래도 지금은 전보다 훨씬 좋아진 것 같아요."

의사 선생님은 내 말을 듣고 부드럽게 고개를 끄덕였다. 선생님의 미소가 더 따뜻해졌다.

"행복하니까 불안한 건 민준 씨뿐만이 아니에요. 아주 정상적인 감정이죠. 행복해지는 것도 어쩌면 연습이 필요하니까요."

나는 그 말을 듣고 한 번 더 고개를 끄덕였다. 그 말에 나는 최근 나를 따끔하게 혼내 주던 C의 목소리와, 어깨에 머리를 기대던 하루카의 따뜻한 온기가 다시 떠올랐다. 의사 선생님은 내 얼굴을 다시 찬찬히 바라보며 말했다.

"이제 민준 씨가 조금씩 편해지고 행복해졌다는 걸 나도 분명히 느끼고 있어요. 물론 아직 완전히 괜찮아졌다고 말할 순 없겠지만…. 이대로 천천히 가면 분명 더 좋아질 거예요."

나는 그 말을 듣고 조금 더 밝게 웃었다. 마음 한구석에 남아 있던 무거운 돌멩이가 작게 흔들리는 느낌이었다.

"선생님 말씀이 맞는 것 같아요. 예전엔 행복이란 말이 너무 멀었는데, 요즘은 자주 가까이 느껴져요."

의사 선생님은 진료기록부에 무언가를 적으며 조용히 말했다.

"지금처럼만 해요. 무리하지 말고 천천히, 그렇게 행복을 연습하면서요."

 나는 고개를 크게 끄덕이며 자리에서 일어났다. 진료실 문을 열고 나오자 병원 복도에 가득 들어찬 햇살이 나를 부드럽게 감쌌다. 걸음을 옮기며 마음속으로 다시 한번 되뇌었다.
 '나는 이제, 행복해도 되는 사람이다.'
 그 짧은 한마디가 생각보다 나를 훨씬 가볍고 밝게 만들어주었다.

 하루카와 함께 카페에서 나와 근처 공원을 느리게 걷고 있었다. 계절은 깊어졌고, 나무들은 어느새 앙상하게 가지를 드러내고 있었다. 추운 날씨 때문인지 사람들은 거의 보이지 않았고, 바람 소리와 우리 둘의 발소리만이 조용히 퍼지고 있었다. 어색하지 않은 침묵 속에서 잠시 걷다가, 나는 조심스럽게 말을 꺼냈다.
 "하루카, 그러고 보니까…. 너는 평소에 무슨 일을 하는지 잘 물어본 적이 없었네."
 내가 던진 질문에 하루카는 미소 지으며 고개를 끄덕였다.
 "맞아, 나도 그 얘길 한 적 없었네."
 짧게 망설이던 하루카는 천천히 말을 이었다.
 "사실 나 지금은 아무것도 안 하고 있어. 대학교를 다니긴 했는데…. 지금은 휴학 중이거든."
 그녀의 말에 나는 조금 놀랐다. 하지만 금세 고개를 끄덕이며 물었다.
 "그랬구나…. 어떤 일이 있었던 거야?"

하루카는 잠시 생각하는 표정을 짓다가 작게 웃었다. 하지만 그 웃음은 조금은 쓸쓸한 빛을 띠고 있었다.

"음, 너한테 말한 적 있었지? 내가 예전에 좀 많이 힘들었던 적이 있다고."

나는 천천히 고개를 끄덕였다. 그녀는 다시 이어서 말했다.

"대학교 들어간 지 얼마 안 돼서였어. 일본에서 한국으로 넘어오고, 고등학교 시절을 겨우 견디고 대학에 가서 이제는 괜찮아졌다고 생각했는데…. 이상하게도 더 힘들어졌어. 그래서 결국 학교를 잠깐 멈추고 병원에 다니기 시작했지."

그녀의 말을 듣고 있는 동안, 나는 조심스럽게 그녀의 표정을 바라봤다. 그녀의 눈에는 작은 흔들림이 있었다.

"지금은… 좀 괜찮아?"

내 질문에 하루카는 미소 지으며 나를 바라봤다.

"지금은 많이 괜찮아졌어. 정신과 선생님께서 말씀하시길, 내가 너무 빨리 많은 것들을 극복하려고 해서 힘든 거래. 조금 쉬면서 천천히 회복하는 시간을 가지라고 하셨어."

나는 그 말을 듣자 가슴 깊이 어떤 감정이 일렁이는 걸 느꼈다. 나도 그녀와 같은 말을 들었었다는 것이, 이상하게도 마음을 편안하게 했다. 나는 살짝 웃으며 말했다.

"나도 비슷한 얘기를 들었어. 내 담당 선생님도…. 나한테 무리하지 말고 천천히 쉬면서 회복하라고 하셨거든. 너무 신기하다, 우리."

하루카는 나를 바라보며 작게 웃었다. 그리고 조심스럽게 내 손을 잡았다. 손끝에 온기가 느껴졌다.

"그래서 네가 하는 이야기들이 더 마음에 와 닿았나 봐. 너랑 나, 어쩌면 정말 비슷한 곳에 서 있던 사람들이었나 봐."

나는 그 말을 듣고 그녀의 손을 조금 더 힘을 주어 잡았다. 그녀의 손을 잡고 있자니 마음이 편안해졌다.

"응, 맞아. 비슷한 사람들이었어. 어쩌면 그래서 내가 널 더 빨리 알아봤는지도 모르겠어."

하루카는 다시 살짝 웃었지만, 이번엔 그 웃음 속에 아까의 쓸쓸함은 없었다.

"민준아, 우리 천천히 가자. 너무 조급해하지도 말고, 서로 지칠 때까지 무리하지 말고… 그렇게 천천히 가면 되는 거야."

나는 고개를 크게 끄덕였다.

"그래. 우리 천천히, 같이 가자."

우리는 다시 걸음을 옮겼다. 공원은 여전히 조용했고, 바람은 조금씩 차가워졌다. 하지만 하루카와 함께 있는 지금 이 순간만큼은 마음이 따뜻했다.

하루카와 헤어지고 집으로 돌아가던 길, 나는 배가 고파 간단하게 먹을 음식점을 찾고 있었다. 늦은 오후였다. 어스름한 하늘 아래 천천히 걸으며, 문득 공기가 조금 차갑다고 느꼈다. 나는 생각보다 두꺼운 외투를 걸치고 나왔음에도 몸이 살짝 움츠러들었다. 그러나 그렇게 걷는 시간이 싫지 않았다. 오히려 그 정적인 시간이 마음을 편하게 해 주었다.

그러다 문득 앞쪽에서 낯익은 뒷모습이 눈에 들어왔다. 어두워지는 거리 속에서도 그 특유의 편안하고 차분한 실루엣은 쉽게 알아볼 수 있었다.

"K…?"

내 작은 목소리에 K는 천천히 고개를 돌렸다. 그의 표정이 순간 놀라움과 반가움으로 뒤섞였다.

"민준이구나. 이런 데서 다 만나고 신기하네."

그는 나를 보며 부드럽게 웃었다. 내가 알던 K의 웃음이었다. 하지만 거리에서 마주친 그의 모습은 낯설면서도 신선했다. 그동안 늘 술집에서만 만나던 그를 이렇게 마주 보는 것이, 이상하게 가슴을 설레게 했다.

"그러게요. 이렇게 우연히 만나니…. 저도 좀 놀랐어요."

나는 어린아이처럼 신나하는 마음을 감추지 못했다. K도 내 반응이 재밌었는지 부드럽게 웃으며 말했다.

"저녁 먹었어? 아직이면 같이 먹자. 근처에 내가 자주 가는 작은 밥집 있어."

나는 서둘러 고개를 끄덕였다. 이렇게 거리에서 만나 같이 식사를 하게 될 줄은 전혀 예상하지 못했던 터였다. 작고 허름한 식당에 들어서자, K는 자연스럽게 창가 쪽 자리를 골랐다. 햇살이 은은히 들어오는 그 자리에서 마주 앉은 그의 얼굴을 바라보며 나는 또 한 번 기묘한 감정이 들었다. 평소 내가 알던 익숙함 속의 낯섦. 그 감정이 묘하게 좋았다. 음식을 기다리는 동안 K가 부드럽게 말을 걸었다.

"하루카랑은 잘 지내고 있어?"

나는 살짝 웃으며 천천히 대답했다.

"네, 요즘 하루카랑 지내는 시간들이 좋아요. 여전히 가끔은 불안하기도 하고 무섭기도 하지만…. 전보다 많이 편해졌어요."

그 말을 듣고 있던 K는 작은 미소를 지으며 고개를 끄덕였다.

"다행이다. 네가 행복해지고 있다는 게 나도 기뻐. 네 얼굴이 조금씩 밝아지는 게 보이니까 말이야."

그의 말에 내 가슴이 따뜻해졌다. 그렇게 편안한 분위기 속에서 우리는 식사를 마쳤고, K는 자연스럽게 말을 꺼냈다.

"이왕 만난 김에 술이나 한잔 더 할까? 근처에 술집이 하나 있는데…. 내 가게보다 더 조용하고 좋아."

나는 망설임 없이 좋다고 대답했다. 우리는 다시 자리에서 일어나 술집으로 걸어갔다. 길을 걷는 동안 나는 살짝 묘한 감정을 느꼈다. 늘 K의 작은 술집에서만 그를 만났기에, 다른 술집에 들어가는 그의 모습이 어딘가 신선하면서도 생소했다. 낯선 술집 안에 앉아 K의 얼굴을 다시 보니, 그의 모습이 마치 다른 사람처럼 느껴졌다. K는 익숙한 듯 자연스럽게 술을 주문하고, 술잔이 우리 앞에 놓이자 천천히 입을 열었다.

"가끔 이런 곳에 오면 말이야, 예전 생각이 나곤 해. 내가 어릴 때 부모님이 일찍 돌아가셨거든."

나는 조금 놀란 표정으로 K를 바라봤다. 그는 천천히 술잔을 만지작거리며 조용히 말을 이어 갔다.

"부모님이 돌아가신 후엔 할머니랑 둘이 살았어. 그때부터였지. 삶이 힘들어진 건."

그는 잠시 숨을 고르고 다시 말을 이었다.

"할머니는 연로하셨고, 내가 가장이 되어야 했어. 중학생 때부터 신문배달, 호프집 서빙, 음식점 일까지…. 뭐든 다 했지. 매일같이 돈이 부족했으니까."

그의 목소리는 평소보다 조금 더 무거웠다. 나는 아무 말도 하지 않은 채 그의 이야기를 들었다.

"고등학교를 졸업하기 직전에 할머니가 갑자기 돌아가셨어. 처음엔 정말 말도 못 하게 슬펐는데…. 이상하게 며칠이 지나고 나니까 마음 한구석에 해방감이 느껴지더라. 이제 나 혼자 살아도 된다는 생각에…. 그런 생각을 하는 내 자신이 너무 끔찍하고 잔인한 사람 같았어."

그의 눈동자가 깊은 곳을 향하고 있었다. 나는 그의 이야기에 가슴이 먹먹해졌다.

"그 죄책감을 견디기가 힘들었어. 그래서 오히려 더 독해졌지. 아무에게도 의지하지 않고, 오직 내 힘으로 살아가겠다고 다짐했어."

그는 고개를 저으며 살짝 쓸쓸하게 웃었다.

"그렇게 늦게 공부를 시작해서 좋은 대학에 들어갔고, 대기업에도 취직했어. 남들 보기엔 꽤 성공했었지. 하지만…. 회사 생활은 나랑 전혀 맞지 않았어. 그 삶은 너무 지치고 공허했거든."

그는 긴 숨을 내쉬고 다시 나를 바라봤다.

"모든 걸 던지고 결국 술집을 차렸지. 그리고 그제야 비로소 내가 진정으로 원하는 삶을 찾았다고 느꼈어. 아무도 이해 못 하겠지만…. 난 정말로 지금이 행복해."

나는 그의 말을 듣고 깊이 공감했다. 그의 진심 어린 이야기 속에서, 내가 그동안 받은 위로와 조언들이 모두 이해되었다. 우리는 조용히 술잔을 부딪혔다. 나는 K의 이야기를 마음 깊이 새겼다. 그의 삶이 내게 큰 위로이자 희망이 되었다.

집에 돌아와 몸을 침대 위에 내던졌다. 술기운 때문인지, 아니면 K의 이야기가 마음에 깊이 남아서인지 머리가 어지럽고 몸은 피곤했다. 천천히 눈을 감고 잠에 빠져들었다.

그런데 문득, 이상한 어둠 속에서 나는 길을 걷고 있었다. 아무 소리도 없었다. 마치 온 세상이 멈춰버린 듯한, 낯설고 음산한 침묵만이 주변을 감싸고 있었다.

그때, 갑자기 내 주머니 속 휴대폰이 울렸다. 화면에는 하루카의 이름이 선명히 떠 있었다. 마음이 놓이면서도 왠지 모르게 불안했다. 천천히 전화를 받았다.

"하루카?"

하지만 전화기 너머엔 아무런 소리도 없었다. 대신, 저 멀리서 희미한 사이렌 소리와 사람들의 웅성거림이 점점 커졌다. 가슴이 서늘해졌다. 나는 달리기 시작했다. 어디로 가야 할지 몰랐지만, 몸은 본능적으로 움직이고 있었다. 거리 모퉁이를 돌자 눈앞에 사고 현장이 보였다. 구급차와 경찰차가 빨간 불빛을 번쩍이며 멈춰 서 있었고, 도로 위에는 처참하게 망가진 작은 차 한 대가 누워 있었다. 그리고 길가엔 하얀 천으로 덮인 누군가의 몸이 놓여 있었다.

나는 다리가 굳어 버린 듯 그 자리에서 움직일 수 없었다. 숨조차 쉬기 힘들었다. 천천히, 아주 천천히 몸 위의 천을 들춰낸 경찰관이 말했다.

"이름…. '하루카' 씨라고 합니다."

순간, 온 세상이 무너지는 듯한 기분이었다. 머리가 핑 돌고 시야가 흐려졌다. 나는 미친 듯이 소리쳤다.

"아니야, 아니야…! 하루카! 하루카!"

정신이 산산이 조각난 채, 나는 그 자리에 주저앉아 울부짖었다. 그리고 그 뒤의 시간은 끔찍했다. 하루하루가 지옥이었다. 현실을 믿을 수 없었고, 믿고 싶지도 않았다. 술과 담배에 의지해 하루하루를 보내고, 하루 종일 방에 틀어박혀 하루카의 사진을 바라보며 흐느꼈다. 이따금 찾아오는 조증과 울증의 반복은 나를 더욱 미쳐가게 만들었다.

'왜 내가 아니라 하루카야? 왜 이렇게 잔인하게 나를 괴롭히는 거야?'

절망과 죄책감이 나를 집어삼켰다. 미쳐 버릴 것 같았다. 그 순간, 갑자기 모든 것이 사라졌다. 눈을 떴다. 나는 침대 위에 누워 있었고,

방 안은 고요하고 익숙한 어둠 속에 있었다. 나는 벌떡 일어나 거친 숨을 몰아쉬었다. 온몸이 식은땀으로 젖어 있었고, 심장이 미친 듯이 뛰고 있었다. 꿈이었다.

"꿈…? 꿈이었어…?"

나는 미친 사람처럼 중얼거리며 머리를 쥐어뜯었다. 이 모든 것이 꿈이라는 사실이 도무지 믿기지 않아 몇 번이고 방을 둘러보았다. 현실이 맞는지 확인하기 위해 몇 번이고 숨을 들이쉬었다. 잠시 후 정신을 차린 나는 떨리는 손으로 휴대폰을 잡았다. 빠르게 연락처에서 하루카의 이름을 찾아 메세지를 보냈다.

[뭐 해?]

아주 짧은 메시지였지만, 그 글자를 보내는 순간 온몸의 힘이 빠지며 안도의 한숨이 깊이 새어나왔다. 손끝이 여전히 떨리고 있었다. 잠시 후 화면 위에 하루카의 답장이 떴다.

[이제 일어났어. 너는?]

나는 그 한 줄의 짧은 글자를 보고 또 다시 안도의 숨을 내쉬었다. 아직 살아 있는 하루카가 너무도 소중하고 고마웠다. 악몽은 희미해져 가고 있었다. 하지만 아직 내 심장은 빨리 뛰고 있었고, 내 이마 위엔 식은땀이 흘러내리고 있었다.

점심 약속은 가족들과의 평범한 자리였다. 나는 특별한 기대 없이 약속 장소인 식당으로 천천히 걸어 들어갔다. 그런데 식당 근처에서 낯익은 얼굴이 보였다. 길 건너편에서 걷고 있던 C였다. 놀라움과 반가움에 손을 들어 그를 불렀다.

"어? C 아니야?"

C는 나를 보더니 밝게 웃으며 다가왔다.

"민준이네. 반갑다. 가족들이랑 밥 먹으러 왔어?"

내가 고개를 끄덕이자, 그 순간 식당 안에서 부모님이 나와 우리를 보셨다.

"어머, C잖아? 이게 얼마 만이니! 같이 먹자."

어머니의 적극적인 초대에 나는 살짝 당황했지만, C가 부드럽게 웃으며 흔쾌히 동의했다. 그렇게 우리는 자연스럽게 합석하게 되었다. C와 부모님은 나를 사이에 두고 밝은 분위기로 이야기를 나누기 시작했다.

"민준이 어릴 때 기억나니? 고등학교 때 걔가 얼마나 말썽을 피웠는지 몰라."

어머니의 말에 C는 크게 웃으며 맞장구쳤다.

"맞아요. 민준이 은근히 사고뭉치였어요. 기억나세요? 그때 선생님 몰래 학교 담 넘어갔다가 걸려서 얼마나 혼났는지."

부모님은 그런 C의 말에 크게 웃으며 고개를 끄덕였고, 나는 멋쩍게 웃으며 고개를 숙였다. 그런데 이야기들이 점점 이어질수록 어딘가 불편한 느낌이 들었다. 특히 아버지가 무심코 던진 한 마디가 마음을 날카롭게 찔렀다.

"민준이는 뭘 하든 중간에 포기할 때가 많았지. 어릴 땐 그런 게 걱정이었어."

그 말에 순간적으로 분위기가 어색해졌다. C는 내 눈치를 살짝 보더니 재빨리 주제를 돌리려 노력했지만, 이미 내 기분은 묘하게 상해 있었다. 억지로 표정을 유지하며 식사를 마쳤고, C는 약속이 있다며 먼저 자리를 떴다.

부모님과 나는 근처 카페로 자리를 옮겼다. 커피가 나오기를 기다리는 동안 무거운 침묵이 우리 사이를 감돌았다. 나는 잠시 망설이다가 입을 열었다.

"아까 그 말, 왜 하신 거예요?"

내 목소리에는 스스로도 놀랄 정도의 날카로움이 섞여 있었다. 부모님은 잠시 당황한 듯 서로를 바라보다 아버지가 천천히 입을 열었다.

"그냥 예전에 네가 어려웠던 시절이 생각나서 한 말인데… 너를 상처 주려고 한 말이 아니야."

나는 마음 한구석에서부터 서운함이 밀려오는 것을 느꼈다.

"그런 말 들을 때마다 좀 힘들어요. 저는 그냥 믿어 주고 응원해 주셨으면 좋겠어요."

내 목소리가 조금 떨렸다. 어머니가 조용히 내 손을 잡으며 말했다.

"민준아, 우리는 네가 자랑스러워. 그냥 가끔 표현이 서툴러서 그래. 너를 믿지 않는 건 절대 아니야."

어머니의 부드러운 말에 마음이 조금 진정되었다. 아버지 역시 조용히 한숨을 쉬며 말했다.

"그래, 우리가 좀 더 신경 쓸게. 네가 그렇게 느꼈다면 미안하다. 네가 이만큼 잘 견디고 있는 것도 다 알지."

부모님의 말에 가슴속 응어리가 조금씩 풀리는 기분이었다. 나는 천천히 고개를 끄덕이며 작게 미소 지었다. 아직 완전히 해소되지는 않았지만, 적어도 서로의 마음을 조금 더 이해하게 된 것 같았다. 집으로 돌아가는 길, 나는 천천히 걸으며 생각했다. 부모님도 나도, 서로에게 조금 더 솔직하게 다가가는 법을 배워야겠다고. 발걸음은 여전히 조금 무거웠지만, 이전보다 훨씬 편안했다. 나는 조용히 하늘을 올려다보며 작은 숨을 내쉬었다.

늦은 오후, 나는 혼자 집에 앉아 창밖을 바라봤다. 구름 한 점 없이 맑았던 하늘이 천천히 저물어 가고 있었다. 오늘따라 유난히 조용한 집 안에 가만히 앉아 있자니 시간이 천천히 흘러갔다. 무료했고, 뭔가를 하지 않으면 이 시간이 너무 아까울 것 같았다.

무심히 책상 위에 놓여있던 노트가 눈에 들어왔다. 언제 산 것인지조차 기억나지 않는 새하얀 노트였다. 먼지를 툭툭 털어내고 조심스럽게 펼쳤다. 하얀 종이 위엔 아무것도 없었지만, 그 빈 공간이 이상하게 편안하게 느껴졌다.

"뭐라도 써 볼까…?"

나는 혼잣말처럼 중얼거리며 서랍 속에서 펜을 꺼내들었다. 무언가를 쓴다는 건 오랜만이었다. 펜 끝이 하얀 종이 위를 천천히 미끄러질 때의 미세한 감촉이 낯설면서도 좋았다. 처음에는 뭐부터 써야 할지 막막했다. 하지만 천천히 숨을 고르고 눈을 감았다 뜨자, 조금씩 문장들이 떠오르기 시작했다. 나는 떠오르는 단어들을 조심스럽게 종이 위에 옮겼다. 가슴 깊은 곳에서 뭔가 끓어오르는 느낌이었다. 그리고 그것을 차분히, 조심스럽게 꺼내는 작업은 마치 상처 난 곳에 붕대를 감는 일처럼 조용하고 고통스러웠다.

『고독은 내게 사람이었다. 조용히 찾아와 말을 걸고, 아무 말 없이 머무르다 모든 사람이 떠난 자리에서 내게 등을 토닥여주곤 했다. 그 존재가 싫다고 외칠수록, 더욱 선명하게 나를 껴안았다. 나는 그 사람을 사랑하지 않으려 애썼지만, 어느새 그 사람 없이는 숨 쉬는 법조차 잊고 있었다.』

잠시 숨을 고르고, 조울증이 만들어낸 내면의 파도를 글로 옮겼다.

『기쁨은 너무 짧아서 슬픔이 기다리고 있는 걸 늘 안다. 그래서 나는 기쁠 때 가장 두려웠다. 사람들은 나를 보고 웃는다고 했지만, 나는 그 웃음 속에서 언제 추락할지 모를 허공을 봤다. 조증의 환희는 화려한 불꽃놀이였고, 그 뒤를 잇는 울증은 그 불꽃이 떨어져 불타버린 나 자신이었다.』

조금 손이 떨렸다. 하지만 나는 멈추지 않았다. 이 감정들이야말로 내가 가장 오랫동안 마주해 온 진실이었다.

『고통은 시간이 흐를수록 무뎌진다고들 한다. 하지만 내 고통은 날마다 모양을 바꿨다. 어떤 날엔 칼처럼 예리했고, 어떤 날엔 공기처럼 무겁고 투명했다. 사람들이 보지 못한다는 이유로 없는 것이 되는 고통. 나는 그 무형의 그림자 안에서 매일 무너지고 있었다. 그러면서도, 아무렇지 않은 척, 오늘도 괜찮은 사람처럼 숨을 쉬었다.』

나는 마지막 문장을 쓰고 나서 한동안 펜을 내려놓지 못했다. 마치 글 속에 내가 다 들어가 버린 기분이었다. 그러면서도 이상하게, 이런 글을 썼다는 사실이 나를 조금 더 단단하게 만들어 주는 것 같았다.

그날은 밤이 꽤 늦은 시간이었다. 혼자 있는 게 갑자기 외로워진 나는 무작정 집을 나섰다. 거리엔 이미 어둠이 짙게 내려앉았고, 사람들은 전부 집으로 돌아간 듯했다. 하지만 그 고요함이 이상하게 마음에 들었다. 천천히 걷다가 나는 익숙한 골목길로 들어섰다. 발걸음은 자연스럽게 K의 작은 술집으로 향했다.

문을 열자, 작은 종소리가 가볍게 울렸다. 언제나와 같은, 익숙한 공간이었다. 테이블 몇 개와 오래된 바 카운터, 희미한 조명과 나지막한 음악 소리까지. 그 모든 것이 나를 편안하게 맞아 주는 듯했다.

그런데 그 순간, 구석 쪽 테이블에서 들려오는 낮고 익숙한 목소리가 내 걸음을 멈추게 했다.

"…. 이런 얘기, 민준이는 아직 모르고 있지?"

그 목소리는 K의 것이었다. 순간적으로 발이 얼어붙었다. K가 말하는 상대는 바로 하루카였다. 하루카는 테이블 앞에서 작게 고개를 숙이고 앉아 있었다. 나는 무의식적으로 숨을 죽였다. 어둑한 조명 아래 두 사람은 서로의 눈을 마주 보고 있었고, 분위기는 무겁게 가라앉아 있었다.

"…. K 씨, 저는 민준이 옆에 계속 있고 싶어요. 누구보다 오래, 누구보다 행복하게. 매일, 매 순간을 함께하고 싶은데…."

그녀의 목소리는 점점 희미해졌다. 숨을 제대로 잇지 못하고 말이 끊겼다. 그녀가 작게 떨리는 목소리로 다시 말을 이었다.

"그런데 그럴 수가 없어요…. 내가 아무리 발버둥 쳐도 안 되는 일이에요. 너무, 너무 아픈데…. 아무한테도 말할 수 없어요. 민준이한테는 더더욱 말할 수 없어요. 그 사람은 이제 겨우 다시 숨을 쉬고 있으니까…."

하루카의 말이 끝나기도 전에, 그녀는 조용히 흐느끼기 시작했다. 그녀의 작은 울음소리가 들려올 때마다, 내 가슴이 미칠 듯이 조여 왔다. 심장 박동이 빨라졌고, 머릿속은 혼란으로 가득 차 버렸다.

K는 천천히, 그리고 조심스럽게 말했다.

"하루카, 괜찮아. 지금 너의 기분, 내가 다 이해하지 못해도 적어도 네가 혼자가 아니라는 건 알아줬으면 해. 그래도 민준이에게는 솔직히 말해야 하지 않을까? 너 혼자 이 모든 걸 감당할 순 없잖아."

하루카는 울음 섞인 목소리로 작게 말했다.

"말할 수 없어요…. 내가 떠나 버리면, 민준이는 다시 혼자 남겨질 거예요. 민준이는 이미 너무 많이 아파했잖아요. 저는 그냥 옆에서 그 사람을 웃게 해 주고 싶었어요. 저는…. 저는 민준이가 웃을 때마다 더 행복하면서도, 자꾸만 가슴이 찢어질 것 같아요."

그녀의 울음이 더 깊어졌다. 목소리가 떨리고, 무너져 내렸다.

"민준이가 너무 보고 싶을 것 같아요…. K 씨, 나는 그 사람이 너무 사랑스러워서 자꾸 욕심이 나요. 하루라도 더 같이 있고 싶은데, 하루라도 더 그 사람의 얼굴을 보고 싶은데…. 왜 나한텐 시간이 없는지 모르겠어요."

그녀는 차마 다 말하지 못한 채 다시 흐느끼며 입을 닫았다. 오랫동안 참아 왔던 울음이 한꺼번에 터진 것 같았다. 나는 그 순간, 그녀가 울고 있는 모습을 직접 보지 못했음에도 불구하고 눈앞이 흐려졌다.

"내가 곁에 없을 때 민준이가 또 무너지면 어쩌죠? 그 사람 혼자 감당하지 못할 텐데…. 차라리 민준이가 나를 몰랐다면 좋았을 텐데. 왜 나는 그 사람 곁에 머물 수 없는 사람인지… 너무 잔인해요."

K는 한동안 말을 하지 못한 채 침묵했다. 그리고 천천히 입을 열었다.

"하루카, 민준이는 너랑 있는 동안 정말 행복했어. 네가 없었으면 민준이는 결코 지금처럼 웃지 못했을 거야. 네가 지금 무슨 결정을 하든, 민준이는 너와의 시간을 후회하지 않을 거라고 믿어."

하루카는 울음 속에서 아주 힘겹게 한마디를 했다.

"…. 오래 있고 싶어요. 민준이와 함께… 끝까지 함께 있고 싶어요."

그 순간, 내 마음은 갈기갈기 찢어졌다. 내가 할 수 있는 건 아무것도 없었고, 그녀의 슬픔과 고통은 내게 너무 선명하게 전해졌다. 그녀의 흐느낌 하나하나가 나를 무너뜨리고 있었다. 결국, 나는 술집 문 앞에서 한 걸음도 움직이지 못한 채, 그녀가 내게 감추고 있는 진실과, 차마 표현하지 못한 사랑과 고통을 그대로 삼키며 그 자리에 서 있었다. 그녀가 말하지 않은 비밀이 무엇인지 나는 알 수 없었지만, 그녀의 슬픔과 두려움은 내 가슴속 깊숙이 들어와 천천히, 조용히 퍼지고 있었다. 그렇게 그 밤은, 긴 슬픔과 불안으로 가득 찬 채 지나갔다.

4장

너는 어디에

"우리, 어디 멀리 가 볼까?" 하루카가 문득 그렇게 말했다. 어느 겨울 오후, 한가로운 카페 창가에 앉아 따뜻한 커피를 마시던 시간. 밖엔 첫눈이 살짝 흩날리고 있었고, 창밖을 바라보는 하루카의 눈동자는 고요하면서도 어딘가 멀리 닿아 있었다.

"진짜? 어디로?"

나는 반쯤 농담처럼 물었다. 평소라면 이런 말을 꺼낼 그녀가 아니었다. 하지만 그녀는 천천히 고개를 돌려 나를 바라보며, 작은 목소리로 말했다.

"강원도. 눈 많이 오는 마을. 조용한 데. 사람 없는 데서, 그냥 둘이 며칠 있고 싶어."

그 말에는 이유 같은 게 필요하지 않았다. 나는 단숨에 대답했다.

"가자. 진짜."

그날 저녁, 우리는 기차와 숙소를 예약했다. 손끝이 다 닿기 전에 결정된 일들이었다. 기묘하게도 아무 망설임이 없었다. 마치 우리 둘 다, 어딘가로 떠나야만 할 이유가 마음속에 오래전부터 자리 잡고 있었던 것처럼.

출발 당일 아침, 서울역 플랫폼엔 사람들로 북적였지만, 내 시야엔 오직 하루카만 보였다. 하루카는 밝은 베이지색 코트를 입고 있었다. 하얀 목도리를 천천히 목에 감으며 내 쪽으로 걸어왔다.

"너무 춥진 않아?"

내가 묻자, 그녀는 고개를 저었다.

"응, 오늘은 좀 기분 좋은 추위야."

그녀의 말투엔 평소보다 한결 더 부드러운 온기가 감돌았다. 마치, 오늘 하루를 기억해 주길 바라는 사람처럼. 기차는 천천히 동쪽으로, 더 추운 쪽으로 나아갔다. 차창 밖 풍경이 도심을 지나 들판으로, 그리고 눈이 내려앉은 산기슭으로 바뀌는 동안, 우리는 손을 맞잡고 아무 말 없이 풍경을 바라보았다. 사람들이 작아지고, 건물들이 작아지고, 세상의 소리가 점점 멀어지는 그 기분이 좋았다.

"민준아."

하루카가 불쑥 내 이름을 불렀다. 나는 그녀를 바라봤다.

"너, 요즘… 행복하지?"

"응. 많이. 너랑 있어서."

그녀는 웃지 않았다. 대신 창밖을 보며 작게 중얼거렸다.

"나도 그래."

기차는 더 깊은 겨울 속으로 달리고 있었다.

도착하고 몇 시간이 지나자, 마을은 아주 금세 해가 기울었다. 강원도의 해는 생각보다 빠르게 져 버렸고, 오후 네 시를 넘기자 창밖의 눈은 푸른빛으로 바뀌고 있었다. 방 안은 따뜻했고, 하루카는 난로 앞에서 턱을 괴고 조용히 창밖을 보고 있었다. 나는 가만히 앉아 그 모습을 지켜보다, 문득 말했다.

"우리 바비큐 해 먹을래?"

하루카는 고개를 돌려 나를 바라보더니, 반쯤 놀란 얼굴로 웃었다.

"눈밭에서 바비큐라니…. 너무 좋다."

펜션 주인에게 미리 부탁했던 작은 화로와 그릴, 그리고 두툼한 고기와 채소들이 곧 우리 앞에 준비되었다. 우리는 모자와 장갑, 외투까지 단단히 껴입고 마당으로 나갔다. 평평 내리는 눈 속, 장작에 불이 붙고, 연기가 하늘로 피어오르기 시작했다. 철판 위에 고기를 올리자, 지글지글 소리가 났다. 그 익숙한 소리에 둘 다 동시에 웃었다. 이상하게, 그 순간만큼은 모든 게 완벽하게 어울렸다.

"민준아."

하루카가 손난로를 이마에 올려대며 말했다.

"이런 장면, 영화에서나 나오는 거 아냐? 눈 내리는 데서 바비큐라니."

"영화라면…."

나는 고기를 뒤집으며 말했다.

"우리가 조연이겠지. 너무 조용하고, 너무 평화로워."

그녀는 가볍게 웃었다.

"괜찮아. 난 조연이라도 좋아. 이렇게 웃을 수 있는 장면이면."

우리는 둘 다 조용히 맥주 캔을 들고 건배했다.

"이건… 우리 둘만의 겨울 연극이야."

그날 밤의 공기는 맑고 싸늘했지만, 어쩐지 마음은 포근했다. 불빛 속 하루카의 얼굴은 평소보다 더 차분해 보였다. 익은 고기 냄새, 장작 타는 냄새, 그녀의 목소리. 그 모든 것이 느리게, 아름답게 흘러가고 있었다. 식사를 마치고 방 안으로 들어왔을 땐, 손끝이 얼얼할 정도로 차가웠지만 이상하게 기분이 좋았다. 욕실에서 따뜻한 물에 손을 녹이고 나와보니, 하루카는 창가에 앉아 책을 펼쳐놓은 채 조용히 무언가를 쓰고 있었다. 나는 묻지 않았다. 그저, 그녀가 무언가를 쓰고 있다는 사실이 괜히 좋았다. "졸려?" 내가 물었다. 그녀는 고개를 저었다.

"아니. 아직은 조금 더 이 밤을 누리고 싶어."

우리는 침대에 나란히 누워 이불을 덮고, 천장을 바라보았다. 하루카는 말이 없었고, 나도 조용했다. 하지만 그 정적은 이상하게 따뜻하고 편안했다. 눈은 밤새도록 내리고 있었다. 하루카는 언젠가 등을 돌려 잠이 들었고, 나는 그녀의 고른 숨소리를 들으며 아무 이유 없는 불안과 싸우지 않고, 그저 그 시간에 몸을 맡겼다.

그리고 나는 몰랐다. 그녀가 다시 일어났다는 것도, 그녀가 창밖의 새하얀 언덕을 향해 걸어갔다는 것도. 손바닥만 한 편지들을 하나씩 써서 유리병에 담고, 눈 속에 묻고 돌아왔다는 것도. 그 밤, 그녀는 나와 함께였고 또한, 나보다 한 걸음 먼저 어디론가 가고 있었다. 나는 그저, 그날의 침묵이 왜 그토록 아름다웠는지에 대해 오랫동안 기억하게 될 것이다.

다음 날 아침, 눈은 여전히 펑펑 내리고 있었다. 이불 속에서 느릿하게 몸을 일으켰을 때, 하루카는 창가에 서서 조용히 바깥을 바라보고 있었다.
"잘 잤어?" 내가 물었다.
그녀는 돌아보며 고개를 끄덕였다.
"응. 잘 잤어. 너는?"
"꿀잠."
짧은 대답 뒤, 그녀는 내 쪽으로 미소 지었지만 어쩐지 그 미소는 평소보다 조금 더 얇고 가벼운 것 같았다. 말로 설명하긴 어려운, 아주 미세한 어긋남. 그런데도 나는 대수롭지 않게 넘겼다. 아침을 간단히 먹고, 우리는 외투를 챙겨 입고 마을을 걷기로 했다. 밤새 쌓인 눈은 무릎 아래까지 닿았고, 발자국 하나 없는 길을 걷는 기분은 이상하게 경건했다.

모든 것이 너무 조용했고, 눈 위로 걷는 소리만 들려왔다. 하루카는 내 옆을 따라 걷다가, 몇 걸음 뒤에서 걸음을 멈췄다.
"왜?"

내가 돌아보며 묻자, 그녀는 잠깐 시선을 피했다.

"아니…. 그냥 살짝 어지러웠어."

나는 놀라 그녀 쪽으로 다가갔다.

"괜찮아? 어제 술 때문인가?"

그녀는 얼버무리듯 웃었다.

"그런가 봐. 괜찮아. 좀 걸으면 나아질 거야."

그녀의 손을 잡고 다시 걸었지만, 나는 걸음 사이사이마다 그녀의 움직임을 의식하게 됐다. 발걸음이 다소 느리고, 걸음마다 무게가 실리지 않는 듯한 느낌. 한 번은 마을 입구의 작은 돌다리 위에서 중심을 잃고 살짝 휘청이기까지 했다.

"진짜 괜찮은 거 맞아?"

그녀는 다시 고개를 끄덕였다.

"응. 미안해, 괜히 걱정하게 해서."

그 말과 함께 건넨 미소는… 이상하리만치 애틋했다. 뭔가를 감추고 있는 사람의 미소처럼. 마치, 감정 전체가 입가까지는 도달했지만 눈에까지 닿지는 못한, 어딘가 멈춘 듯한 표정.

"잠깐만 앉을까?"

내가 제안하자, 그녀는 고맙다는 듯 조용히 고개를 끄덕였다. 우리는 마을 외곽의 작고 평평한 눈 언덕 위에 나란히 앉았다. 하얀 세상이 사방에 펼쳐져 있었고, 숨소리는 공기 중에서 금방 얼어붙을 듯 가벼웠다. 하루카는 잠시 두 손을 무릎 위에 올린 채 말이 없었다. 나는 일부러 아무 말도 하지 않았다. 그녀의 고요를 밀어내고 싶지 않았다. 그저, 그녀가 다시 괜찮다고 말해 주기를 기다리면서 옆에 있었다. 그런데 그 순간, 그녀가 입을 열었다.

"민준아."

"응."

"…. 그냥, 오늘 좀 조용히 있고 싶어."

나는 고개를 끄덕였다.

"그래. 그래도 돼."

그녀는 가만히 내 어깨에 머리를 기댔다. 그리고 그 자세로 오래 있었다. 나는 한동안 숨도 크게 쉬지 못했다. 그녀가 내게 기대 잠시 몸을 맡기고 있는 그 시간이, 왜인지 너무 소중해서, 그리고 너무 위태로워 보여서. 그녀는 말이 없었고, 나는 더 이상 묻지 않았다. 하늘에서 또 눈이 내리기 시작했다. 하얀 입자가 천천히 내려와 우리 어깨와 머리 위를 덮었다. 그 조용한 눈 속에서, 나는 이유를 알 수 없는 두려움을 느꼈다. 아무 일도 일어나지 않았는데, 모든 것이 무너질 것 같은 느낌. 그날의 정적은 평온이라기보다 무언가를 미리 감추고 있는 침묵처럼 느껴졌다. 그날, 하루카는 이전보다 더 조용했고 나는 이전보다 더 많이 그녀를 바라보았다.

눈이 잠시 그친 사이, 창밖은 무서울 만큼 조용했다. 아침 햇살이 새하얀 마을을 비추고 있었지만, 이상하게도 세상은 어둡게 느껴졌다.

나는 늦게 눈을 떴고, 하루카가 있어야 할 자리는 비어 있었다. "하루카?" 잠긴 목소리로 그녀의 이름을 불렀지만, 방 안은 텅 빈 메아리로만 가득했다. 어딘가 잘못되었다는 느낌이 목을 조이기 시작했다. 그리고 책상 위, 작은 흰색 편지가 조용히 놓여 있었다. 손이 떨려 편지를 집었다. 그 편지에 담긴 그녀의 글씨는 떨리고 번져 있었다. 천천히 숨을 들이쉬고 편지를 펼쳤다.

민준아. 이 편지를 읽게 되면 너는 아마 나를 이해하지 못할 거야. 아니, 이해하지 못하는 게 당연해. 나도 나 자신이 이해되지 않으니까. 지금 이 글을 쓰는 동안에도 내가 왜 이런 선택을 하고 있는지, 나는 도무지 모르겠어. 너와 함께한 모든 순간을 나는 정말로 사랑했어. 처음 널 만났던 순간부터, 내가 웃고 있던 순간까지, 네가 내 옆에서 숨을 쉬는 동안, 나는 언제나 살아 있었어. 너를 만나기 전까지, 나는 진짜 삶을 몰랐던 사람이었어. 너를 만나고 나서야 비로소 행복이라는 걸 알았고, 내가 축복받은 사람이란 걸 깨달았어. 네가 내 손을 잡았던 그날, 네가 처음으로 내 이름을 부른 날, 네가 혼자 술에 취해 나를 집에 데려다주겠다고 했던 그 밤까지, 나는 그 모든 순간들을 하나도 빠짐없이 사랑하고 있었어. 하지만 민준아, 내가 너에게 말하지 않은 것이 있어. 너에게 절대 알려 주고 싶지 않았던 것, 그래서 지금껏 내 가슴속 깊숙이 묻어 두고 너에게 웃기만 했던 것. 사실 나는… 몸이 많이 아파. 어느 순간부터 내 몸은 내 마음을 따라오지 않았어. 너와의 행복이 너무 커져서인지, 아니면 내가 원래 운이 없는 사람이었는지 몰라도, 몸이 점점 내 마음을 밀어내고 있는 것 같았어. 웃는 것도, 숨을 쉬는 것도, 너의 이름을 부르는 것조차 힘겨운 날들이 있었어. 너에게 말할 수 없었어. 너는 이미 충분히 아팠던 사람이니까. 너를 웃게 하고 싶었는데, 내 아픔까지 너에게 전하고 싶지 않았어. 미안해, 민준아. 나는 네가 생각하는 것만큼 강하지 못했어. 널 사랑하는 만큼, 내가 너를 붙잡으면 너까지 함께 무너질까 봐 두려웠어. 네가 내 아픔을 알게 되면, 나 때문에 또 아파질까 봐 너무 무서웠어. 그래서 나는 이렇게 비겁하게 너를 떠나. 내가 이렇게 비겁한 사람이란 걸 너는 이해하지 마. 그냥 나를 원망하고, 미워해 줘. 기다리지도 말아 줘. 나 같은 사람은 네 곁에 있어선 안 되는 사람이었어. 그래도 민준아, 단 하나만은 진심이었어. 너를 만났던 순간부터 지금까지, 너를 사랑하지 않은 적은 단 한 순간도 없었어. 너를 사랑하면서 나는 세상에서 가장 행복한 사람이었고, 그런 행복을 가질 자격이 없었던 사람이었어. 용서해 달라고 하지 않을게. 내가 너에게 줄 수 있는 건 고작 이 편지 하나뿐이니까. 고마웠어, 민준아. 너는 반드시 행복해야 해. 나 같은 사람 없이도.

편지의 마지막 문장까지 읽었을 때, 나는 숨을 쉴 수가 없었다. 하루카의 글자 하나하나가 내 가슴을 찢고 들어왔다. 몸이 아프다는 그 말 하나가, 모든 문장을 지워 버리고 내 머릿속을 무너뜨렸다. 하루카가 아프다고…?

"안 돼. 안 돼. 이건 아니야."

머릿속이 하얗게 타들어 갔다. 나는 몸을 던지듯 자리에서 일어났고, 편지가 내 손에서 떨어져 바닥 위에 가볍게 내려앉았다.

"하루카!"

미친 사람처럼 그녀의 이름을 외치며 문을 박차고 뛰어나갔다. 눈밭 위를 미친 듯이 달리며 그녀를 찾았다. 하루카가 어디로 갔는지 알 수 없었고, 그 사실이 나를 더욱 미치게 만들었다. 그녀가 내게 남긴 마지막 흔적이 그 편지일지도 모른다는 생각에, 숨조차 제대로 쉬어지지 않았다. 그녀가 떠났다는 사실보다, 그녀가 아프다는 말이 더 고통스러웠다. 내가 사랑했던 사람, 내가 전부였던 사람이 혼자 아파하고 있었다는 사실이 나를 갈기갈기 찢었다.

"제발… 하루카!"

차가운 공기가 폐를 찌르고 눈이 얼굴을 때렸지만, 나는 멈출 수 없었다. 그녀를 찾아야만 했다. 그녀를 다시 붙잡고, 그녀에게 내가 괜찮다고 말해 줘야만 했다. 그 순간, 세상은 너무나 무자비했고, 나는 그녀의 이름을 외치며 눈 위를 무작정 달렸다. 아직 그녀를 포기할 수 없었고, 아직 그녀를 보낼 준비조차 하지 못했기에. 눈앞의 세상은 점점 흐려졌지만, 나는 멈추지 않았다. 그녀를 잃는다는 사실을, 나는 아직 받아들일 수 없었다. 그렇게 나는 눈이 쌓인 길 위에서 무너져가고 있었다.

펜션으로 뛰쳐 들어와 급히 짐을 챙겼다. 머릿속은 텅 비어 있었고,

심장은 갈기갈기 찢어진 채 제멋대로 뛰고 있었다. 편지를 몇 번이나 다시 읽었지만, 읽으면 읽을수록 하루카의 마음을 이해할 수 없었다. 무엇보다 그녀의 아픔을 혼자 견디게 했다는 사실이 미칠 듯이 괴로웠다.

가방을 닫고 곧장 펜션을 나섰다. 눈밭 위의 발자국을 따라 걷다 뛰다를 반복했다. 마을의 작은 역에 다다르자 차갑고 메마른 공기가 가슴을 찔렀다.

"서울 가는 표, 가장 빠른 거 하나 주세요. 제발 빨리요!"

창구 직원은 나를 보며 무언가 말을 건넸지만 제대로 들리지 않았다. 초조하게 발을 굴렀고, 표를 받아들자마자 플랫폼으로 뛰어갔다.

기차를 기다리는 몇 분이 수년처럼 길게 느껴졌다. 한자리에 서 있지 못하고 계속 움직였다. 손끝이 떨리고 있었고, 가슴이 내려앉을 듯 아팠다. 머릿속에선 끊임없이 하루카의 목소리와 편지의 글귀들이 울려 퍼졌다.

"제발, 제발 늦지 말아야 해…."

기차가 도착하고 나는 서둘러 올라탔다. 자리에 앉자 창밖의 풍경이 빠르게 스쳐 지나갔다. 창문에 기대어 손을 떨며 다시 그녀에게 전화를 걸었다. 하지만 하루카는 끝내 전화를 받지 않았다.

머릿속이 폭풍처럼 휘몰아쳤다. 그녀가 갈 만한 곳, 내가 찾을 수 있는 곳을 필사적으로 떠올렸다. 그녀와 함께 걸었던 길, 자주 갔던 카페들까지. 하지만 서울에 도착하자마자 찾았던 모든 장소에 그녀는 없었다.

몸은 이미 지칠 대로 지쳤지만, 나는 멈출 수 없었다. 숨이 끊어질 듯

뛰고 또 뛰었다. 가슴속 깊숙한 곳에서 두려움이 밀려와 온몸을 뒤덮었다. 이렇게 그녀를 잃어버릴 순 없었다. 절대로.

어느새 밤이 찾아왔고, 도시의 불빛들이 차갑게 빛나고 있었다. 나는 결국 하루카의 집 앞에 다다랐다. 떨리는 숨을 고르며 천천히 현관 앞으로 다가갔다. 그녀의 집은 평소와 다름없이 조용했고, 불빛 하나 없이 어두웠다.

주먹을 쥐고 천천히 문을 두드렸다.

"하루카! 하루카, 제발 나와 봐. 나야, 민준이야…. 제발 안에 있으면 뭐라도 말해 줘."

아무 응답이 없었다. 두려움과 절박함이 동시에 밀려왔다. 더욱 세게 문을 두드렸다.

"하루카, 제발… 나한테 이러지 마. 내가 잘못했어. 그러니까 제발 한 번만 내 목소리 들으면 나와 줘."

목소리가 떨리고 있었다. 눈물이 두 뺨을 타고 흘렀고, 주먹이 아파 오기 시작했다. 하지만 멈출 수 없었다. 내가 조금만 더 크게, 조금만 더 간절히 문을 두드리면 하루카가 문을 열어 줄 것 같았다.

"제발 하루카, 나는 너 없으면 아무것도 할 수 없어. 네가 뭐 때문에 아픈지 모르겠지만, 난 너 없이는 안 돼. 나한테 이렇게 하면 안 돼…. 제발…."

나는 문 앞에서 무릎을 꿇고 주저앉았다. 눈물이 멈추지 않았다. 문을 향해 손을 뻗고 작은 목소리로 그녀의 이름을 불렀다.

"하루카… 제발… 나한테서 도망치지 마…."

하지만 문은 열리지 않았다. 집 안은 무겁게 침묵했고, 나는 그 침묵 속에서 갈 곳을 잃은 채 서서히 무너지고 있었다.

나는 비틀거리며 일어섰다. 다리가 내 것이 아니었다. 거리를 달리는 택시를 붙잡고, 가라앉은 목소리로 익숙한 주소를 말했다.

"K의 공간… 빨리 가 주세요."

차창 밖 풍경은 흘러가고 있었지만, 내 머릿속은 여전히 하루카의 문 앞에 멈춰 있었다. 무슨 생각도 할 수 없었고, 그저 K의 얼굴만 떠올렸다. 며칠 전 두 사람이 나누던 대화가 끊임없이 머릿속에서 반복되었다.

택시에서 내리자 차가운 바람이 폐부를 찔렀다. 술집의 불빛이 흐릿하게 흔들리고 있었다. 문을 열자, K가 나를 보며 놀라 고개를 들었다. 그의 눈빛에서 미묘한 슬픔과 체념이 동시에 읽혔다. K의 술집은 어두웠다. 마치 그 안의 공기조차 색을 잃은 것처럼. 나는 문을 열고, 허겁지겁 안으로 들어섰다. K는 바에 혼자 앉아 담배를 태우고 있었고, 내가 들어서자 눈을 들었다.

"민준아…."

그는 아무 말도 덧붙이지 않았다. 나는 숨을 몰아쉬며 그 앞에 선 채, 무너진 목소리로 말했다.

"하루카, 어디 있는지 알아요? 제발…. 제발 좀 알려 줘요."

K는 나를 말없이 바라보다가, 고개를 숙였다. 그의 어깨가 느리게 떨리는 걸 보았다. 나는 다가가 그의 앞에 서서, 터질 듯 말문을 열었다.

"그날, 여기서 무슨 얘기했는지 다 알아요. 두 사람 대화… 문 앞에서 들었어요. 제발… 그게 뭐였는지, 지금 다 말해주세요. 지금 아니면… 난 정말…."

내 말은 더 이상 이어지지 않았다. 목구멍이 막혀 버린 듯, 그저 입술만 달달 떨리고 있었다. K는 길게 담배를 빨아들인 뒤, 천천히 말했다.

"…. 하루카, 결국 너한테 다 말하지 못했구나. 그럴 줄 알았어."

그는 잿더미 속에서 나를 잠시 바라보다가, 한 모금 더 피운 후 눈을 감고 조용히 이야기를 꺼냈다.

"며칠 전이었어. 그 애가 문득 찾아왔더라고. 평소보다 훨씬 말라 있었고, 눈 밑은 새까맣게 꺼져 있었어. 앉자마자 아무 말도 안 하고 그냥 울었어. 소리도 없이, 조용히, 고장난 아이처럼…."

K는 자신의 무릎 위를 내려다보며 계속 말했다.

"말하기까지 시간이 오래 걸렸지. 그러다 입을 열었는데…. 그 말이 아직도 생생해. 'K 씨, 저한테 시간이 얼마 안 남았대요.'"

그의 목소리가 떨렸다. 그 순간, 내 심장이 조용히 부서졌다. 숨이, 미세하게 끊겼다.

"…. 그 애가 그러더라. 처음엔 단순히 소화불량인 줄 알았대. 황달이 와서 병원을 갔고, 며칠 뒤에 정밀검사 받았는데… 결과는… 말기 췌장암. 시한부 3개월."

나는 그 자리에 서 있는 것도 힘들어, 벽에 기대며 천천히 무너져 내렸다. 눈앞이 흐려졌고, 심장이 꺼지는 소리가 들리는 듯했다. K는 담담하게, 그러나 처절하게 말을 이었다.

"하루카는 그 말을 할 때 울지 않았어. 대신 그 다음 말을 할 때… 그때 비로소 오열했어."

K는 눈을 감고, 그가 들었던 말을 되짚었다.

"민준이는 다시 웃기 시작했어요. 그 사람이…. 겨우 조금씩 살아가고 있는데, 제가 아프다고 말하면…. 다시 무너질까 봐, 그게 너무 무서워요."

그 말이 내 심장을 찢었다. 나는 주저앉아 눈을 감았다. 숨이, 너무 아팠다. 하루카가 내 앞에서 그렇게 맑게 웃던 순간들이 죄처럼 되돌아와 나를 찔렀다. K는 작게 떨리는 손으로 잔을 들고 다시 말했다.

"전 욕심이 났어요. 민준이랑 더 있고 싶고, 아프다는 말도 없이 그냥 매일 그 사람 곁에서 숨 쉬고 싶었어요. 근데…. 이제 몸이 너무 안 따라 줘요. 그래서 떠나려고요. 제가 사라질 때, 민준이는 모르게 하고 싶어요. 그게 그 사람한테는 덜 아픈 이별일 테니까요."

K는 내 앞에 술을 한 잔 따랐다. 그의 손끝까지 떨리고 있었다.

"그 애는 너를 너무 사랑했어, 민준아. 그 애는 죽어가면서도, 너만 걱정했어. 자기보다도 더… 너를."

나는 그 말을 들으며 무너졌다. 말로 표현할 수 없는 고통이 가슴 속에서 쏟아져 나왔다. 숨이 쉬어지지 않았다. 그녀는 죽음을 향해 걸어가면서, 나는 그 옆에서 웃기만 했다는 사실이 도저히 용납되지 않았다. K는 내게 다가와, 조용히 내 어깨에 손을 얹었다.

"민준아."

나는 고개를 들 수 없었다. 그저 그 말만 겨우 꺼냈다.

"…. 어디 있는지도 몰라요. 이대로 정말, 못 찾으면… 어떡해요."

K는 한참을 생각하듯 침묵하더니, 낮고 단호한 목소리로 말했다.

"같이 찾자. 지금부터라도."

그의 손은 단단했고, 떨리고 있었다. 우리 둘은 그 작고 어두운 술집에서 절망과 슬픔을 안고 차가운 새벽을 향해 나섰다.

고요한 눈발을 뚫고, 우리는 택시에 올랐다. 목적지는 하나였다. 고대 안암 병원. 하루카가 마지막으로 다녀갔던 곳. 황달과 소화불량으로 정밀검사를 받았다고, K는 분명히 그렇게 말했었다. 나는 두 손을 조용히 비볐다. 심장이, 그 안에서 연필심처럼 부서지는 기분이었다. K는 말이 없었다. 차창 너머 흐릿한 서울의 불빛들만이 우리가 여전히 현실 위에 있다는 것을 증명하고 있었다. 병원에 도착하자 나는 먼저 뛰어들 듯 접수처로 향했다.

"죄송하지만… 여기 하루카라는 사람이 최근에 진료를 받았는지 알 수 있을까요?"

나는 숨을 고르며 겨우 물었다. 하지만 접수창구의 직원은 조심스레 고개를 저었다.

"환자 정보는 보호자 외에는 알려 드릴 수 없습니다."

그 말은 충분히 예상했던 바였다. 그러나 나는 포기할 수 없었다. 내 눈빛이, 내 음성이, 진심이라는 걸 증명해 주기를 바랐다.

"그 사람… 제 애인이에요. 지금, 사라졌어요. 연락이 안 돼요. 정말, 단순히 확인만 하면 돼요. 제발… 단서 하나라도….”

그제야 직원의 표정에 조금의 흔들림이 생겼다. 그녀는 자리에서 일어나 안쪽으로 들어갔고, 나는 무겁게 서 있었다. 뒤에 선 K가 조용히 내 어깨를 눌렀다. 그의 손엔 여전히 담배 냄새가 배어 있었다. 시간이 길게 늘어졌다. 기다림은 곧, 두려움이 되었다. 직원이 다시 돌아왔을 때 그녀는 미안하다는 표정을 지으며 말했다.

"확인해 보니… 일주일 전쯤 입원 상담을 하셨더라고요. 하지만 이후에는 기록이 없습니다. 지금은 병원 내에 계시지 않은 것 같아요.”

나는 고개를 푹 숙였다. 거기까지, 그게 전부였다. 그녀는 있었고, 사라졌고, 그리고…. 다시는 기록되지 않았다. 밖으로 나왔을 땐 이미 새벽 두 시를 넘기고 있었다. K는 병원 앞 벤치에 잠시 앉았다. 나는 그 옆에 앉으며 조용히 입을 열었다.

"이대로… 더 늦어지면 어쩌죠?"

K는 담배를 꺼내다 말고 가만히 고개를 저었다.

"우리가 할 수 있는 건, 끝까지 해 보는 거다. 놓기 전까진 놓지 않는 거야.”

나는 그 말에 조용히 고개를 끄덕였지만, 마음 한쪽은 멍한 구덩이 같았다. 어디서부터가 잘못된 걸까. 그녀의 침묵을 가볍게 여긴 나 자신이, 이제는 너무 늦은 것이 아닐까. 그때, K가 천천히 말했다.

"…. 민준아. 경찰서로 가자. 실종신고를 하자."

나는 그 말을 듣고 잠시 망설였다. '실종'이라는 단어는 나를 현실 위에 단단히 내려앉혔다. 하지만 지금, 이 두 발로 할 수 있는 유일한 것. 나는 결국 고개를 끄덕였다. 경찰서의 형광등 아래, 나는 천천히 펜을 들어 그녀의 이름을, 생년월일을, 마지막으로 만났던 시간과 장소를 흔들리는 글씨로 적어 내려갔다. 한 자 한 자가 비명이었다. 그렇게 우리는 공식적으로, 그녀를 찾는 여정을 시작했다. 더 이상 꿈이 아니었다. 더 이상 사랑만으로는, 닿지 않는 곳에 하루카가 있었다.

낯선 회의실 한편, 유리창 너머로 흐린 하늘이 무심하게 걸려 있었다. 형광등 불빛이 창백하게 번지는 그 안으로, 무거운 발걸음 하나가 들어섰다. 코트깃을 세운 중년 남성이 조심스레 문을 닫고 들어왔다.

"…. 하루카 보호자 분 되시죠?"

경찰관의 질문에 그는 짧게 고개를 끄덕였고, 민준은 그 얼굴을 처음 마주했다. 하지만 이상하게도, 어딘가 익숙한 느낌이 들었다. 하루카와 아주 많이 닮아 있었다. 눈매도, 입꼬리도, 말없이 허공을 보는 습관까지도.

"실종이라고 들었습니다,"

그의 목소리는 낮고 담담했다. 놀라거나, 동요하거나, 울먹이지 않았다. 그저 오랫동안 어딘가 마음속에 묻어둔 말을 이제야 꺼내려는 사람처럼 조용했다.

"…. 올 게 왔다고 생각했습니다."

민준은 숨이 멎는 듯한 감각을 느꼈다. 아버지는 회색 코트를 벗으며 자리에 앉았다. 고개를 떨군 채로, 아주 천천히 이야기를 꺼냈다.

"하루카는 일본에서 태어났습니다. 아내가 살아 있을 땐 잘 웃는 아이였어요. 말도 많고, 고집도 세고…. 한 번 울면 두 시간이고 울던 아이였죠. 하지만 아내가 세상을 떠난 뒤부터는….."

그는 조용히 손등을 문지르며 말을 이었다.

"말이 줄었어요. 눈도 자주 피했고, 무언가가 망가졌다는 걸 저는 매일 아침 확인하듯 봤습니다. 아이가 천천히 꺼져가고 있었거든요."

K가 묵묵히 고개를 숙였다.

"그 무렵, 학교에서 괴롭힘도 심했어요. 이상하다고, 불쾌하다고… 그런 말들을 들으면서도 하루카는 말하지 않았습니다. 아무에게도요. 병들 듯 조용히 견디기만 했어요."

아버지의 눈이 천천히 민준을 향했다. 낯설지 않은 눈빛이었다. 무언가를 알아채고 있었던, 하지만 말하지 않았던 사람의 눈이었다.

"한국에 오자고 말한 건 아이였습니다. 고등학교 들어가기 전에, 다시 시작해 보고 싶다고…. 저도 희망을 가졌습니다. 여기가, 새출발이 되어 줄 거라고."

그는 살짝 웃었다. 비애가 서린 미소였다.

"쉽진 않았죠. 말은 또 다르고, 문화도 달랐고…. 그래도, 그 아이는 잘 해내려 했습니다. 아내가 떠난 이후로 처음으로, 다시 살아 보려 애쓰는 모습이었습니다."

민준의 목이 조여 왔다. 아버지는 이어서 말했다.

"그리고… 민준 씨를 만난 이후였죠. 달라졌습니다. 표정이, 말투가, 하루의 끝이. 저는 느꼈습니다. 그 애가 당신과 함께 있으면, 눈을 감고 쉬는 게 두렵지 않다는 걸."

그 말은 이상하리만치 따뜻했고, 잔인할 만큼 체념에 가까웠다.

"그런데… 병원에 갔던 날이 있었습니다. 황달 때문에 간단한 검사를 받는다더군요. 그날 이후로… 그 애는 이상했습니다. 말수가 줄고, 멍하니 창밖을 보거나, 손을 쥐었다 폈다 하거나… 저에게는 아무것도 말하지 않았지만…."

그는 조용히 고개를 떨궜다.

"저는 그날부터 이 순간이 올 줄 알았습니다."

민준이 무너졌다. 눈앞에 있던 진실이, 차가운 유리처럼 가슴에 내려앉았다. 아버지는 천천히 말을 이었다.

"그 아이는… 당신과의 여행이 마지막이 될 거란 걸 알고 있었겠죠. 좋은 기억만 남기고 싶었던 걸 겁니다. 상처 없이, 누구도 원망하지 않게."

그는 가늘게 떨리는 손으로 코트를 다시 집었다.

"…. 그 아이는 늘 그렇게 살았습니다. 조용히, 참으며. 누구 하나 원망하지 않고."

그의 눈은 붉었지만 눈물은 흐르지 않았다. 슬픔이 아니라, 이미 오래전에 익숙해진 고통처럼 그저 거기 있었다.

경찰서 유리문을 나섰을 때, 바깥 공기는 이상하리만치 맑고 차가웠다. 겨울은 늘 그런 식이었다. 무언가를 감춘 채, 모든 걸 드러낸다. 민준은 무거운 몸을 겨우 일으켜 따라 걸었다. 옆에는 K가 있었고, 하루카의 아버지가 앞서 걷고 있었다. 그는 말없이 앞장섰고, 민준은 묻고 싶었지만 아무 말도 꺼낼 수 없었다. 그저 그 등 뒤에 숨어 있는 표정만 상상하며 발걸음을 옮겼다. 차 안에서도 세 사람은 거의 말이 없었다. 차창 밖으로 스쳐 지나가는 풍경들은 이상하게도 모두 흐릿했고, 민준은 알 수 없는 불안감과 싸우느라 손끝이 계속 떨렸다. K는 조심스럽게 물었다.

"어디로 가시는 건가요…?"

하루카의 아버지는 아주 조용히, 그러나 또렷하게 대답했다.

"예전에… 하루카가 한 번 그런 말을 한 적이 있습니다. 만약 엄마가 아직 살아 있었다면, 이 고비도 덜 아팠을 거라고요. 혹시… 혹시나 싶지만, 어쩌면 그 아이가 거길 들렀을지도 모르겠습니다."

"그곳이라면….""

"인천, 납골당입니다. 아내가 잠들어 있는 곳."

그 말에 민준은 잠시 숨이 막히는 듯했다. 숨소리가 줄어들고, 심장이 작게 떨렸다.

'하루카가… 그곳에?'

자동차는 고요히 달렸다. 시간은 무감각하게 흘러갔고, 차 안은 여전히 침묵으로 가득 찼다. 민준은 손바닥으로 무릎을 감싸고, K는 옆은 한숨을 몇 번이고 내쉬었으며, 하루카의 아버지는 한 치의 동요도 없는 얼굴로 전방만을 응시했다.

"여깁니다."

하루카의 아버지는 낮은 목소리로 말했다. 그리고 천천히 발걸음을 옮겼다. 나도, K도 아무 말 없이 따라갔다.

그는 눈 쌓인 무덤들 사이를 익숙한 듯 걸었다. 흰 숨결이 조용히 공기 속에 퍼졌고, 밟히는 눈 소리가 우리의 존재를 대신해 말을 해 주는 듯했다. 그렇게 도착한 곳. 하루카의 어머니 이름이 새겨진 묘비 앞이었다. 무덤은 넓고 단정했고, 누군가 다녀간 흔적이 분명히 남아 있었다. 바로 전날, 혹은 바로 몇 시간 전이었을 것이다. 무덤 앞엔 꽃다발 하나. 그리고, 작은 편지봉투가 놓여 있었다. 나는 본능처럼 무릎을 꿇고 그 편지를 들었다. 하루카의 필체였다. 내게 썼던 그것과는 다른, 더 조용하고 깊게 침잠한 글씨였다.

엄마, 오랜만이야. 오늘은 눈이 많이 와서, 엄마 무덤을 찾는 길이 마치 흰 장막처럼 잠겨 있었어. 그래서일까, 발자국을 남기면서 여기까지 걸어오는데, 자꾸만 뒤를 돌아보게 되더라. 혹시 누가 따라오고 있는 건 아닌지, 아니면 내가 남긴 길이 너무 금세 지워져 버릴까 봐. 엄마, 나 요즘 많이 아팠어. 몸도 그렇고, 마음도 그래. 그런데 신기하게도, 그 모든 고통 속에서도 웃는 날들이 있었어.

한 아이를 만났거든. 아주 조용하고, 상처 입은 아이. 근데 이상하게 나를 꼭 끌어안아 주는 눈을 가지고 있었어. 그 아이의 이름은 민준이야. 민준이를 처음 봤을 땐, 엄마, 사실 조금 무서웠어. 나와 닮아 있는 구석이 있어서. 어딘가 깨어진 유리처럼, 반짝이는 동시에 베일 것 같은 눈동자. 하지만 그 애와 걷고, 이야기하고, 침묵을 나누면서 알게 됐어. 사람이 사람에게 줄 수 있는 가장 따뜻한 온기가 있다는 걸. 나는 요즘 매일 새벽에 깨어. 손가락이 저리고, 속이 매스껍고, 어쩐지 어딘가 빠르게 무너지고 있다는 느낌이 들어. 며칠 전엔 황달이 생겼고, 아무것도 삼킬 수 없었어. 병원에 갔더니… 췌장암 말기래. 엄마, 의사 선생님은 내가 3개월도 남지 않았을 거라고 했어. 나 아직 너무 젊은데. 이제 겨우 누군가를 좋아하게 되었는데. 이제 겨우, 나도 사랑받아도 되는 사람이구나, 라고 믿으려고 했는데. 엄마, 난 정말 괜찮아. 그 아이랑 있으면, 내가 살아 있다는 걸 매 순간 느낄 수 있었어. 눈 오는 날 산책할 때, 같이 밥을 먹을 때, 그냥 바라만 보고 있어도. 그 애는 나에게 세상 그 어떤 치료보다 따뜻한 시간이었어. 그래서, 더 미안해졌어. 언제부터였을까, 내가 걷는 발자국보다 죽음이 더 가까이 있다는 걸 느낀 게. 어쩌면 난 이미, 나를 놓을 준비를 천천히 하고 있었는지도 몰라. 민준이에게는 말 못 했어. 그 아이는 아직 너무 부서지기 쉬운 유리 같아서, 내가 사라지는 걸 온전히 받아들이기엔 너무 무서운 아이라서. 엄마, 나 이제 어디론가 가려고 해. 엄마가 있는 곳이, 나에겐 가장 따뜻하고 아픈 곳이니까. 지금 내가 걸어가려는 길 끝엔, 당신의 미소가 있을까. 이 이상한 세상에서 마지막으로 남기고 싶은 건,

나의 사랑이야. 내가 살아 있었다는 것. 누군가를 진심으로 사랑했다는 것. 그리고 아주 잠깐이지만, 나도 누군가의 전부였다는 것. 그 아이를… 너무 많이 사랑해서, 이 고백을 남기고 떠나. 안녕, 엄마. 나, 엄마를 닮아 따뜻한 사람으로 남고 싶었어. 혹시 나중에 그 아이가 여기 오면… 꼭 안아 줘. 그 애, 정말 좋은 아이야. 그럼, 이제 진짜 안녕.

하루카가.

나는 눈을 떨구고, 입술을 세게 깨물었다. 차가운 공기에 손끝이 아려왔지만, 그것조차 감각할 수 없었다.

"조금만 빨랐더라면…."

나는 속으로 삼켰다. 하루카는 이미 다녀갔고, 이제는 그 어디에도 없었다. K는 조용히 묘비 옆에 서 있었다. 하루카의 아버지는 고개를 숙인 채 말없이 서 있었다. 우리 셋은 그 무덤 앞에서, 그녀가 남긴 마지막 흔적을 바라보며 각자의 고통을 삼키고 있었다.

차 안은 이상하리만치 조용했다. 엔진이 내뱉는 낮은 진동음만이, 이 공간의 유일한 호흡처럼 깔려 있었다. 나는 창밖으로 어둠이 내려앉은 서울의 도로를 바라보았다. 헤드라이트가 지나칠 때마다, 유리창 너머 풍경은 천천히 쓸려 나가듯 흐릿하게 뒤로 밀려갔다. 조수석엔 K가 앉아 있었고, 운전석의 하루카 아버지는 말없이 핸들을 잡고 있었다. 셋은 각자의 고요에 묶인 채, 말이 없었다. 나는 마치 내 안에서 웅크린 또 다른 '나'와 싸우는 기분이었다. 감정은 이미 흐트러졌는데, 그걸 드러내는 게 마치 죄처럼 느껴져서, 손끝 하나조차 조심스러웠다. 하지만 그 고요가 너무 길었다. 침묵 속에서만 감정은 썩어가니까. 그래서 조용히, 내 목소리가 흠칫하고 튀어나온 것처럼, 말을 꺼냈다.

"…. 근데요, K."

그는 고개를 살짝 돌려 나를 바라보았다. 그 눈빛은 낮게 가라앉아 있었고, 동시에 부드러웠다.

"왜 이렇게까지 해 주는 거예요…? 사실, 제가 뭘 했다고…."

말끝이 흐려졌다. 입술이 조금 떨렸고, 눈이 시렸다. 내가 무슨 자격이 있어서 이 모든 도움을 받는 걸까. 그 물음은 오래전부터 내 안에서 맴돌고 있었다. K는 내 말에 대답하지 않고, 한동안 창밖을 바라봤다. 도시의 불빛들이 그의 눈동자에 어렴풋이 스며들었다. 그러다 천천히 입을 열었다.

"예전에 말한 적 있지. 내 아들 얘기."

나는 작게 고개를 끄덕였다. 그는 담담하게 말을 이었다.

"그 애… 우울증이었다는 것도 알고 있지?"

"네."

"처음엔 잘 몰랐지. 그냥 조금 예민한 아이인 줄만 알았어. 혼자 있는 걸 좋아하고, 감정 표현이 적고, 늘 피곤해 보이고… 그게 전부였거든."

그의 목소리는 점점 낮아졌고, 차 안은 그의 기억에 잠긴 듯 조용해졌다.

"그 애는 아무 말도 하지 않았어. 어떤 날은 웃기도 했고, 어떤 날은 나랑 밥도 같이 먹었지. 그런데도…. 결국은 떠났어. 아주 조용하게. 편지 한 장 남기고."

K는 잠시 말을 멈췄다. 그리고 길게 숨을 내쉬었다. 그 숨결에는 눈으로 보이지 않는 먼지 같은 슬픔이 들어 있었다.

"'이제 좀 쉬고 싶어요, 아빠. 미안해요.' 그게 전부였어."

나는 말없이 그의 옆모습을 바라보았다. 가슴 어딘가가 작고 날카롭게 갈라지는 기분이었다.

"그날 이후로, 나는 내 모든 말과 침묵을 의심하게 됐어. 그 애가 울었을지도 모를 순간들, 내가 듣지 못한 모든 신호들…. 다 기억을 되짚으며 나 자신을 저주했지."

그는 고개를 떨군 채 말을 이었다.

"그런데 네가, 민준아. 널 처음 봤을 때, 그 애랑 너무 닮았어. 웃는 얼굴도… 텅 빈 눈빛도. 그리고 하루카랑 함께 있을 때만 조금 살아 있는 듯한 모습도. 그게 너무 무서웠어. 진심으로."

K는 고개를 들었다. 눈가가 붉었다. 하지만 그는 울지 않았다. 다만, 오래전에 울음을 다 써 버린 사람처럼 보였다.

"그래서 옆에 있고 싶었어. 도와주고 싶었고. 혹시 네가 끝내 그 애처럼 될까 봐…. 그게 두려웠거든."

나는 입술을 깨물었다. 그의 말 하나하나가 속을 꿰뚫었다. 그가 내 곁에 있어 준 건, 단순한 연민이 아니라, 이미 한 번 겪은 상실에 대한 공포였던 것이다. 하루카 아버지가 조용히 차를 세웠다. 우리는 서울 시내의 한 골목 어귀에 도착해 있었다. 하지만 그 순간만큼은, 어느 누구도 내리지 않았다. 그저, 그 어둠 속에서 조용히 숨을 죽이며, 조금씩 무너지고 있었을 뿐이다. 그리고 나는, 그 무너지는 소리 안에서 아주 작게, 살아 있는 기분을 느꼈다. 희미하게나마, 아직은 살고 있다는 걸.

"이젠 됐어요, K. 정말…. 정말 고마웠어요." 나는 천천히 고개를 숙인 뒤, 가방을 멨다. K는 말없이 고개를 끄덕였다.
"가게 돌아가세요. 사람들도 기다릴 테고…. 이제 혼자 해볼게요."
나는 돌아서며 걸었다. 그의 발소리는 따라오지 않았다. 그 대신, 멀어지는 뒷골목 어귀에서 그의 말이 아주 조용히 들려왔다.
"…. 넌, 그 아이랑 참 많이 닮았어."
돌아보지 않았다. 그 말이, 지금 이 순간을 위한 작별이라는 걸 나는 알고 있었으니까. 아직 새벽의 잔해가 걷히지 않은 서울. 나는 홀로 그 안으로 걸어 들어갔다. 이제는 정말, 혼자서 하루카를 찾아야만 했다. 지금 이 도시 어딘가에, 그녀가 남긴 마지막 숨결이 남아 있을지도 모른다고 믿으며.

5장

상실의 시대

하루카가 떠난 지 2주 째 되는 날이었다. 나는 단 하루도 빠짐없이 그녀를 찾아다녔지만, 어떠한 단서도 찾을 수 없었다. 그저 그녀가 내게 남긴 편지만을 뚫어져라 들여다보며, 그녀를 회상할 뿐이었다. 나는 한층 강해진 조증과 울증의 사이를 걸으며, 그녀의 연락만을 애타게 기다리고 있었다.

늦은 오후, 햇빛이 유리창을 타고 조용히 흘러내리던 그 카페에서, 나는 오랜만에 C를 마주했다. 내가 꺼낸 말은, 이따금 가슴을 틔우듯 나오는 농담도, 어색한 인사도 아니었다.

"하루카가 떠났어."

C는 순간 고개를 끄덕이려다 멈췄다. 그의 눈썹이 아주 미세하게 떨렸다. 그리고 그 짧은 침묵 속에서, 나는 이제껏 붙들고 있던 감정을 조금씩 흘려보내기 시작했다.

"그게… 그냥, 연락이 안 되고… 편지만 하나 남기고….."

나는 웃으며 말했지만, 그 웃음은 곧 떨림으로 바뀌었다. C는 조용히 나를 바라보다, 테이블 아래에서 내 손을 붙잡았다.

"야, 너 진짜… 많이 힘들었겠네."

그 한마디에, 나는 더는 아무 말도 할 수 없었다. 눈물이 뺨을 타고 천천히 흘렀다. 나는 내가 이렇게까지 울 수 있다는 걸 몰랐다. 가슴이 무너지는 건 천천히 오는 줄 알았는데, 이렇게도 순식간일 수 있는 줄은 몰랐다. C는 말없이, 내 울음이 잦아들 때까지 옆에 있었다. 그리고 아주 조심스럽게, 마치 내가 부서질까봐 걱정하는 사람처럼 말했다.

"너는… 민준아, 네가 뭘 잘못한 게 아니야. 누가 와도 그랬을 거야. 나라도, 누구라도. 사람은 마음을 다 알 수 없어. 그게 괴롭고… 때로는 너무 무서운 일이라는 것도 알아."

나는 고개를 숙인 채 말했다.

"근데, 왜 나만 남았을까. 왜… 나만 살아 있는 걸까."

C는 조용히 창밖을 바라보았다. 마치 대답을 찾는 대신, 그 질문을 자기 안에 묻어 두려는 사람처럼.

"너는 하루카가 사랑한 사람이잖아. 그 기억은 네가 가지고 있어야 돼. 그리고 네가 무너지지 않으면, 하루카도 완전히 사라지지 않아."

나는 손등으로 얼굴을 대충 훔쳤다. C는 잠시 웃으며 말했다.

"너 원래 그렇게 멋있는 놈 아니었거든. 근데 지금… 많이 컸네. 상처를 안고도 이렇게 말할 수 있는 거, 그거 아무나 못 하는 거야."

그 말에, 나는 웃음인지 울음인지 모를 기이한 소리를 냈다. C는 그런 나를 보며 조용히 말했다.

"너 살아. 무너져도 돼. 근데 살아. 하루카는… 그걸 원했을 거야. 그리고, 나는 계속 네 옆에 있을 거니까. 그게 내가 할 수 있는 전부야."

창밖의 나무 그림자가 바닥을 길게 가르고 있었다. 우리는 그 한가운데, 조용히 마주 앉아 있었다.

밤이 되자, C는 내 손목을 조용히 잡고 말했다.
"술이나 한잔하자."

그 말에는 어떤 위로나 위악도 담겨 있지 않았다. 그저, 말 그대로의 술. 말 그대로의 밤. 나는 고개를 끄덕였다. 더는 버틸 이유도, 마다할 힘도 없었다. 우리는 K의 술집으로 갔다. 오랜만에 마신 술은 생각보다 쓰지 않았다. 오히려 따뜻했다. 그 안에서 겨우 식어 가던 감정들이 한 모금, 한 모금에 녹아들었다. C는 무슨 말도 없이 내게 잔을 따라 주었다. K는 내가 말없이 앉아 있어도 아무 말도 묻지 않았다. 단지, 담배 한 개비를 꺼내어 내게 건넸다. 나는 담배를 피워 물며 낮은 숨을 내쉬었다. 불현듯 그런 생각이 들었다. '이대로 살아 볼까.' 다시는 하루카를 볼 수 없다는 걸 알고 있으면서도, 그녀가 남긴 말들, 그 눈빛, 마지막 편지의 잔향이 내 몸 어딘가를 끌어당기듯 어루만졌다. 나는 눈을 감았다. 온 세상이 조용했다. 정말, 오랜만에 평온이라는 단어가 내 안에 가라앉았다.

그 순간, 핸드폰이 울렸다. 낯선 번호. 나는 무심코 전화를 받았다. 목소리는 무겁고 급박했다.

"…. 혹시 최민준 씨 맞으신가요?"

"네, 그런데요."

"여기 고려대병원 응급실인데요. 하루카 씨가 지금 위독한 상태로 이송됐습니다. 보호자 연락이 닿지 않아, 긴급연락처로 기재된 번호로 드렸습니다. 지금 바로 오셔야 합니다."

잠시 시간이 멈춘 듯했다. 나는 그 말이 무슨 뜻인지 이해하는 데 몇 초가 걸렸다.

"뭐라고요…?"

"환자 상태가 매우 위독합니다. 지금 당장 오셔야 해요."

술기운이 단박에 깨졌다. 핏기 없는 얼굴로 나는 벌떡 일어났다. C와 K가 놀란 눈으로 날 바라봤다.

"무슨 일이야?"

나는 대답 대신, 핸드폰을 쥔 채 주저앉을 듯 비틀거리며 말했다.

"하루카…. 하루카가…."

목이 메었다. 숨이 막혔다. 그제야, 모든 감정이 다시 한꺼번에 무너져 내리기 시작했다. 나는 방금 전까지 '살아 볼까'라고 생각했던 사람이었다. 하지만, 단 한 통의 전화가 모든 걸 부정했다. C가 달려왔다.

"민준아, 진정해. 나 아직 술 안 마셨으니까, 내가 차 몰고 갈게. 어디야? 병원 어디야?"

"고대… 고대병원…. 하루카가…. 하루카가….”

K는 이미 문을 열고 나가 차 키를 꺼내고 있었다. 술집 안엔 술 냄새만 남았다. 그리고 내 머릿속에는 하루카의 이름만이 남아, 천천히, 천천히 가라앉기 시작했다.

숨이 턱끝까지 차올랐다. 간호사가 중환자실 문을 열어 준 그 순간, 나는 발을 떼는 법을 잊은 사람처럼 멈춰 섰다. 하루카는, 하루카는 그곳에 있었다. 아니, 그곳에 누워 있는 건 내가 알던 하루카가 아니었다. 너무 작아졌다. 너무 가벼워 보였다. 마치 바람만 스쳐도 부서질 것 같은, 투명한 유리 같은 존재로. 몸에는 수많은 장치들이 얽혀 있었고, 숨을 쉬는 소리는 기계의 숨결 같았다. 하루카의 얼굴은 창백했고, 손등엔 핏줄보다 더 많은 주삿바늘이 꽂혀 있었다. 나는, 나는 믿을 수 없었다. 한 달 전까지만 해도… 우린 함께 눈 내리는 마을을 걷고, 서로를 바라보고, 웃었잖아. 하루카가 내게 말했잖아.

"같이 오래오래 걷자."고.

"내일도, 모레도, 같이 눈길을 걷자."고.

나는 조용히 다가가 떨리는 손끝으로 하루카의 손을 집어 들었다. 얼음처럼 차가웠다. 내 손보다 작고 가녀린 그 손을 마치 무언가 신성한 것을 다루듯, 아주 천천히 가슴팍에 품었다.

"하루카… 나야….”

목소리가 나오는 것도 이상했다. 나는 이제껏 그렇게 낮고 깨진 목소리로 말해 본 적이 없었다.

"하루카, 듣고 있어? 나 여기 있어. 나 왔어."

눈물이 쏟아졌다. 손등을 타고 목을 타고, 옷깃을 적셨다. 심장이 부서진다는 게 이런 걸까. 고통이 아닌, 애원이 계속해서 몸 안에서 피처럼 끓어 넘쳤다.

"그러니까… 제발… 제발… 한 번만… 딱 한 번만 더 눈을 떠 줘. 내가, 내가 지금 할 수 있는 건 이 말밖에 없어. 부탁이야, 하루카. 날 이렇게 두고 떠나면 안 돼…. 너가 떠난 거, 원망하지 않을게, 그러니까, 응? 제발…."

기계음이 조용히 깜빡이며 울리고 있었다. 그 규칙적인 소리는 마치 하루카의 숨결 같았다. 나는 그 숨결 하나하나에 기대어 간신히 버티고 있었다. 세상은 너무 조용했고, 나는 그 조용함이 너무 두려웠다. 나는 떨리는 입술로 하루카의 손등에 입을 맞췄다. 숨이 멎을 듯한 간절함으로, 사랑이라는 말조차 무의미해질 만큼 처절한 마음으로.

"제발…. 일어나 줘. 너 아니면…. 나, 진짜로 못 살아."

그리고 아무 말도 들리지 않았다. 나는 그 말 없는 공간 속에서, 하루카의 대답 없는 숨결을 들으며 서서히 무너져 내렸다.

그렇게 하루카의 곁을 지킨 지 두 시간째였다. 중환자실의 하얗고 냉랭한 공기 속에서, 나는 거의 숨을 쉬는 법을 잊어가고 있었다. 모든 감각이 하루카에게 닿아 있었다. 그녀의 숨결, 맥박, 미동 하나하나에

정신을 곤두세운 채 말이다. C는 병원에 도착했을 때부터 말없이 내 옆에 앉아 있었다. 마치 나보다 더 무너져 있는 사람처럼. 하지만 갑작스레 핸드폰에 울려 퍼진 진동음에 짧은 눈치를 보더니, 미안하다는 눈빛만 남기고 급히 자리를 떴다.

나는 아무 말도 하지 않았다. 이런 순간에는 어떤 말도 무의미했다. 남은 건 K와 나, 그리고 하루카였다. K는 조용히 내 옆에 앉아, 가끔 담배를 꺼낼 듯하다가도 다시 집어넣기를 반복했다. 그의 눈빛은 희미하게 붉었고, 뺨엔 오래전 눈물이 흘렀던 듯한 자국이 있었다. 나는 그 눈빛에서, 자신의 아들을 잃었던 과거를 떠올리고 있음을 느꼈다. 하지만 그 적막은 오래가지 않았다. 삐, 삐, 삐- 기계음이 이상하게 높아졌다. 간호사들이 달려왔다. 하루카의 몸에 연결된 수많은 장치들이 동시에 깜빡이고, 비명을 지르듯 경고음을 쏟아냈.

"환자 상태 급변. 수술 준비하세요!"

그 말이 떨어지자마자 하루카의 침대는 움직이기 시작했다. 나는 멍하니 그 광경을 바라보다가, 갑자기 무언가가 무너져 내리는 느낌에 제자리에서 일어섰다.

"기다려…. 하루카…. 안 돼…."

내 손끝이 그녀의 손에 닿기도 전에, 이미 누군가의 팔이 내 어깨를 잡고 말았다. K였다.

"가자. 따라가자."

그가 힘주어 말했다.

나는 고개를 끄덕였고, 수술실 앞까지 뛰듯이 걸음을 옮겼다. 수술실 문이 덜컥 닫히는 순간까지, 나는 눈을 떼지 못했다. 창백한 하루카의 얼굴이 그 문 너머로 사라지는 순간, 마치 세계가 꺼지는 듯한 고요가 찾아왔다. 나는 벽에 등을 기대고, 두 손으로 얼굴을 감쌌다. 숨을 쉬는 것도 죄스러웠다. 왜 그녀가, 왜 이렇게까지 아파야만 했을까. 왜 이토록 따뜻한 사람이, 이토록 고통스러워야만 했을까. K는 내 옆에 앉았다. 그는 조용히 말했다.

"누군가를 끝까지 지킨다는 건, 결국 아무것도 할 수 없다는 사실을 견디는 거야."

나는 고개를 들 수 없었다. 그 말이 너무 아프게 맞아 떨어졌기 때문에. 우리는 그렇게 아무 말 없이, 단 하나의 문만을 바라보며 기다렸다. 운명을, 기적을, 아니면…. 그 어떤 잔혹한 소식을.

나는 그대로 얼어붙은 사람처럼, 벽에 등을 기대고 시간만을 갉아먹었다. K는 나보다 한 발짝 뒤에 앉아 있었고, 그 역시 말이 없었다. 불빛 하나 없는 복도는 새벽을 견디고 있었다. 삐걱. 마침내 수술실 문이 열렸다. 하얀 가운에 피 몇 방울이 번져 있는, 마스크를 내린 중년의 외과의사가 걸어 나왔다. 표정은 무너질 듯 굳어 있었고, 눈은 피로에 젖어 있었다.

"민준 씨 맞으시죠?"

나는 아무 말 없이 고개를 끄덕였다. 입 안이 바싹 말라, 대답할 수조차 없었다. 의사는 한 번 눈을 감았다가, 낮고 차분한 목소리로 입을 열었다.

"환자 분, 하루카 씨는 수술 중에 급성 췌장염으로 인한 전격성 패혈증이 발생했습니다. 이미 췌장암이 말기로 진행되어 있던 상황이었고, 간 전이와 림프절 전이가 광범위하게 퍼져 있었습니다."

그의 말은 날카로운 칼날처럼, 나의 고막을 베어냈다.

"우린 가능한 한 모든 조치를 취했습니다. 혈압을 유지하기 위해 바소프레신과 노르에피네프린을 병행 투여했고, 심정지가 와서 심폐소생술도 여러 차례 시도했지만…."

그는 잠시 말을 멈췄다. 나는 그대로 고개를 떨구었다. 뒷말을 듣고 싶지 않았지만, 듣지 않을 수도 없었다.

"금일 오전 1시 42분, 사망 판정을 내렸습니다. 사인은 다장기 부전으로 인한 순환기계 정지입니다."

의사의 말이 끝났을 때, 내 심장도 함께 멈춘 것 같았다. 머릿속에서는 아무 소리도 들리지 않았고, 폐는 제 기능을 잊은 듯했다. 그녀는 죽었다. 내가 수없이 붙잡고, 애원하고, 기도했던 하루카는…. 그토록 따뜻했던 그 손은, 이제 더는 닿을 수 없는 어둠 속으로 사라졌다. 의사는 조용히 고개를 숙이고 자리를 떴다. 나는 K의 손길이 어깨에 닿는 것도 모른 채, 빈 수술실 문을 바라봤다. 이해할 수 없었다. 세상은 여전히 돌아가고 있었다.

형광등은 환하게 빛나고, 차가운 바닥은 여전히 단단했다. 그런데…

하루카가 없는 이 세계는, 왜 이토록 가벼워 보이는 걸까. 그녀가 떠난 이 새벽은, 왜 이토록 잔혹하게 평온한 걸까.

'오전 1시 42분, 다장기 부전, 순환기계 정지, 사망 판정.'
 단어 하나하나가 나의 영혼을 해체하고 있었다. 그녀의 이름 뒤에 붙은 그 단정한 문장은, 너무나도 냉정했고, 현실이었다. 나는 처음엔 가만히 앉아 있었다. 숨이 너무 얕아서, 들이쉬는 것조차 아팠다. 어떻게든 입을 열지 않으려 했다. 하지만 입 안에서, 목구멍 깊은 곳에서, 무언가가 끓어오르고 있었다.
 "……. 거짓말이야."
 작은 목소리가 세어 나왔다. 아무도 듣지 못할 만큼 작았지만, 그것은 점점 커져 갔다.
 "아니야…. 아니야…. 아니라고…."
 나는 벌떡 일어났다. 눈앞의 벽을 주먹으로 쳤다. 피가 났는지, 아니면 그냥 마비된 건지 알 수 없었지만 손끝이 저려왔고, 그 감각에 나를 겨우 붙잡았다.
 "왜!!! 왜…. 나야, 왜 나만…!!"
 나는 소리쳤다. 병원 복도를 가득 메운 정적 속에서 내 목소리만이 울려 퍼졌다. 간호사들이 다가오려다 멈췄고, K가 나를 붙잡으려 했지만, 나는 그의 팔을 뿌리쳤다.
 "히루가!!! 하루카 어딨어!! 나, 아직 할 말 많다고!! 듣고 있어?! 나 여기 있어!! 지금이라도 제발….”

 나는 수술실 문으로 뛰어갔다. 문을 열려 하다가 보안 장치에 막혀 철컥, 하고 튕겨 나왔다. 나는 문 앞에 무릎을 꿇고, 머리를 박고, 그대로 울부짖었다.

 “제발…. 제발 돌아와 줘. 너 없으면 나 진짜 끝이야. 너 없으면… 나 진짜….”

 눈물이 아니라, 울음이 아니라, 내 온몸에서 쏟아진 건 마치 피처럼 무거운 감정의 응고물이었다. 병원 벽은 여전히 하얗고, 세상은 여전히 돌아가는데, 나는 지금, 그 모든 것과 완벽히 어긋난 채, 혼자 무너지고 있었다. 간호사 몇 명이 다가와 진정제를 준비했다. K가 막아서며 말했다.

 “그냥… 조금만 더 두세요. 얜, 지금…. 얘가 가진 모든 걸 잃은 거예요.”

 나는 그 말도 듣지 못한 채, 병원 복도의 차가운 타일 위에 쓰러져 몸을 떨었다. 이토록 격렬하게 살아 있는 것이, 이토록 무섭고, 처절하고, 역겨운 일이라는 것을 나는 처음으로 깨달았다.

 “하루카…. 하루카…. 왜 이렇게 끝나는 거야, 왜…. 왜…. 대체 왜….”

 입안이 바짝 마르고, 침조차 삼키지 못했다. 속이 울렁거리고, 미쳐 버릴 것 같았다. 나는 울고 있었는지도, 웃고 있었는지도 몰랐다. 그저 목을 찢듯이 울부짖고 있었던 것 같다.

 “내가 말이야…. 너를 살릴 수 있을 줄 알았어. 내가 말이야…. 이렇게까지 사랑하면… 뭔가, 뭔가 하나쯤은 바꿀 수 있을 줄 알았어. 사람의 목숨 같은 건, 하늘이 정하는 게 아니라, 사랑이 바꾸는 거라고, 그런 바보 같은 소릴… 믿었어…. 믿었단 말이야. 근데 너는 가 버렸어. 내가 지키겠다던 너는… 내가 평생 책임지겠다던 너는… 그 말, 다 거짓말이 된 거잖아. 내가 뱉은 말들 다 헛소리였어…. 다, 다 거짓이었어. 그게 내가 할 수 있는 전부였는데…!"

벽을 두드리고, 내 이마를 찢어질 듯 두드렸다. 피가 나도 좋았다. 누가 나를 말려도 좋았다. 어차피 난 그녀 없는 세상에서 죽는 쪽을 택했을 테니까. 나는 무너진 채 바닥을 긁었다. 그녀를 부르고, 울고, 다시 부르며, 그녀가 있었던 그 공기를 들이마시고 싶었다. 그녀가 지나간 흔적이라도 내 폐에 남겨 두고 싶었다. 그렇게라도 널 붙잡고 싶었다.

"하루카…. 네가 내 옆에 없다는 걸 이제서야 알아. 나는… 네가 사라지면, 나도 같이 사라지는 줄 알았는데… 이렇게 남겨진 채로 살아 있다는 게… 이게 더 지옥이야. 나만 살아서 미안해…. 너를 먼저 보낸 내가, 이토록 살아 있다는 게 더럽고, 구역질나고… 숨 쉬는 것도 아파, 하루카…."

눈물이 다 말라 버려, 뺨엔 아무것도 흐르지 않았다. 대신, 내 안에서 무언가가 멍든 심장처럼 느리게, 무겁게 고동쳤다. 그날, 새벽의 병원은 고요했고 잔인했다. 기계음도 꺼지고, 아무도 날 바라보지 않았다. 나는 그녀의 이름을 다시 불렀다. 그러나 돌아온 건 메아리가 아니라 침묵이었다. 그리고 나는 그 침묵에 완전히 삼켜졌다. 하루카 없는 이 세계가 이제 진짜 현실이라는 걸, 나는 이제야, 서서히 느끼기 시작했다. 픽, 하고 내 몸에 무언가가 꺼진 느낌이 들었다.

눈을 떴다. 그런데 아무것도 느껴지지 않았다. 눈꺼풀을 들어 올리는 감각도 없었고, 공기를 들이마시는 느낌도 없었다. 나라는 존재가 아직 살아 있다는 증거는, 단 하나도 느껴지지 않았다.

천장이었다. 새하얗고, 이상하게 낯설었다. 그 아래에 내가 누워 있었다. 몸을 움직이려 했지만, 팔다리는 묶인 듯 말을 듣지 않았다. 입을 벌리려 했지만, 입술은 마치 창백한 종잇장처럼 서로 달라붙어, 떨어질 줄을 몰랐다.

"……. 민준아."

누군가가 불렀다. 아주 익숙한 목소리였다. 그러나 나는 그 이름에조차 반응할 수 없었다. 누군가 내 손등을 잡고 있었다. 그 손이 따뜻하다는 사실을, 나는 몇 초가 지나고 나서야 알아차렸다. 눈을 돌렸다. 어머니였다. 눈가가 퉁퉁 부어 있었고, 손이 떨리고 있었다. 그 옆엔 아버지. 고개를 숙인 채, 굳게 다문 입술을 떨고 있었다. 그리고 C. 끝내 울음을 삼키지 못한 얼굴. K. 담담한 눈으로 나를 내려다보며, 오래된 담배 냄새처럼 씁쓸한 얼굴.

나는 소리를 낼 수 없었다. 생각도, 감정도, 언어도… 모두 어딘가에 떨어뜨리고 온 사람처럼, 텅 비어 있었다. 무언가가 무너진 게 아니라, 무너졌다는 사실조차 인식하지 못하는 상태.

나는 그랬다. 나는 지금, 껍데기만 남은 인간이었다. 아무 말도 할 수 없었기에, 모두가 오히려 더 많은 말을 했다.

"선생님이 그러시더라. 실어증 같다고…. 충격이 너무 커서…. 민준아, 엄마야. 괜찮아. 괜찮아, 우리 아들…. 제발, 눈 한 번만 제대로 마주쳐 줘…."

"너 지금 괜찮은 거야. 그냥 좀 쉬는 거야. 천천히 회복되면 돼, 알겠지? 나 여기 계속 있을게."

하지만 나는 듣지 않았다. 듣고 싶지 않았다. 들리지도 않았다. 그저 이 하얗고 고요한 공간이 나를 영원히 삼켜 버렸으면 좋겠다고, 그 생각만 했다. 그리고 그때서야, 머릿속에서 흐릿하게 한 장면이 떠올랐다. 너의 손. 너무도 가늘고, 차가워졌던 너의 손. 그 손을 놓지 않겠다고, 제발 일어나 달라고, 얼마나 애원했는지. 그리고 그게 마지막이었다는 사실을, 나는 갑자기, 너무도 정확하게 떠올렸다. 심장이…. 조용히 찢어지는 소리를 냈다. 아무 소리도 없는 내 속에서, 무언가가 찢겨 나가고 있었다.

"민준아…. 민준아, 제발, 다시 말 좀 해 줘…."

그 말은 애원에 가까웠지만, 나에겐 너무 먼 언어였다. 나는 그 말을 받아들일 정신이 없었고, 다시는 입을 열고 싶지도 않았다.

침묵이 내려앉은 병실에, 문이 조심스럽게 열렸다. 하얀 가운. 차가운 손끝. 조용한 발걸음. 그 사람은 내 담당 정신과 의사였다. 이 병원의 신경정신과 교수. 이름표엔 '김형석'이라는 글씨가 박혀 있었다. 그는 조심스럽게 고개를 숙이고, 침대 맡 의자에 앉았다. 나를 바라보는 눈빛은 의사의 것이었지만, 그 안엔 의사 이상의 감정이 숨어 있었다.

"환자분은 현재 급성 스트레스 반응으로 인한 실어증 증상을 보이고 있습니다."

의사는 나를 보며, 그러나 내 옆에 있는 사람들에게 말했다.

"특히 심리적 충격으로 인한 정신운동성 억제 증상도 뚜렷하게 관찰됩니다. 이 상태에서는 단순히 말을 못하는 게 아니라, 언어를 떠올리는 사고의 흐름 자체가 막혀 있는 거예요."

K와 C는 숨을 삼켰다. 어머니는 내 손을 다시 꽉 잡았다. 아버지는 여전히 말이 없었다.

"신체적 이상은 없습니다. 기본적인 생체 기능은 정상이에요. 다만, 감정과 인지 기능이 일시적으로 마비된 상태라고 보셔야 합니다."

의사의 목소리는 냉정했지만, 그 안엔 분명한 슬픔이 서려 있었다.

"특히 조울증 환자의 경우, 외부 자극에 대한 정서 반응이 극단적으로 나타날 수 있습니다. 지금 이 환자분은 그 조울의 경계가 완전히 무너져 내린 상태입니다. 슬픔, 충격, 분노, 모든 감정이 동시에 밀려와, 뇌가 스스로를 차단시켜 버린 거죠."

차단. 그 단어가 머릿속에 울렸다. 그래, 난 지금 세상과 완전히 단절된 상태였다. 소리도, 빛도, 냄새도…. 전부 꿈처럼 멀게만 느껴졌다. 의사는 조심스럽게 말을 이었다.

"현재로선 입원 치료가 불가피합니다.

약물 투여는 이미 시작했고, 반응을 보이는 데까진 시간이 걸릴 거예요. 우선은 자극을 최소화하고, 환자분이 천천히 언어와 감정을 회복할 수 있도록 돕는 것이 가장 중요합니다."

"……. 얼마나 걸릴까요?"

K가 어렵게 입을 열었다. 의사는 조용히 고개를 저었다.

"그건 예측하기 어렵습니다. 심리적 회복은 사람마다 다릅니다. 다만, 이 분의 경우엔 '살고자 하는 의지'가 있어야 해요. 그 의지만 있으면, 반드시 돌아올 수 있습니다."

살고자 하는 의지. 그 말을 들은 순간, 가슴 한가운데가 찢어지는 듯 아팠다. 나는 과연, 살아가고 싶은가? 아니, 하루카 없이, 그 공허 속에서 나는 무엇으로 살아야 하는가. 의사는 한참을 나를 바라보다, 부드러운 말투로 마지막 말을 남기고 일어섰다.

"민준 씨. 당신이 잃어버린 말들, 우리가 함께 찾아드릴 겁니다. 조급하지 않으셔도 됩니다. 괜찮습니다."

그 말조차 내겐 닿지 않았다. 다만, 하얀 병실의 공기만이 유일하게 살아 있는 듯, 내 얼굴을 스치고 흘러갔다.

창문 너머, 겨울비가 내리고 있었다. 차가운 물방울이 유리창을 타고 흘러내릴 때마다, 마치 내 안에서 뭔가가 또 하나씩, 녹아내리는 것 같았다.

하루는 대체로 조용했다. 병원의 외래 프로그램은 여느 날과 다르지 않았다. 요가 수업, 소규모 그룹 상담, 그리고 미술 치료. 나는 언제나처럼 자리에 앉아 있었지만, 그 안에 있는 사람은 더 이상 내가 아니었다. 입술은 굳게 다물려 있었고, 눈동자는 늘 같은 방향으로 흐릿하게 고정되어 있었다. 어딘가 아주 먼 곳, 아니 어쩌면 더 이상 존재하지 않는 곳을 응시하듯.

하얗게 벗겨진 병원 벽, 정오 무렵이면 창가로 비스듬히 스며드는 햇살, 간호사의 그림자가 환자복 위로 미끄러질 때의 감촉. 그것들이 지금의 내 세계 전부였다.

미술 치료 시간, 사람들은 무언가를 그렸다. 고양이, 나무, 바다, 웃는 얼굴들. 나는 도화지 위에 아무것도 그리지 않았다. 연필을 쥔 손끝이 몇 번 떨렸고, 무언가 쓰려는 듯 움찔하다가, 결국 가만히 있었다. 손이 너무 무거웠다. 마음도, 머리도, 기억도. 누군가 다가올 때마다 나는 반사적으로 몸을 뒤로 뺐다. 말 한마디조차 무겁게 가라앉은 공기처럼, 내게는 과분하게 느껴졌다.

나는 아무 말도 하지 않았다. 어떤 감정도 드러내지 않았다.

하지만 눈을 감으면- 늘, 하루카가 있었다.

"하루카…."

속으로 수없이 불렀다. 목소리는 없었지만, 심장 안에서 지워지지 않은 그 이름이 울림처럼 맴돌았다. 그러다가도 이내 입술을 꼭 깨물었다. 그 이름은 이제 세상 어디에도 없고, 아무도 대답해 주지 않기 때문이다.

시간은 흐르지 않았다. 주말인지 평일인지, 아침인지 저녁인지조차 알 수 없었다.

 창밖의 나무에 새순이 자라는 소리가 들리는 듯했지만, 내 계절은 멈춰 있었다. 하루카가 떠난 그날에서 한 발자국도 나아가지 못한 채로.

 외래 상담을 맡은 박 선생이 내 일지를 조용히 넘기다가 마지막 장에서 손을 멈추곤 했다.

 "시간이 필요해요. 어쩌면, 많이."

 그가 혼잣말하듯 중얼거리며 나를 바라보는 시선에서 연민을 느꼈지만, 나는 고개를 끄덕이지도 않았다. 감정은 아직도 먼 바깥의 언어처럼 낯설고, 몸 안에 가두어진 무언가처럼 쉽게 꺼내 쓸 수 없었다.

 다들 내가 조금씩 나아지고 있다고 믿는 것 같았다.

 나는 그 착각에 아무 말 없이 몸을 맡겼다. 회복의 연기조차 하기 싫을 만큼, 너무도 지쳐 있었으니까.

 하지만 나는 안다. 내 가슴 한가운데, 누가 손을 대기만 해도 무너져 버릴 웅덩이가 있다는 것을. 그 웅덩이는 매일 밤 꿈속에서 피를 머금고 다시 깨어났다. 나는 그 안에 빠져 허우적거리다, 다시 아침을 맞이했다. 내가 말을 하지 않았다는 사실을 누군가는 그저 '증상'으로 치부했을지 모르지만, 그건 모든 언어가 무의미해졌기 때문이었다. 이 모든 시간은, 끝나지 않는 애도의 날들이었다.

 문예 요법은 화요일 오후였다. 그날도 병원의 공기는 습하고 무거웠다. 이따금 창문 틈으로 스며드는 바람이 종이 냄새와 희미한 소독약 냄새를 뒤섞었고, 우리는 작은 강의실에 병풍처럼 둘러앉아 있었다. 하얀 칠판, 단단한 철제 책상, 다 쓴 볼펜이 굴러다니는 플라스틱 바구니. 그 공간은 감정을 말 대신 꾹꾹 눌러 적는 방음된 방처럼 느껴졌다.

나는 늘 그랬듯, 가장 구석 자리에 앉았다. 의자는 딱딱했고, 뒷목은 계속해서 식은땀으로 젖어 갔다. 담당 치료사인 정 수진 선생은 오늘의 주제를 공지했다.

"이번 글쓰기 주제는, '마지막으로 기억나는 냄새'입니다."

그녀는 눈을 감고 코끝을 짚으며 부드럽게 말했다.

"누군가의 냄새일 수도 있고, 풍경, 계절, 아니면 아주 사소한 기억일 수도 있어요."

사람들은 펜을 들고 무언가를 적기 시작했다. 그 소리는 작고 부서진 파도처럼 방 안을 맴돌았다. 종이에 스치는 소리, 목을 고르는 소리, 코를 훌쩍이는 소리. 나는 아무것도 적지 않았다. 아니, 적을 수 없었다.

'냄새'라는 말이 나오자마자, 하루카가 떠올랐다.

그녀의 샴푸 냄새, 감귤처럼 상큼하면서도 한기처럼 차가웠던 겨울 외투의 냄새, 그리고 입술에 남아 있던, 그녀의 마지막 입맞춤의 냄새. 나는 펜을 쥐고 있었다. 손이 너무 차가웠다. 연필심이 도화지를 긁지도 못한 채, 허공에 떠 있었다. '하루카는 지금 무슨 냄새를 맡고 있을까.' 그 문장이 마음속에서 스스로 떠올랐고, 나는 숨을 삼켰다. 아무도 나를 보지 않는데도, 손이 떨렸다. 선생님이 다가와 조심스럽게 내 책상 옆에 쪼그려 앉았다.

"민준 씨, 괜찮아요. 적지 않아도 돼요. 그저- 머릿속에 떠오른 걸 잠시 바라보는 것만으로도 괜찮아요."

나는 눈도 마주치지 않은 채 고개를 아주 조금 끄덕였다. 그건 내가 할 수 있는 유일한 의사 표현이었다. 어떤 감정도 터져 나오지 않았다. 대신, 내 속은 더 멀리 가라앉았다. 그날의 글쓰기는 한 줄도 남기지 못한 채 끝이 났다. 치료실을 나와 복도를 걷는데, 복도 끝 창문 너머로 해가 서서히 기울고 있었다. 빛은 미약했고, 병원 벽에 길게 눕혀진 그림자들이 내 발목을 붙잡는 것 같았다. 나는 발을 뗄 때마다, 무언가를 하나씩 흘리고 오는 느낌을 받았다. 기억, 언어, 감정. 나는 계속해서 가벼워지고 있었지만, 그 가벼움은 죽음의 무게를 닮아 있었다.

수요일 오전, 집단 상담. 정확히 10시. 병원 3동 2층, 상담실 204호. 문을 열자, 이미 몇 명의 사람들이 둥글게 앉아 있었다. 플라스틱 원형 의자들, 그 가운데 작은 테이블 하나. 테이블 위엔 다 마신 물병과 부스러기 흘린 비스킷 접시가 얹혀 있었다. 모두가 무표정했지만, 그 안엔 무언가가 있었고, 나만 아무것도 없는 것 같았다.

"오늘은 일곱 번째 만남입니다. 민준 씨도 오늘이 두 번째 참여네요."

사회자는 익숙한 말투로 모두를 둘러보며 말했다. 나는 가볍게 고개만 끄덕였다. 누군가 나를 흘끔 봤지만, 나는 시선을 피했다.

주제는 '요즘 내가 느끼는 감정'이었다.

회색 벽지 위에 걸린 커다란 종이에, 간호사가 키워드들을 적어갔다. 불안, 분노, 외로움, 무기력, 그리움, 공포. 누군가는 가족 얘기를 했다. 누군가는 자해했던 팔을 살짝 걷으며 말했다. 누군가는 아예 아무 말도 하지 않았고, 나는 그들 사이 어딘가에, 조용히 숨었다. 내 차례가 돌아왔지만, 나는 말할 수 없었다. 침묵이 길어지자, 사회자는 다정한 목소리로 말했다.

"괜찮아요, 민준 씨. 말하지 않아도 됩니다. 대신 이 감정들 중에서, 지금 가장 가까운 걸 가리켜 주실 수 있나요?"

나는 손가락을 움직였다. 그리고 '그리움'이라는 단어를 가리켰다. 사회자는 고개를 끄덕였다.

"그리움… 좋은 단어예요. 무언가를 그리워할 수 있다는 건, 누군가를 마음에 담고 있다는 뜻이니까요. 그게 아픈 일이더라도, 당신 안에 사랑이 있었다는 증거예요."

그 말이 끝났을 때, 나는 갑자기 숨이 막혔다. 가슴 한가운데, 무언가 조용히 끓는 소리가 났다. 그건 눈물이 아니었고, 분노도 아니었다. 단지 하루카의 이름이 안에서, 너무 천천히 타오르고 있었다. 그리고, 나는 그 불을 꺼 줄 말이 없었다. 다른 사람들의 이야기가 계속됐고, 누군가는 눈물을 흘렸고, 누군가는 웃었다. 나는 조용히 그들 곁에 앉아 있었다. 내 손등 위로 햇살이 조금 스며들었지만, 그건 온기가 아니라 기억의 잔광 같았다. 오늘도 나는 말하지 않았고, 그 침묵은 무엇보다 많은 말을 담고 있었다. 처음엔 웃음소리였다. 낮게 깔린, 그러나 날카롭게 파고드는.

2주가 지났다. 아침마다 정해진 약을 삼키고, 정해진 시간에 집단 상담을 듣고, 정해진 순간에 정해진 웃음을 연습하는, 그런 나날들이었다. C와 K, 그리고 부모님은 매일같이 내 병실에 와서 말을 걸어 주었다. 오늘은 병실 창문 너머로 흐릿한 구름이 떠가고 있었다. 날은 흐렸고, 그 흐림은 마치 내 머릿속과도 같았다. 무표정한 얼굴로 침대에 기대어 있던 나는 문이 열리는 소리에 조용히 고개를 돌렸다. C와 K였다. C는 평소보다 조용히 걸어 들어왔다. 그의 얼굴에 번지는 미소는 말하지 않아도 많은 것을 품고 있었다. K는 어깨를 두어 번 돌리며 무겁게 숨을 쉬더니, 익숙한 바 의자에 앉았다. 말이 없어도, 둘의 존재만으로도 방은 따뜻해지는 듯했다. 잠시의 침묵. 그리고 C가 먼저 입을 열었다.

"민준아."

나는 시선을 피하지 않았다. 피할 수 없었다. 피할 힘조차, 나는 이제 갖고 있지 않았다.

"…. 많이 힘들지. 솔직히, 뭐라 말을 꺼내야 할지 모르겠어."

그는 손가락을 부러진 듯 구부렸다 폈다 하며 말없이 한숨을 내쉬었다.

"근데 말이야…. 그냥, 네가 여기 있다는 것만으로도, 고맙고… 다행이야. 하루카도 분명 그렇게 생각했을 거야. 너 아직, 여기 있으니까. 아직….”

그는 말을 멈추고 고개를 끄덕였다. 그의 눈가가 살짝 젖은 듯했다.

K가 조용히 웃음을 흘리듯 말했다.

"사람이 말야, 진짜로 바닥을 치는 건, 마음이 다 무너졌을 때가 아니더라. 다시 일어날 이유가 없다고 느낄 때지."

나는 그의 말에 고개를 떨궜다. 그 말이, 지금의 나를 너무 잘 알아맞히고 있었다.

"근데 넌 아직도 매일 누군가를 생각하잖아. 하루카든, 우리든…. 그게 네가 살아 있는 이유야. 민준아, 그냥 살아 줘. 다른 건 나중에 생각하고. 지금은, 그거면 돼."

나는 천천히 숨을 들이켰다. 아주 얕고, 조심스러운 숨이었다.

C가 일어서더니 내 손등 위에 조용히 손을 얹었다.

"네가 버티고 있다는 걸 아는 사람들… 많아. 그걸 잊지 마."

그 한마디가 무너지지 않으려 애써 붙들고 있던 무언가를 건드렸다. 가슴 깊은 데에서, 아직 끝나지 않은 고통이 또다시 파도처럼 밀려왔다. 나는 고개를 숙인 채 천천히 눈을 감았다.

"하루카…. 장례식 끝났어."

그 말은 알 수 없는 언어처럼, 귀에 닿자마자 그 자리에 멈춰섰다. 방 안의 공기가 툭 끊어지는 느낌이었다. 나는 숨을 들이쉬지 못했다.

"너한테… 알리고 싶었는데, 그땐 네 상태가 너무 심각해서… 미안해. 진심으로."

C의 목소리는 떨렸다. 그는 고개를 떨군 채, 손가락을 꼭 쥐었다 폈

다를 반복했다. K가 조심스럽게 말을 이었다.

"하루카 아버지가… 널 많이 걱정하시더라. 그러면서도 그러셨어. 민준이는 이 장례식을 기억하지 않는 게 오히려 나을지도 모른다고. 너무 많이 사랑한 사람이니까, 마지막도 너무 고통스럽게 기억되면 안 된다고…."

나는 아무 말도 할 수 없었다. 말이 되지 않았다. 침대 위에 가만히 앉아 있는 내 몸이, 내 것이 아닌 것처럼 멀어졌다.

"꽃들도 많이 왔고, 그날… 하늘도 맑았어. 너랑 갔던 눈 내리던 마을, 기억나지? 그때처럼 고요하고 아름다웠어. 사람들이 조용히 울고 있었어. 그리고, 모두가 네 이야기를 했어. 민준이 얘기."

나는 무표정한 얼굴로 벽을 바라보다가, 한순간에 시야가 흐려졌다. 고요하던 방 안에, 나도 모르게 무거운 숨이 섞인 울음이 비집고 새어 나왔다.

"그날 하루카 아버지가 그러시더라. 민준이 덕분에 딸이 마지막을 따뜻하게 보낼 수 있었다고. 딸이 살아 있었다고. 정말 사랑받았다고."

나는 더 이상 참을 수 없었다. 가슴속에 뭉쳐 있던 모든 감정이 일제히 무너져 내렸다. 눈물이, 아니, 절망이 눈을 타고 흘러내렸다. 말할 수 없다는 게 오히려 다행이었다. 입을 열었으면, 무너지는 비명이 방 안을 가득 채웠을지도 모른다. K가 조용히 말했다.

"넌 지금도 하루카가 널 얼마나 사랑했는지, 그걸 안다는 게… 그게 얼마나 귀한 일인지, 나중에 꼭 알게 될 거야."

나는 고개를 들지 못한 채, 두 손으로 얼굴을 감쌌다. 하지만 손가락 사이로 새어나오는 눈물은 막을 수 없었다.

"하루카 아버지가… 네가 좀 더 안정되면 전해 달라고 하셨어."

K의 목소리는 낮고 조심스러웠다.

"직접 전하러 오고 싶으셨지만… 차마 그럴 용기가 나지 않으셨대."

나는 아무 말도 하지 못한 채 고개만 끄덕였다. 손끝이 떨렸다. 봉투는 오래 만져졌는지 모서리가 약간 접혀 있었다.

조심스럽게 봉투를 뜯었다. 안에는 정갈한 글씨로 빼곡히 적힌 편지 한 장이 들어 있었다.

민준 군에게.

어떻게 시작해야 할지 모르겠군요. 그저 이 짧은 편지로, 제 마음을 모두 전할 수 있을지도 자신이 없습니다.

하지만 당신에게 고맙다는 말을 꼭 전하고 싶었습니다.

하루카가 저에게 마지막으로 남긴 말 중 하나는,

"아빠, 나 민준이 만나서 진짜 사랑했어. 그 사람이 아니었다면… 나는 무너졌을 거야."

였습니다.

당신이 하루카에게 어떤 존재였는지 저는 알고 있습니다.

짧은 시간이었지만, 당신과 함께한 하루카는 살아 있는 사람처럼 웃었고, 꿈을 꾸었습니다.

5장 — 상실의 시대

그 아이가 긴 어둠을 지나와 당신에게 도달한 것을, 저는 기적처럼 여깁니다. 하루카는 병을 알았을 때도, 끝까지 당신을 걱정했습니다. 본인의 고통보다, 당신의 상처를 먼저 떠올렸습니다. 그런 아이였지요. 그래서 당신이 지금 얼마나 아플지, 저는 감히 상상도 못 하겠습니다. 하지만 민준 군. 부디 살아 주시길 바랍니다. 하루카는 당신이 살아있기를, 계속해서 숨 쉬고, 무언가를 느끼기를 바랐습니다. 그 아이가 남긴 사랑을, 미움이 아닌 따뜻함으로 기억해 주시기를 바랍니다. 그리고… 정말 고맙습니다. 아버지로서, 저보다 더 아이를 사랑해 주신 당신에게, 감사와 존경을 담아 이 글을 씁니다. 지금은 많이 아프시겠지요. 하지만 언젠가, 아주 언젠가는… 당신의 아픔도 어딘가에 닿기를 바랍니다. 그곳이 하루카의 마음일지도 모릅니다. 쾌유를 진심으로 빕니다.

— 하루카 아버지 드림

편지를 다 읽고 나니, 눈앞의 공기가 휘청이는 것 같았다.

종이 위의 잉크가, 순간 투명한 눈물처럼 스며들어 일렁이는 듯했다. 나는 편지를 조용히 가슴에 품고, 아무 말 없이 고개를 숙였다.

C는 내 어깨를 감싸 안았고, K는 말없이 창밖을 내다보고 있었다. 우리는 아무 말도 하지 않았지만, 그 침묵 안에 모든 것이 담겨 있었다.

얼마나 시간이 흘렀을까. C가 조심스럽게 자리에서 일어났다. 그의 손이 내 어깨에 닿았다가, 아주 삼깐 머무른 채 내려갔다.

"내일 또 올게."

C는 말끝을 부드럽게 떨며 미소 지었다. 그 미소에는 어떤 다짐도, 어떤 연민도 없었다. 그저 진심이었다. 마치 우리가 언제든 다시 만날 수 있다는 듯. 마치, 하루카가 여전히 이 세상 어딘가에 있다는 듯. K도 고개를 끄덕였다.

"그래, 내일 또 보자. 혹시… 보고 싶은 책 같은 거 있으면 말해. 술 말고, 책."

그의 말끝에선 쓸쓸한 유머가 묻어 있었지만, 나는 웃지 못했다. 대신 눈을 들어 그들을 바라보았다. 두 사람은 문을 향해 걸어가다, 마지막으로 한 번 더 돌아보았다.

"민준아."

C가 조용히 이름을 불렀다.

"우리, 네 옆에 계속 있을 거야. 아주 오래도록."

나는 대답 대신 고개를 살짝 끄덕였다. 문이 닫히는 소리가 작게 병실 안에 울렸다. 그제야, 조용했던 숨이 다시 흐르기 시작했다. 천천히, 무겁게, 마치 심장이 다시 움직이기 시작하듯. 나는 여전히 아무 말도 하지 못했고, 입술은 굳게 닫힌 채였다. 하지만 그들의 말은 병실 안 어딘가에 오래 남았다.

3주가 지났다. 나는 끊임없는 약물치료와 외래 상담을 병행한 끝에, 점점 말을 할 수 있게 되었고. 지금, 나는 겉으로는 멀쩡한 사람이 되어 있었다. 봄이 가까워졌다는 건, 병원 복도 창문 너머로 스며드는 빛의 질감이 미세하게 바뀌었다는 걸로 가장 먼저 알게 되었다. 나뭇가지 끝에 아주 작은 녹색이 물들고 있었고, 그 미묘한 변화가 어딘가 서늘하게 마음에 박혔다. 나는 여전히 아무 말도 하지 않았고, 눈빛 하나에도 마음을 숨긴 채 무표정으로 하루를 삼키고 있었다.

하지만 이상하게도, 이상할 만큼….

그 아침, 병동 문을 나서는 발끝은 아주 조금 가벼웠다. 정확히 말하면, 무게가 없었다. 무게가 없다는 건 곧 존재하지 않는다는 것과 닮아 있었지만, 그것은 어쩌면 내게는 '살아 있는 느낌'이었다. 오래도록 병실에 머무는 동안, 나는 죽지도 못하고 살지도 못하는 사람처럼 부유했다. 그 나날이 나를 비우고 닦아내어, 이제는 눈에 보이지 않을 정도로 얇은 투명한 껍데기 하나로만 남게 했다.

퇴원 수속을 마치고 손에 쥐어진 서류철은 따뜻하지도 차갑지도 않았다. 보호자 서명이 필요한 칸은 공란으로 남겨졌다. 나는 아무 말 없이 그것을 품에 안고, 천천히, 아주 천천히 복도를 걸었다.

문 앞까지 배웅하던 간호사는 "이제 조금씩 돌아오실 거예요. 하루에 한 끼만이라도 꼭 챙겨 드세요." 하고 말했다. 나는 고개만 살짝 끄덕였다. 마음속 어디에선가, '돌아온다'는 말이 뻐근하게 울렸다.

병원 앞 벤치에 앉아 한참을 하늘만 바라봤다. 한 때는 하염없이 울어도 아무도 다가오지 않던 하늘이었는데, 오늘은 무언가가 달랐다. 아니, 아마 내가 달라진 것이겠지. 눈이 밀어 있었던 자리에, 하루가의 얼굴이 떠올랐다. 그녀의 웃음소리, 그녀가 마지막으로 남긴 편지.

하지만 그날 이후, 나는 매일 꿈속에서도 그녀를 만나지 못했다. 죽은 사람은 꿈에도 잘 오지 않는다고 했던가. 그 말이 문득 떠오르자, 마음 한편이 허전하게 무너졌다.

나는 주머니에서 주먹보다 작은 담뱃갑을 꺼냈다. 멈췄던 담배를 다시 피울지는 아직 모르겠다. 다만, 그 향기 속에서 그녀의 냄새가 나지 않을까, 그런 생각을 할 뿐이었다.

버스 정류장 쪽으로 걷기 시작했다. 어디로 가야 할지 몰랐지만, 어딘가로 가야만 할 것 같았다. 살아 있는 사람은 결국 어디론가 걷게 마련이니까. 아주 조금, 아주 천천히, 나도 그렇게 걸어 보기로 했다. 살아 보자는 말은 하지 않기로 했다. 그건 나에겐 아직 사치였다.

그저, 오늘 하루는 끝까지 살아내 보기로. 그렇게 나는 병원을 떠났다.

나는 바로 K의 술집으로 향했다. 문을 열었을 때, 오래된 목재가 삐걱대는 소리와 함께 익숙한 술 향이 나를 감쌌다. 내 눈을 본 K는 아무 말 없이 손을 흔들었다. 무언가를 물어보지도 않았고, 어설픈 위로도 없었다. 그는 그저 바에 앉아 있던 내 앞에 조용히 술잔을 하나 밀어 놓았다.

"정말 다행이다."

그가 말했다. 그 말에는 말로 다 담지 못한 진심이 묻어 있었다.

나는 고개를 숙여 잔을 들었다. 무미건조한 술맛이 혀를 스치자, 어딘가에서 아주 오래된 감정이 둔하게 쿡, 하고 올라왔다. 눈앞에 앉은

K는 여전히 같은 얼굴로, 그 긴 시간 동안 내가 미쳐가는 걸 다 지켜봐 주었던 사람의 얼굴로 나를 바라보고 있었다.

"조금 괜찮아졌나 보네. 네가 웃는 걸 보네."

K가 웃으며 말했다.

나는 나도 모르게 입꼬리를 살짝 올렸다. 그것이 미소였는지, 그저 얼굴 근육의 오작동이었는지는 잘 모르겠다. 하지만 확실한 건 정말로, 오랜만에 얼굴이 움직였다는 것이었다.

"뭐… 인생이란 게 별수 없네요. 이렇게 또 앉아 있는 걸 보면."

내가 그렇게 말하자 K는 아무 말 없이 잔을 부딪쳤다.

우리는 그렇게 몇 잔을 더 비우고, 함께 오래된 음악을 들으며 앉아 있었다. 시간은 어느덧 자정을 훌쩍 넘겼고, 나는 슬그머니 일어섰다. K는 내 어깨를 한 번 가볍게 두드려 주었고, 나는 그 따뜻한 손의 감촉을 등 뒤로 남긴 채 골목길로 걸어 나왔다.

겨울의 끝자락, 공기는 차가웠지만 살을 파고드는 느낌은 없었다. 담배를 꺼내 입에 물었고, 불을 붙이기 위해 라이터를 꺼내려는 순간 문득, 앞에 누군가가 서 있었다.

…. 하루카.

그녀는 길모퉁이 가로등 아래에 조용히 서 있었다. 얼굴은 그림자에 반쯤 잠겨 있었지만, 나는 단박에 알 수 있었다. 몸이 저릿해졌고, 숨이 막혔다.

그녀는 아무 말 없이 나를 바라보다가, 아주 느릿하게, 마치 공기처럼 걸음을 옮겼다.

나는 멍하니 그 뒷모습을 바라봤다. 검은 코트 자락이 흩날리는 모습, 그 아래 드러나는 흰 발목, 낯익은 걸음걸이.

"…. 기다렸어?"

입 밖으로 나온 말은 실체 없는 안개처럼 허공으로 흘러갔다.

당연히 대답은 없었다.

그녀는 계속 걸었다. 마치 이 도시의 끝, 어딘가 나만 알 수 있는 장소로 향하듯.

나는 라이터를 꺼낸 것도 잊은 채, 담배를 입에 물고 그렇게 한참을 서 있었다.

그날 밤, 나는 처음으로 확신했다. 내 안에 살아 있는 건 나뿐만이 아니란 걸. 죽은 사람도, 떠난 사람도- 이따금, 아주 선명하게- 내 안에서 걸어 다닌다는 걸.

술기운은 생각보다 금방 가셨다. 아니, 어쩌면 아예 취하지 않았는지도 모른다. K가 따라 주던 소주잔 위로 비친 내 얼굴은 그저 무표정했고, 웃음기는 있었지만 피로로 덮여 있었다.

집으로 돌아오는 길, 봄도 아닌데 따뜻한 바람이 불었다. 누가 내 어깨를 문득 쓸고 지나간 것 같았다.

엘리베이터 안에서 천장을 올려다보며 아무 생각 없이 손을 뻗었다. 천장 조명은 밝았지만 그 빛이 내게 닿지 않는 것 같았다. 겨우 현관문을 열고 들어섰을 땐, 하루카가 내 뒤를 따라 들어온 것 같은 착각에 빠졌다.

무의식적으로 뒤를 돌아봤지만 아무도 없었다.

그래, 늘 그랬다.

하지만 그날부터 이상하게, 내가 걸어갈 때마다 뒤에서 발자국 소리가 하나 더 들리는 것 같았다.

식탁 위엔 그녀가 마셨던 홍차 잔이 여전히 놓여 있었다. 뽀얗게 자국이 말라붙어 있었고, 내가 닦지 않은 채 두고 있던 그 잔을, 오늘도 그대로 바라봤다. 하루카는 깔끔한 걸 좋아했으니까. 그 잔을 두고 떠났을 리가 없다, 그렇게 멍하니 되뇌며 나는 조심스럽게 잔을 양손으로 들었다. 그런데 순간, 내 머릿속에 어떤 장면이 틔었다.

그날 새벽, 그녀가 앉아 있던 의자. 긴 머리를 풀어내리고 있었고, 손톱 끝으로 자꾸만 잔받침을 건드리던 그 조심스러운 손. 무슨 말을 하려다 그만두곤 했던 그 눈빛. 그 눈빛이 지금, 방 한구석 어둠 속에 잠겨 있었다.

"하루카."

조용히, 입안에서 그 이름을 굴렸다. 그러자 창밖, 비닐커튼 사이 어딘가가 흔들렸다. 진동이 온 것도 아닌데 휴대폰 화면이 깜빡였다. 어디선가 흘러나온 음악 소리가 방 안을 미세하게 가르며 흘렀다. 너무나 익숙한 장면들이지만, 그 모든 게 '조금씩 어긋난' 듯한 느낌이었다. 책상에 놓인 그녀의 향수. 한 번도 누르지 않은 줄 알았는데, 뚜껑이 벗겨져 있더. 노트북 화면은 서서 있었지만, 살짝 흔들리는 빛이 깜빡거렸다. 벽걸이 거울엔 내가 아닌 누군가의 그림자가 아주 잠시 스쳐갔다. 그 순간, 나는 깨달았다. 그녀가 돌아온 것이 아니라, 내가 조금씩, 아주 천천히 그녀의 세계로 걸어 들어가고 있다는 걸. 현실이라는 피막이 점점 얇아지고, 기억이 시간을 이끌고 있었고, 나는 그렇게 아무 일 없는 듯 하루카와의 생활로 되돌아가고 있었다. 그녀가 자주 입던 흰색 셔츠를 입고, 그녀가 좋아하던 음악을 다시 틀고, 그녀가 먹고 싶다고 했던 메뉴를 조용히 주문했다. 아무도 모르게,

아무도 방해하지 않게, 나는 다시 하루카와 함께 살아가고 있었다. 그날도 마찬가지였다. 씻고, 앉아, 조용히 라디오를 틀었다. 그랬더니, 그녀가 옆에 와 앉았다. 무릎 위로 손을 포개고, 날 올려다보았다. 작은 입술이 움직이지 않아도, 나는 그녀의 말을 들을 수 있었다. '괜찮아, 지금처럼 계속 이렇게 있으면 돼.' 나는 고개를 끄덕였고, 눈을 감았다. 어둠은 조용했고, 아주 따뜻했다. 그리고, 무엇보다 익숙했다.

언제부터였는지, 정확히는 알 수 없다. 하루카는 늘 내 옆에 있었다. 아침에 눈을 뜨면 그녀가 나를 내려다보고 있었고, 커튼을 열면 그녀의 체온이 스며든 듯한 빛이 방 안에 흘러들었다. 찬장을 열면 그녀가 자주 마시던 홍차가 손에 닿았고, 그 향을 들이마시면 아주 어릴 적의 나, 아무것도 몰랐던 시절의 내가 부드럽게 꺼내졌다. 그건 추억이었다. 처음엔 그랬다. 하지만 어느 순간부터, 그건 현실이었다. 내가 직접 눈을 감고 상상한 것이 아니라, 내 눈앞에 뚜렷하게 보이는, 말 그

대로 '존재하는' 하루카였다. 그녀는 웃었다. 내가 어깨를 움츠릴 때마다, 밤늦게 혼자 앉아있을 때마다, 욕실에서 물소리가 잠잠해질 때마다. 그녀는 고개를 갸웃하며 말하곤 했다.

"조금만 더 버텨 줘."

나는 끄덕였다. 왜냐하면 그 목소리는 너무나도 진짜였고, 무엇보다, 누구보다도 다정했기 때문이다. 시간의 흐름이 조금씩 일그러지기 시작한 건, 퇴원한 지 보름쯤 지난 날이었다. 벽시계가 정확히 여섯 시를 가리켰고, TV에서는 저녁 뉴스를 틀고 있었지만, 하루카는 내게 아침을 차려 주었다.

"식기 세척기에 넣지 마. 손으로 씻어야 해. 이 그릇은 약해서."

그녀는 양말을 신은 채 부엌에 서 있었고, 나는 아무런 의심도 없이 식탁에 앉아 그녀가 내민 수프를 먹었다. 그 수프엔 아무런 맛도 없었다. 하지만 따뜻했다. 그리고, 슬펐다. 거울 앞에 섰을 때, 내 눈은 붉게 충혈되어 있었지만 그 속엔 분명히 웃고 있는 하루카가 비쳤다. 머리를 빗던 손을 멈춘 나는 거울을 향해 조용히 물었다.

"…. 이거 진짜야?"

그러자 거울 속 하루카가 고개를 끄덕였다.

"당연하지. 나는 언제나 너랑 함께 있었잖아."

현실은 흐릿했다. 사람들의 말은 잘 들리지 않았고, K가 건넨 술잔의 무게도, C가 건네는 위로의 말도, 모두 물속에서 건너온 듯 느리게, 무디게 다가왔다. 나는 웃을 수 있었다. 그들이 돌아간 후 혼자 남은 방 안에서, 나는 조용히, 아주 작게 웃었다. 그리고, 하루카를 불렀다.

"오늘도 와 줄 거지?"

그녀는 대답하지 않았지만, 방 안엔 그녀의 냄새가 가득했고, 마치 곁에 앉아 나를 보고 있다는 확신이 들었다. 이젠 하루카가 말을 걸지 않아도, 나는 그녀의 말을 들을 수 있었다. 그녀는 내 생각과 하나가 되었고, 나는 하루카의 표정이 바뀌는 것을 따라 숨을 쉬었다. 내가 손을 뻗으면 그녀의 머리카락이 스쳤고, 내가 걸어가면 그녀의 발소리가 나와 함께 울렸다. 점점 더, 더 많이, 하루카로 가득 차갔다. 그러던 어느 밤, 책상 위에 놓인 그녀의 낡은 핸드폰에서 알 수 없는 메시지가 도착했다. 화면엔 이런 글자가 떠 있었다.

"너도 이제, 내 쪽으로 와도 괜찮아."

나는 손가락으로 화면을 쓸었다. 그러자 화면은 꺼졌고, 동시에 불이 나간 것처럼 방 안의 공기가 식었다.

"…. 정말 괜찮을까."

나지막이 되뇌었지만, 이미 알고 있었다. 이 목소리는 더 이상 내 것이 아니라는 걸. 나는 문득, 방 안의 구조가 바뀌어 있다는 걸 깨달았다. 침대가 있었던 자리에 벽난로가 있었고, 책장이 있던 자리에 조그만 창문이 나 있었다. 그 창문 너머로, 하루카가 서 있었다. 눈을 감고, 내 이름을 불렀다. 하지만 그녀는 그 창문을 열지 않았다. 나는 안에서 두드렸고, 그녀는 바깥에서 울었다.

"왜 이제야 왔어…. 왜 이제야…."

내가 아무리 밀어도, 창문은 열리지 않았다. 그제야 나는 알았다. 이 문은, 내가 밖으로 나가는 창이 아니라 그녀가 내 안으로 들어오는 문이라는 것을. 그날 이후, 나는 현실에서 몇 번이고 사라졌다. 식당에서 밥을 먹다가, 지하철 안에서 책을 읽다가, 골목길에서 담배를 피우다가, 어느 순간 하루카가 내 앞에 나타나면, 나는 그 자리에 멈춰 서서 그녀를 바라보았다. 그리고 모든 소리가 사라졌다. 길 위의 사람들, 자동차 소리, 바람, 햇빛조차 모든 것이 '그녀의 존재' 하나로 잠식당했다. 사람들은 내가 이상하다고 했다. K는 조심스럽게 "괜찮냐"고 물었고, C는 내 눈을 마주치지 못한 채, 어딘가 불편한 표정으로 "다시 병원에 가 보는 게…."라고 말했다. 하지만 나는 웃으며 말했다.

"하루카가 있으니까 괜찮아."

그 말은 나도 모르게 나왔다. 아니, 어쩌면 하루카가 대신 말한 것일지도 모른다. 나는 이제, 현실을 꿈처럼 살아가고 있다. 내 방 안엔 그녀의 그림자가 흐르고, 내 잠결엔 그녀의 속삭임이 스며들며, 거울엔 나와 그녀, 둘이 함께 웃고 있다. 모든 것이 현실이다. 하지만 그 현실은, 더 이상 세상의 현실은 아니다. 나는 천천히, 아주 천천히 하루카의 품으로, 그녀만이 있는 그 어둠의 안으로, 걸어 들어가고 있다. 돌아오는 길은 없다. 나는 이제, 그 문을 완전히 닫으려 한다. 그렇게, 영원히 그녀와 함께할 수 있도록.

나는 그날, 하루카를 안고 있었다.

텅 빈 골목, 축축하게 젖은 어깨, 그리고 흩날리는 먼지 속에서. 그녀는 조용히 내 귀에 무언가를 속삭였고, 나는 듣고, 고개를 끄덕이고, 웃고 있었다. 그러자 누군가 내 어깨를 잡았다.

"민준아…."

낯익은 목소리였다. C였다. 그의 눈엔 피로와 슬픔이 뒤섞여 있었다. 그 뒤엔 K도 서 있었다. 손에 뜨거운 캔커피를 들고.

"가자. 더 이상은… 너, 이렇게 두면 안 될 것 같아서."

나는 고개를 저었다. 하루카가 곁에 있었기 때문이다. 그녀는 내 손을 꼭 쥐고 있었고, 눈을 마주치며 말했다.

"가지 마. 민준, 나랑 있자. 우리 둘이서면 괜찮잖아."

"보이지 않아…? 하루카가 여기 있어. 진짜야. 진짜라고."

나는 외쳤다. 그 순간 C가 내 손을 붙잡았다. K는 조용히 휴대폰을 꺼냈다. 나는 몸부림쳤다.

"놔! 놓으라고 했잖아! 나 잘 살고 있었어! 하루카랑, 하루카랑 같이 있었단 말이야!"

내가 무너지는 건 한순간이었다. 몸이 바닥에 내동댕이쳐졌고, 캄캄한 눈 속에서 누군가 내 팔에 주사 바늘을 꽂았다. 멀어져 가는 의식 속에서, 나는 마지막으로 하루카를 보았다.

그녀는 울고 있었다.

아무 말 없이, 나를 향해 손을 흔들며. 눈을 떴을 때, 나는 창살이 달린 창문을 바라보고 있었다. 하얀 천장이 천천히 돌아가고 있었고, 팔에는 미동조차 할 수 없는 보호대가 채워져 있었다. 입에선 말이 나오지 않았고, 머릿속은 탁한 회색으로 가득 찼다. 폐쇄병동. 나는 위급환자로 분류되었다.

"자살 충동 지속. 환청 반복. 환시 심화. 비현실 분리 불능. 강제 입원."

그들은 그렇게, 나를 한 사람의 인간이 아니라, 무너진 구조물처럼 다뤘다. 정신과 의사는 내 앞에 앉아 나를 응시하며 조심스럽게 말했다.

"지금은 치료가 필요합니다. 아주 많이요. 지금 이대로는… 당신을 지킬 수가 없습니다."

나는 대답하지 않았다. 목이, 마음이, 입이 모두 말라붙은 돌처럼 굳어 있었기 때문이다. 그러자 누군가 뒤에서 조용히 울었다. 어머니였다. 그 옆에는 C와 K가 서 있었고, 그들은 무너져가는 나를 보며 아무 말도 하지 못했다. 밤이 되었다. 나는 침대에 앉아 창밖을 바라보았다. 창살 너머로는 작은 달빛이 흘렀고, 그 아래로는 하루카가 앉아 있었다.

"조금만 기다려."

나는 속삭였다. 그녀는 고개를 끄덕였다. 아주 조용히, 슬프게, 아름답게.

폐쇄병동은 창문이 있어도 바람이 없는 곳이었다. 유리 너머로 흐릿하게 보이는 하늘은 하루에도 수십 번 색이 바뀌었지만, 그 변화가 내게 어떤 영향을 주는 일은 없었다. 아침과 밤은 방송으로만 구분되었고, 시간은 규칙적이라기보다 동일한 것의 반복이었다. 시계는 고장나 있었지만, 그것이 고장인지 원래 그런 것인지 구분할 수 없을 만큼

나의 감각은 무뎌져 있었다.

하루는 이렇게 시작된다.

"기상하실 시간입니다."

간호사의 목소리는 틀어놓은 라디오처럼 무감정하게 들렸고, 나는 마치 누군가 내 몸을 조종하는 것처럼 천천히 몸을 일으켰다. 손끝이 떨렸고, 뼈 마디마디가 아팠다. 그것은 아마도 약 때문이었을 것이다. 나는 이름도 모르는 알약들을 삼켰고, 삼킨 뒤에도 그게 어떤 작용을 하는지, 내게 어떤 영향을 주는지 전혀 알 수 없었다.

매일 정해진 시간에 일어나고, 정해진 시간에 약을 삼키고, 정해진 시간에 밥을 먹는다. 밥은 의외로 따뜻했지만, 따뜻함이 맛으로 느껴지지는 않았다. 나는 씹었다. 입 안에 퍼지는 감촉은 무언가를 씹는다는 사실만을 전해 줄 뿐, 아무것도 느낄 수 없었다.

주변에는 다양한 사람들이 있었다. 늘 벽만 바라보는 중년 여성, 앉은 자리에서 꼼짝도 하지 않는 노인, 가끔씩 소리를 지르며 벽을 두드리다 약물 주사를 맞고 침대에 묶이는 청년. 우리는 서로에게 말을 걸지 않았다. 이곳에선 침묵이 예의이고, 무표정이 가장 안전한 표정이었다.

의사와의 상담은 형식적이었다. "식사는 잘 하셨나요?" "수면은요?" "조금 나아졌다고 느끼시나요?" 나는 고개만 끄덕였다. 말을 꺼내기에는 내 안에 남아 있는 언어가 너무 적었다. 아니, 어쩌면 이미 사라진 것일지도 몰랐다. 하루카 이후로, 나는 말이라는 도구를 잃어버렸다.

목소리를 내는 일이 죄처럼 느껴졌고, 그래서 점점 더 침묵 속으로 가라앉았다.

치료 프로그램은 매일 있었다. 새로운 방식이었다. 문예요법 대신 '감각 회복 치료'라는 이름의 활동이 도입되었는데, 이곳에선 냄새와 소리, 촉감을 하나하나 다시 느껴 보는 연습을 했다. 그러나 장미 향이 난다는 천을 맡아도, 나는 그것이 장미인지, 먼지인지 알 수 없었다. 소금기가 도는 바람 소리를 들으라는 녹음을 들었을 때도, 나는 고개를 기울여 "이게 뭐지?"라는 질문만을 반복할 뿐이었다.

"이건 바다 소리예요. 기억 안 나세요?"

치료사가 말했을 때, 나는 바다라는 단어에 하루카의 검은 머릿결을 떠올렸다. 우리가 함께 갔던 바다, 노을이 가득했던 수평선, 물가에 무릎을 적신 채 조용히 웃던 그녀의 모습. 하지만 그 장면조차 이젠 사진처럼 정지되어 있었다. 움직임도, 숨소리도 없는, 생명이 사라진 기억의 잔재.

밤에는 잠을 이루기 힘들었다. 침대에 누우면 병동 안의 모든 소리가 또렷하게 들려왔다. 수면제를 먹었지만, 잠은 쉽게 오지 않았다. 어떤 밤에는 하루카의 목소리가 들리는 것 같았다. 창가에서 들려오는 귓속말 같은 울림. 나는 그 소리에 귀를 기울였고, 나직이 대답했다. 물론 아무도 내 말을 듣지 못했다.

"미안해. 나 아직도 거기 있어."

어떤 날은 말 대신 눈물만 흘렸다. 그러나 눈물조차도, 이 병동에선 낯선 감정이 아니었다. 모두가 제각기 울고 있었고, 그 누구도 남의 울음을 신경 쓰지 않았다.

내가 이곳에서 기억하고 있는 감정은 단 하나였다. 공허함. 그것은 배고픔도, 아픔도, 슬픔도 아닌 무언가. 살아 있는 상태이지만 살아 있다는 감각이 전혀 느껴지지 않는, 감정과 감각 사이의 균열. 나는 그 균열 속에 떨어져 있었다.

어느 날, 창밖에서 비가 내리기 시작했다. 간호사가 내 손목을 잡고 혈압을 측정하고 있었는데, 나는 창문을 바라보며 물었.

"비… 맞죠?"

그녀는 조용히 고개를 끄덕였다. 나는 그때 깨달았다. 내 안에 아직 남아 있는 단어가 존재한다는 걸. 그리고 그것이 언젠가, 다시 내 몸을 움직이게 할지도 모른다는 걸.

하지만, 아직은 아니었다. 아직은, 너무 일렀다.

하루카가 남긴 잔상이, 그녀의 마지막 목소리가, 그날 그녀가 입고 있던 옷의 주름 하나하나가 아직 내 안에서 사라지지 않았기에.

병동의 낮은 형광등 아래, 똑같은 침대가 줄지어 놓인 방 안. 나는 언제부터였는지 모를, 병원의 시간에 갇힌 채, 고요하고 무거운 정적 속을 부유하고 있었다. 그 침묵 속에서 유일하게 반복되는 소리는 옆자리 침대의 숨소리. 거친 듯 일정하고, 때때로 낮은 기침 소리가 섞여 나왔다.

L.

그는 나보다 훨씬 나이가 많아 보였고, 긴 회색 수염을 다듬지 않은 채 늘 같은 자세로 창밖을 응시했다. 나는 말이 없었고, 그는 침묵을 아끼지 않았다. 그러다 문득, 바람이 드는 듯한 기척에 그는 돌아봤다.

"책은 좋아합니까?"

목소리는 허스키했고, 마치 먼지 쌓인 골방에서 꺼내온 말 같았다. 나는 놀라지 않았다. 오히려, 오랜만에 사람의 말이 나를 향해 왔다는 사실이 조금 낯설었다.

"예전엔 좋아했어요."

입 밖으로 내는 말은 여전히 어눌했지만, 그는 기다려 주었다.

"여기선, 책보다 사람을 읽게 되지요. 더 오래된 이야기니까요."

나는 그 말의 의미를 곱씹었다. 그는 마치 오래 전부터 나를 관찰하고 있었던 사람처럼 말했다. 아니, 어쩌면 그런 감각이 병동 안에서는 자연스러운 일일지도 모른다. 침묵이 이어지는 공간에선 시선조차 하나의 언어였다.

"왜 여기 오셨나요?"

나도 묻지 않을 수 없었다.

L은 한참을 침묵했다. 그러다 깊은 한숨과 함께 말을 꺼냈다.

"처음엔 병 때문이었지. 내 아내가 죽고 나서부터…. 아마 나도 따라가고 싶었던 모양입니다. 심장이 문제인 줄 알았는데, 알고 보니 마음이 문제였어. 참 웃기죠. 죽고 싶지만 살려고 이곳에 왔다는 게."

나는 고개를 끄덕였다. 공감이 아니라, 공존의 신호로. 나 역시 그랬으니까.

"애인이… 날 남겨 두고 죽었어요."

나는 입술을 굳게 다문 채, 겨우 그 한마디를 꺼냈다.

L은 나를 바라보며 말했다.

"누굴 잃는다는 건… 우리의 시간을 도둑맞는 일이에요. 그녀와 함께 보냈어야 했던 미래, 그 시간들이 몽땅 사라지는 거지."

"그래서 저는, 지금 이곳에 있나요?"

그는 잠시 고개를 끄덕이더니, 덧붙였다.

"당신은 도망친 게 아니오. 그저, 당신 몫의 겨울을 견디고 있는 거요."

그의 말은 토마스 만의 『마의 산』 어딘가에서 튀어나온 문장처럼 느껴졌다. 아니, 어쩌면 그는 자기 인생을 스스로 책으로 만들고 있는지도 몰랐다. 한 문장씩, 천천히 써내려가는 사람. 나는 조심스럽게 물었다.

"다시 돌아갈 수 있을까요?"

그는 창밖을 바라보았다. 창문 너머에는 흐릿한 오후의 빛이 물기 어린 하늘을 타고 내려오고 있었다.

"모두가 돌아가야 한다고는 말하지 않지. 어떤 사람은 돌아가는 대신, 자신을 새로 만드는 길을 택하지. 돌아가는 것이 불가능하다는 걸 인정하고 나면, 새로운 세계가 열릴 수도 있어요. 그러나…."

"그러나요?"

"그 길은 언제나 고독하오. 정말로 누군가를 사랑했다면, 그리고 그 상실이 당신을 이렇게까지 망가뜨렸다면, 그 고독이란 건 단순한 외로움과는 다른 종류의 것이지."

나는 천천히 숨을 쉬었다. 그의 말이, 숨처럼 내 폐 안으로 스며들었다.

"고독이 무섭지 않으세요?"

"내가 진정 무서워했던 건… 고독이 사라지는 거였어. 그조차 느끼지 못하게 되는 순간, 나는 인간이 아니게 될 것 같았지."

나는 그 말을 오래도록 붙잡았다. 고독을 품은 사람. 그것을 잃을까 두려워하는 사람. 그 사람은 이미 어딘가에 사랑을 묻고 온 이였다. 그리고 나는, 아직 그 무덤 앞에서 울고 있는 자였다.

"저는 아직, 그 사람을 보내지 못했어요."

그는 눈을 감았다가, 천천히 떴다.

"그럼 아직 괜찮아. 보내지 못했다는 건, 아직 그 사람이 살아 있다는 뜻이니까. 당신 안에서."

나는 그제야 알았다. 우리가 사는 이 병동은, 단지 치료를 위한 장소가 아니라, 아직 보내지 못한 사람들을 품고 있는 무덤이었다는 것을. 그리고 우리 모두는 그 무덤을 매일 돌보고, 애도하며 살아가고 있다는 것을.

병원 단지 안쪽, 사람의 손길이 일정하게 닿은 산책 코스는 흡사 작은 정원처럼 조용하고 단정했다. 나는 L과 함께 그 길을 천천히 걸었다. 어깨를 움츠리지도, 발걸음을 재촉하지도 않은 채. 그저 이 걷는 행위 자체가 어떤 치유처럼 느껴졌다. 누가 시킨 것도 아닌데, 둘 다 같은 속도로 걷고 있었다.

"살아 있는 건… 참 이상한 일이야."

L이 갑작스레 중얼거렸다. 나는 고개를 돌려 그를 보았다. 그의 시선은 앞을 향해 있었지만, 아마 마음은 더 먼 어딘가, 자신만의 지난 시절로 가 있었을 것이다.

"몸은 고장 났고, 마음은 더 이상 어떤 감정도 또렷하게 느껴지지 않는데, 이상하게도 아침이면 눈이 떠지더군. 마치 살아 있으라는 명령을 아직도 따르고 있는 것처럼."

나는 고개를 끄덕였다. 그 말이 몹시 내 것이기도 해서.

"그 명령이 사라지면, 그때 죽는 걸까요?"

L은 작게 웃었다.

"글쎄…. 죽음은 언제나 가까이에 있잖나. 다만 우리가 그걸 외면하고 있는 동안은, 삶이 조금씩 연기되는 거겠지. 그런 의미에서 보면, 살고 있다는 건 그냥… 유예된 죽음 속에서 걷는 일일지도 몰라."

나는 그 말을 되뇌었다. 유예된 죽음. 그러니까 나는 지금도 죽음을 유예하고 있는 것일까.

"하루카가… 그런 유예를 포기했어요."

내가 말하자, L은 눈을 감았다가 이내 천천히 숨을 내쉬었다.

"그런 사람은 많지. 감당할 수 없는 아픔은, 감당하지 않기로 선택할 자유도 있어야 한다고 생각해."

그의 말은 단순한 위로가 아니었다. 오랜 시간 자신 안에서 반복해 온 철학 같았다.

"하지만 남겨진 사람은요. 그 자유 앞에 무너져요. 자꾸 묻죠. 왜. 왜 나를 두고."

L은 발을 멈췄다. 나도 함께 멈췄다.

"그건 어쩔 수 없어. 사람은 사랑하면, 동시에 소유하려 들거든. 그 사람의 고통조차 내 안에 품고 싶어 하지. 하지만… 우린 결국 타인이야. 아무리 사랑해도, 대신 살아줄 수 없고, 대신 죽어 줄 수도 없어."

그 말이 그렇게 아플 줄 몰랐다. 나는 한동안 아무 말도 하지 못했다.

"그래도 말입니다, L 선생님. 누군가의 죽음 이후에도 이렇게 걷고, 밥을 먹고, 숨을 쉬고 있는 게 너무 무의미하게 느껴질 때가 있어요. 이 모든 게… 연극처럼 가짜 같아요."

그는 고개를 끄덕이며 나무 그늘 아래 벤치에 앉았다. 나도 옆에 앉았다.

"그건… 어쩌면 네가 그만큼 깊이 사랑했다는 증거일 거야. 사랑이 깊으면, 상실은 현실을 녹여 버려. 그때부턴 모든 게 희뿌옇게 보여. 가짜처럼 느껴지지. 하지만 시간이 조금 더 지나면, 그 희뿌연 것들 속에서도 진짜가 있다는 걸 알게 될 거야. 웃음도, 바람도, 뜨거운 국물 한 모금도. 삶은 늘, 가장 작고 사소한 것들 안에 숨어 있거든."

나는 하늘을 올려다보았다. 구름은 무심히 흘렀고, 나는 하루카와 함께 걸었던 오래전 가을의 잔향을 떠올렸다. 그가 말했다.

"인생은 작고 사소한 것들이 진짜야. 웃긴 말이지만, 나는 그 사소함을 위해 살아."

그의 목소리기 바람처럼 속삭였다. L은 미소를 지었다. 아주 작고,

천천히 지는 햇빛 같은 미소였다.

"저는, 매일매일 죽고 싶다는 생각밖에 없어요."

L은 아무 말도 하지 않은 채, 내 어깨에 손을 올렸다.

식판 위에 놓인 반찬은 언제나 비슷했다. 고르게 나눠진 채소 몇 조각, 미지근한 국 한 그릇, 딱딱한 밥 한 숟갈. 어쩐지 이 병원은 음식조차 감정이 없는 듯했다. 사람을 살리기 위한 최소한의 영양분, 그 이상도 이하도 아니었다.

하지만 L과 함께 앉은 식탁은 조금 달랐다. 그는 늘 밥알을 세듯 천천히 먹었고, 반찬의 위치를 바꾸며 마치 식사에 어떤 질서라도 부여하는 듯했다. 그런 그의 습관은 나에게도 조금씩 스며들고 있었다.

"음식이란 건 말이지,"

그가 숟가락을 내려놓으며 말했다.

"사람이 아직도 살아 있다는, 어쩌면 유일한 증거일지도 몰라. 누군가를 잃고도 밥을 먹고 있다는 건, 참 슬픈 일이지만… 동시에 대단한 일이기도 해."

나는 아무 대답도 하지 못한 채, 미지근한 국을 한 모금 넘겼다. 그 안에는 아무런 맛도 없었지만, 이상하게도 눈물이 살짝 고였다. 그도 알고 있었을 것이다. 나는 여전히 하루카와 함께 식탁에 앉아 있다는 걸. 그 빈자리에 그 애의 웃음이 앉아 있다는 걸.

그날 오후, 우리는 병원에서 주최하는 교양 수업에 참여했다. 강당이라 부르기도 민망한 소규모 강의실에는 하얀 플라스틱 의자가 스물세 개 정도 줄지어 놓여 있었고, 낡은 프로젝터가 천장에 매달려 있었다. 벽면에는 '정신건강을 위한 예술치료 및 인문 프로그램'이라는 작은 종이 포스터가 테이프로 붙어 있었고, 흰 칠판 옆에는 중년의 남자가 검은색 재킷을 입고 조용히 서 있었다.
"서울대학교 철학과, 박윤철 교수입니다."
그의 목소리는 낮고 깊었으며, 어딘지 모르게 울림이 있었다. 그는 칠판에 천천히 단어 하나를 적었다.

상실(喪失)

그 단어를 보는 순간, 가슴 한구석이 무너져 내렸다. 내게 있어 상실은 하루카였다. 숨이 붙어 있던 그 모든 순간들이, 마치 내게서 떨어져 나가던 상실의 시간들이었다.
"상실은 곧, '있었던 것이 더 이상 존재하지 않음'을 말합니다. 그러나 철학적으로, 상실은 단순히 어떤 존재의 부재를 뜻하지 않습니다. 상실은 존재의 잔향입니다. 사라진 것이 남긴, 지워지지 않는 흔적."
그는 칠판에 다시 적었다. 존재의 잔향.
"여러분은 누군가를 잃었습니까. 혹은, 자신을 잃어 본 적 있습니까."
L은 작게 숨을 내쉬었고, 나는 눈을 감았다. 나는 내 삶 전체를 잃은 사람이었다. 하루카와 함께했던 나, 그녀의 웃음을 곁에서 듣던 나, 그

모든 시간 속의 내가 이제는 존재하지 않는 잔향이었다.

"상실은 의지와는 상관없는 폭력입니다. 그러나 그것을 감당해내는 일은, 오로지 인간만이 할 수 있는 고유한 고통입니다."

그는 그렇게 말하고는, 한 권의 책을 꺼냈다. 『베르그송의 시간과 자유의지』. 그는 한 구절을 낭독했다.

"참된 시간은 흐름이다. 그것은 되돌릴 수 없고, 겹쳐지지도 않는다. 상실은 그 흐름 속에서만, 조용히 이해된다."

그는 다시 말을 이었다.

"지금 이 자리에 있는 여러분, 상실을 겪고 살아남은 여러분은 단지 '살아 있는 사람'이 아니라, 그 상실과 함께 흐르고 있는 존재입니다. 여러분이 느끼는 그 어지러움과 통증은, 죽음이 아닌 삶의 징후입니다."

나는 그 말에 기묘하게도 위로를 느꼈다. 위로라기보다는, 어떤 지극히 오래된 슬픔이 내 안에서 조용히 머물 자리를 얻은 기분.

L은 내 옆에서 천천히 말했다.

"상실은 사라지는 게 아니야. 그건 내면에 박히는 거지."

나는 그 말에 고개를 끄덕였다. 어쩌면, 이제야 정말 하루카가 내 안에 '박힌' 듯했다.

교수는 다시 조용히 칠판을 향했다. 분필을 잡은 손끝에서 희고 가느다란 먼지가 떨어졌고, 그는 천천히, 이번엔 더 긴 문장을 적어내려 갔다.

"사랑은 잃은 후에도 계속되는 고통이며, 그 고통은 결국 우리를 인간답게 만든다."

그 문장을 보고 나는 심장이 잠깐 멎는 듯한 착각을 느꼈다.

교수는 뒤를 돌아보며 말을 이었다.

"오늘 제가 말씀드리고 싶은 핵심은 이것입니다. 상실은 곧 사랑의 그림자이며, 우리가 겪는 고통은 사랑이 존재했다는 증거입니다."

그는 강단 앞쪽으로 천천히 걸어 내려오며 우리 모두의 얼굴을 바라보았다. 그리고 말끝을 낮추었다.

"누군가를 정말 사랑해 본 사람만이, 진정한 상실을 겪습니다. 여러분이 지금 느끼는 그 무거움, 숨 쉴 수 없을 만큼 깊은 고통은… 누군가를 진심으로 사랑했다는 자취입니다. 자랑스럽게 여기십시오."

그 말은 칼처럼 들이닥쳤다. 나는 눈을 깜빡이지 못한 채, 고개를 천천히 숙였다. 하루카의 얼굴이 떠올랐다. 그녀의 이마, 콧날, 내 품에 잠든 밤의 체온, 그녀가 마지막으로 보여 줬던 그 웃음. 그 모든 것이 내 안에 고스란히 남아 있었다. 그 순간, 교수는 자신의 노트를 펼쳤다. 몇 페이지를 넘긴 뒤, 그는 조용히 한 구절을 읽었다.

"깊은 상실은 오히려 인간의 근원적 고독을 깨닫게 한다. 고독을 통해 우리는 우리 자신을 마주하고, 삶이라는 이름의 고통을 감당하게 된다."

- 리샤르 로티

"병원에 있다는 것은 삶의 가장 깊은 구멍 속에서 자신을 들여다보는 일입니다. 여러분은 어쩌면 지금, 자신이 가장 연약하다고 느낄지 모르지만, 그건 진실의 직면이라는 위대한 순간이기도 합니다."

"여러분은, 여러분 자신을 상실해 본 적 있습니까?"

사람들은 저마다 고개를 끄덕일 뿐 아무 말도 하지 않았다.

십 분의 쉬는 시간이 지나고, 교수가 다시 교탁 앞에 섰을 때, 강의실은 마치 누군가의 속삭임을 듣고 멈춘 듯, 고요했다. 우리는 누구 하나 먼저 눈을 마주치려 하지 않았고, 방금 전 수업의 잔향이 여전히 가슴 한 귀퉁이에 남아 천천히 스며들고 있었다.

교수는 말없이 칠판에 단어 하나를 써내려갔다. '고독' 그는 분필을 내려놓고 손을 깍지 끼었다. 침묵이 잠시 머물렀고, 그는 조용히 말을 꺼냈다.

"고독은, 우리가 세상에 태어날 때부터 이미 동반자로 주어진 것입니다. 우리는 혼자 태어나고, 혼자 죽으며, 대부분의 시간은 내면의 울림을 안고 살아가죠. 사랑을 해도, 친구가 있어도, 가족이 있어도… 고독은 늘 가장 깊은 곳에서 우리를 응시하고 있습니다."

그는 천천히 시선을 돌려 교실 구석구석을 바라보았다. 그 눈길은 나를 통과했다. 나는 피하지도, 받아들이지도 못한 채, 그냥 그 시선을 그대로 가슴에 묻었다.

"많은 이들이 고독을 병처럼 여깁니다. 불행의 징표, 혹은 실패한 인간관계의 결과라고 생각하지요. 그러나 여러분, 고독은 '결핍'이 아니라 '존재' 그 자체입니다. 진정한 고독이란, 세상으로부터 떨어져 나간 상태가 아니라, 나 자신과 대면하고 있다는 증거입니다."

그는 가볍게 숨을 들이쉬고 말을 이었다.

"니체는 말했습니다. '*고독을 견딜 수 없는 사람은 결코 자유로울 수 없다.*' 고독은 때론 우리를 미치게 하지만, 동시에 우리를 가장 인간답게 만듭니다."

그는 책을 펼쳐 한 페이지를 천천히 넘기며 조용히 인용했다.

"*고독은 나무의 그늘처럼 우리 안에 드리운다. 누군가는 그 아래서 쉼을 얻고, 누군가는 그 안에서 숨을 잃는다.*"

― *발터 벤야민*

그 구절은 나를 덮는 검은 이불처럼 느껴졌다.

하루카가 떠난 이후, 내 삶의 모든 시간은 그 '고독의 그늘' 안에 머물러 있었다.

나는 그 안에서 쉼을 얻으려 했지만, 어쩌면 이미 숨을 잃고 있었는지도 모른다.

교수는 다시 말없이 칠판에 다가가 두 번째 문장을 썼다.

"고독은 우리가 끝내 도달해야 하는 마지막 대화 상대이다."

"우리는 누구나 외로움을 피하려 합니다. 하지만, 진정한 고독은 단지 사람 없는 방이 아니라, 자신의 그림자와 나란히 앉아 서로를 응시하는 순간입니다. 고독은… 우리가 절대적으로 우리 자신일 수 있는 유일한 시간이지요."

그는 책을 덮고, 다시 교탁을 내려왔다.

한 명의 환자가 손을 들었다. 작고 불안정한 목소리로 물었다.

"…. 고독이 너무 커서 숨이 막히면 어떻게 해야 하나요?"

교수는 잠시 말을 아끼다, 고개를 끄덕이며 대답했다.

"그 고독을 외면하지 말고, 가만히 바라보세요. 그것은 괴물처럼 느껴지겠지만, 사실은 아주 오래전부터 여러분을 지켜보고 있던 '자기 자신'입니다. 때로는 스스로를 사랑하기 위해, 우리는 먼저 스스로를 용서해야 합니다."

교수는 천천히 의자에서 일어나 교탁 앞에 섰다. 그의 눈빛은 이전보다 더 어두웠고, 말투는 더욱 느려졌으며, 조심스럽게 단어 하나하나를 꺼내는 듯했다. 그는 책도, 원고도 들고 있지 않았다. 인용할 철학자도 없었다. 오직, 그 자신만의 말이었다.

"고독이라는 건요…."

그는 말끝을 흐리며 잠시 천장을 올려다보았다. 마치 거기에 오래도록 자신을 괴롭혀온 고독의 실루엣이 걸려 있는 듯했다.

"…. 사람마다 다르게 찾아옵니다. 어떤 사람에겐 소리 없이 스며들고, 어떤 사람에겐 문을 부수고 들어오죠. 하지만 결국엔, 누구도 피할 수 없는 무언가예요. 마치 우리가 늙어 가는 것처럼."

그는 손가락을 조용히 움직이며 말을 이었다.

"제가 생각하는 고독은, 무언가가 부족한 상태가 아닙니다. 오히려 너무 많은 감정이 한꺼번에 몰려와서, 도저히 정리할 수 없게 되어 버린 상태예요. 사랑도, 분노도, 슬픔도, 기쁨도 다 흘러넘쳐서, 결국엔 아무것도 느끼지 못하게 되는… 그런 얼어붙은 상태."

교실엔 아무도 숨소리를 내지 않았다.

그의 말은 누군가의 기억처럼, 조용히 바닥에 내려앉았다.

"고독은 그렇게 다가옵니다. 자리를 내어 주지 않아도 침대 끝에 앉고, 불을 꺼도 창밖에 서 있고, 아무리 바쁘게 살아도 등 뒤에 그림자처럼 따라붙어요. 그리고 어느 날, 그 고독이 나보다 나를 더 잘 아는 것처럼 느껴질 때가 오죠."

그는 눈을 내리깔며 덧붙였다.

"그때가 가장 위험한 순간입니다. 왜냐하면, 우리는 우리가 생각하는 것보다 훨씬 더 약하고, 훨씬 더 오래된 고통을 품고 있기 때문이에요."

그의 목소리는 점점 낮아졌고, 침묵이 어깨에 내려앉듯 무겁게 흘렀다.

"여러분은 지금, 이 병원에 있죠. 세상과 잠시 떨어진 이곳에서, 누구보다 더 날카롭게 자신을 마주하고 있을 겁니다. 괜찮지 않은 날이 반복되고, 그 사람 같은 존재는 더 이상 돌아오지 않는다는 걸 알아도… 사람은, 견뎌야 해요. 살아야 해요."

그는 그 말을 하며 자신도 믿지 못하겠다는 듯 한숨을 쉬었다.

그러고는, 마지막으로 덧붙였다.

"왜냐하면 고독은 죽음을 닮았지만… 삶의 마시막 순간까지 우리와 함께하는 것도, 결국 고독이거든요."

교수는 깊은 숨을 들이쉬었다. 그는 교탁 앞에 앉지도, 서지도 않았다. 단지 천천히 걸으며 학생들을-아니, 마음이 찢긴 이들을-한 명씩 바라보았다. 그가 입을 열었을 때, 목소리는 기이할 정도로 낮고 조용했다. 마치 오래된 성당 안에서 울리는 파이프 오르간의 첫 음처럼, 절제된 울림이 있었다.

"오늘 마지막 수업은… 조금 조심스럽습니다."

그는 잠시 침묵했다.

"자살에 관하여."

그 한마디에 교실 안의 온 공기가 가라앉았다. 누구도 움직이지 않았다. 숨도 쉬지 않았다. 심장만이, 느리게, 무겁게, 안에서 울려 퍼졌다.

"누군가 스스로 삶을 꺾는다는 건, 단순한 선택이 아닙니다. 그건 삶이 너무 커져 버린 끝입니다. 감정이 넘쳐서 아니라, 감정이 다 말라 버린 지점에서 사람은… 문을 엽니다. 그 문은 바깥으로 나가는 문이 아니라, 더 이상 어디로도 갈 수 없음을 증명하는 마지막 경계선이에요."

그는 창밖을 바라보았다.

겨울이 막 끝난 풍경 속, 나무들은 마른 손가락을 하늘로 뻗고 있었다.

"자살은 패배가 아닙니다. 또한 용기도 아닙니다. 그것은 어떤 사람에게는 사랑을 너무 사랑한 결과일 수도 있고, 어떤 이에게는 자신을 도저히 용서할 수 없었던 길의 끝일 수도 있어요."

그는 천천히 시선을 내렸다.

"어떤 이들은 죽음이야말로 진짜 휴식이라고 말하죠. 더 이상 쫓기지 않고, 누구의 기대도 짊어지지 않으며, 끝없는 자신과의 싸움에서 손을 놓을 수 있는 평온한 세계라고."

그의 눈빛이 잠시 떨렸다.

"하지만…."

그는 그 말을 꺼내는 데 오랜 시간이 걸렸다.

"죽음은 우리가 찾아가야 할 장소가 아니라, 언젠가 우리에게 도착하는 편지입니다. 너무 일찍 그 편지를 쓰는 이들을 저는 많이 보았습니다. 너무 고요하게, 너무 아름답게, 그리고 너무 슬프게."

그는 천천히 걸음을 멈췄다. 그의 음성은 더 낮아졌고, 더 인간적이었다.

"죽음을 생각하는 그대들에게 말합니다. 그대들은 지금 고통을 피하려는 게 아닙니다. 단지, 더 이상 살아낼 언어가 없는 것입니다. 삶을 말할 수 없게 되었기에, 침묵이 곧 구원이 된 것이죠."

그리고, 교수는 마지막 말을 던졌다.

"그 침묵 속에 아직도 한 줄기 음악이 흐르고 있다면…. 그 음악은 당신을 향해 울고 있는 누군가의 마음입니다. 당신은, 여전히 누군가의 사랑으로 남아 있습니다."

그 말은 무너져가는 어떤 벽 틈으로 스며들었다. 내게도 그랬다. 나는 아무 말도 할 수 없었지만, 가슴 속 어딘가에서 천천히 꺼내지던 이름이 있었다. 하루카. 그녀는 내 죽음조차도 사랑할까. 내 마지막을 알고 있었을까. 나는 몰랐다. 하지만 그 질문 하나로, 나는 오늘을 또 살아냈다. 교수는 천천히 고개를 들었다. 그의 눈빛은, 가장 오래 울어본 자의 것과 같았다.

"살아내십시오. 죽음은 언제나 문 앞에 서 있으니, 당신이 부르지 않아도 옵니다. 하지만 삶은… 당신이 불러야만 오는 겁니다."

그 순간, 나의 내면 어딘가에서 무너진 무언가가, 아주 작게 울었다.

병동 내 산책로는 정오 무렵의 불투명한 햇살 아래 어쩐지 음울한 빛을 품고 있었다. 민준은 L과 함께 천천히 걸었다. 사각사각 발밑의 모래가 미세한 소리를 냈고, 마치 그것이 서로의 마음속 결정을 깨뜨리는 소리처럼 들렸다. L은 오늘따라 말이 없었고, 민준 또한 말의 틈을 찾지 못한 채, 입 안에서만 몇 차례 질문을 굴리다 삼켰다.

그렇게 두 바퀴째 걷고 있을 즈음, 조용히 벤치에 앉아 있던 중년 남성이 그들에게 고개를 돌렸다.

"햇빛은 가끔, 너무 정직해서 사람을 아프게 하죠."

낯선 목소리. 그러나 병원에서 얼굴은 익숙한 존재였다. 같은 병동을 사용하는 H였다. 하얗게 센 머리카락, 깔끔한 셔츠, 그리고 기묘하게 반짝이는 눈동자. 그는 자아 분열 진단을 받은 환자였지만 지금의 말투나 표정에는 오히려 세계를 꿰뚫는 자의 냉철함이 있었다.

바람이 흐르듯 지나가던 병원 단지의 산책로 끝자락. 나는 L과 함께 걷고 있었다. 그리고 그 길목 한편, 벤치에 앉아 담배를 물고 있던 H가 고개를 들었다.

"들었어? 오늘도 그 교수 양반, 가히 대단하더군."

그의 목소리는 다소 쉰 듯했으나, 그 안엔 날이 바짝 선 유년의 칼날이 살아 있었다. H는 담배를 길게 빨아들였다. 뼈마디마다 시가처럼 말라 있었고, 그는 마치 살아 있는 아이러니처럼 그 자리에 앉아 있었다.

"상실이 곧 성장이라고? 고독이 결국 인간을 강하게 만든다고? 자살을 낭만화하지 말아야 한다고? 웃기는 소리."

나는 놀라 그의 눈을 바라보았다. L은 익숙하다는 듯 가만히 고개만 끄덕였다.

"그자는 상실을 유려한 문장으로 포장했지만, 그건 슬픔을 쓰다듬는 게 아니라 슬픔을 갈아 넣어 만든 상아탑일 뿐이야. 자네는 알겠지. 상실은 말이야, 성장도, 극복도 아냐. 상실은 상실일 뿐이야. 그것은 구멍이야. 구멍은 메울 수 없어. 단지 익숙해지는 거야. 그게 무슨 위로라고…."

그는 다시 한 모금, 허공을 향해 연기를 토해 냈다.

"고독을 존엄한 것이라 말하더군. 마치 고독을 통해 인간은 자신을 이해하게 된다고. 하지만 말이야, 자네. 진짜 고독은 자신을 이해하게 해 주지 않아. 진짜 고독은 자네가 누군지도 잊게 만들지. 점점 흐려지고, 날이 가면 갈수록 텅 빈 거울 앞에서 내가 누군지조차 알 수 없게 돼."

그는 허리를 굽혀 바닥의 자갈을 하나 집어들었다.

"이 조약돌이 자기 존재를 안다고 생각하나? 이 안엔 수억 년의 지층이 깃들어 있지만, 자기는 아무것도 몰라. 인간도 그래. 고독 속에서 우리는 결국 아무것도 알지 못하게 되지."

L이 가만히 물었다.

"그럼 자살은, 그 교수 말대로 비겁한 도피는 아닌가?"

H는 씁쓸히 웃었다.

"비겁? 그것도 용기라는 말도 다 틀렸어. 자살은… 말하자면, 견딜 수 없는 날씨 같은 거야. 한겨울이 오면 우리는 코트를 꺼내지. 하지만 누군가는 그걸 준비할 힘조차 없지. 자살은, 겨울에 벌거벗고 눈밭에 나서는 일이야. 그게 용기고 비겁이고 할 수 있어? 그냥 그 사람은 더는 손이 닿을 곳이 없었던 거야."

그의 눈이 멀어졌다. 아주 멀리. 허공을 향해 있었지만, 어쩌면 그는 자기 안에 스스로 묻은 무언가를 바라보고 있었는지도 몰랐다.

"그래서 나는 그 교수가 말한 것들, 죄다 거슬려. 상실도, 고독도, 자살도, 그렇게 잘 정리된 말이 아니야. 삶은 언제나 문장의 뒤틀림 속에 있어."

그는 우리를 바라보며 마지막 한마디를 덧붙였다.

"나는 아직도 하루에 세 번쯤 죽고 네 번쯤 살아. 자네들도 마찬가지겠지. 그걸 언어로 함부로 재단하려 드는 사람은, 결국 삶을 살아 보지 않은 자들이야."

말끝에, 그는 담배를 바닥에 비벼 끄고, 다시 병동 쪽으로 천천히 걸어갔다. 마치 허공에 한 문장만 남긴 채 사라지는 고전 소설의 인물처럼.

의자 등받이에 등을 붙이고 앉아 있자니, 온몸이 기묘하게 들떠 있었다. 나는 말없이 L의 옆모습을 훔쳐봤다. 깊게 패인 주름 사이로 마치 먼 기억이 머물러 있는 듯한 그림자가 드리워져 있었다.

"젊을 때는… 이상하게 다 견딜 수 있을 줄 알았어."

그가 먼저 입을 열었다. 아주 낮고 건조한 목소리. 나는 가만히 고개를 끄덕였고, 그는 시선을 멀리 병원 울타리 너머, 나무 가지 사이의 겨울 하늘에 고정시켰다.

"나는, 서른일곱이었나…. 그때쯤 모든 걸 잃었지. 아이도, 아내도, 그리고… 나 자신도. 한꺼번에."

그는 그 말을 꺼낸 뒤, 마치 말해선 안 될 것을 말했다는 듯 살짝 숨을 들이마셨다. 그러곤 손등을 문지르며 조용히 덧붙였다.

"어떤 건, 지나간 지 오래인데도 여전히 내 살에 붙어 있지. 도려내려고 해도, 피가 나고… 결국은 다시 덮여. 흉터처럼."

나는 숨을 죽였다. 그가 말하는 '흉터'라는 단어 속엔 어떤 체념과, 동시에 그것조차 간직하고 싶은 듯한 기묘한 애착이 서려 있었다.

"그래서 여기까지 온 거야. 오래전부터 예감하고 있었던 걸지도 몰라. 난 여기 올 사람이었어. 다만, 너무 늦게 온 거지."

그는 웃지 않았다. 다만, 눈가가 살짝 떨렸고, 그 눈동자 뒤에서 검은 실금이 퍼져나가는 것 같았다. 문득 그는 손을 주머니에 넣었다. 무언가를 꺼내려는 듯했지만, 끝내 꺼내지 않았다.

"내 이야기, 언젠가 해 줄게. 지금은…. 안 될 것 같아. 입 안이 다 쓰거든."
 그리고 그는 벌떡 일어났다. 너무 갑작스러워 나는 의자에 붙은 채 그의 움직임을 따라가기도 전에, 그는 복도 끝으로 천천히 걸어가고 있었다.
 걸음은 느렸지만, 어쩐지 조용한 분노 같은 것이 느껴졌다. 아주 오랜 시간 아무에게도 꺼내지 않았던 말들이, 막 입가까지 올라왔다가 다시 가라앉는 모습 같았다.
 그는 뒤도 돌아보지 않고 말했다.
 "다음에, 꼭 말해 줄게. 꼭."
 L이 잠시 말없이 서 있다가, 회색 벽시계를 힐끗 바라보더니 어깨를 한번 툭 털었다.
 "나는… 용무가 좀 있어서. 먼저 들어가 있어. 민준 씨."
 "네…."
 말이 끝나기도 전에 L은 이미 몇 걸음 앞서 걷기 시작했다. 뒷모습은 느릿하지만 단단했다. 그는 무언가를 결심한 듯한 얼굴이었고, 나는 그 얼굴의 단면을 끝까지 읽어내지 못한 채, 병동 복도에 덩그러니 남겨졌다.
 나는 잠시 그 자리에 멈춰 서 있었다. 아무 말도 들리지 않았다. 벽에 걸린 복잡한 표지판이 마치 기하학 퍼즐처럼 느껴졌다. 나도 모르게 병실 쪽으로 발걸음을 옮기던 찰나, 복도 모퉁이에서 누군가와 마주쳤다.

짧은 순간. 그 여자의 얼굴을 보았을 때, 나는 심장이 서늘하게 움찔하는 것을 느꼈다.

또래였을까, 아니면 몇 살 더 많았을까. 단정하게 묶은 머리카락과 회색 면 원피스, 다소 창백한 피부와 크지 않은 키. 그녀는 손에 책 한 권을 들고 있었고, 안경 너머의 눈은 어디론가 가는 길을 잃은 사람처럼 멍하니 비어 있었다.

서로 멈칫했지만, 아무 말도 하지 않았다.

그녀는 조심스럽게 나를 피해 지나갔고, 나는 고개를 살짝 숙였다. 그녀가 남긴 향기는 아무런 향수도 아니었지만, 어쩐지 오래된 기억을 건드리는 냄새였다.

하루카의 잔상처럼.

나는 그 자리에 서서, 그녀가 병동 끝으로 사라질 때까지 눈을 떼지 못했다. 묘하게 비슷했다. 걸음걸이, 시선, 말이 없는데도 말하고 있는 것 같은 공기의 움직임까지도. 하루카와는 전혀 다른 얼굴이었지만, 그 여자에게서 나는 이상할 정도로 하루카의 냄새를 느꼈다.

내가 아직도… 하루카를 잊지 못한 걸까. 아니, 애초에 '잊는다'는 게 가능하긴 한 걸까.

그 생각이 들자, 눈앞이 뿌옇게 흐려졌다. 그녀가 남긴 그림자가 천천히 내 가슴 속을 감쌌다. 그건 슬픔이라기보다도, 간절한 망각의 실패 같은 것이었다.

나는 다시 걸음을 옮겼다. 아주 천천히, 그리고 미처 뒤를 돌아보지 않으면 무너질 것 같은 속도로.

그 여자의 이름은 'N'이라고 하는 것 같았다. 그녀의 뒤를 졸졸 따라간 간호사가 그렇게 불렀기 때문이다.

병실 문 앞에 도착했을 때, 마음 한 구석이 이상하게 간질거렸다. 이름도, 말 한마디도 나누지 않았는데도. 낯선 감정이 내 안에 둥지를 튼 느낌이었다.

그녀의 얼굴은 금세 희미해졌지만, 그 인상은 남았다. 무언가, 앞으로 일어날 무언가가 조용히 나를 향해 걸어오고 있는 기분이었다.

아직은, 아무 일도 일어나지 않았지만.

6장

숨죽인 성

　창틀에 몸을 기대고 누운 채, 나는 천천히 눈을 떴다. 이 병원에 들어온 지는 아직 이 일이 채 되지 않았다. 하지만 이상하게도, 시간이 고체처럼 느리게 흘러가고 있었다. 몇 시간밖에 지나지 않은 하루가 하루치 기억을 다 쓰고 남은 것처럼 무겁게 늘어졌다. 마치 며칠째 여기에 있는 듯한 착각에 빠질 만큼, 병원이라는 공간은 모든 시계를 흐리게 만들고 있었다.

　창문 밖은 기묘하게 고요했다. 멀리 야트막한 야산이 보이고, 나무들이 그 산비탈을 조용히 타고 내려와 있었다. 나뭇가지들 사이로는 아주 옅은 바람이 지나가고 있었지만, 그 바람엔 아무런 소리가 없었다. 정적이 아니라 무(無)에 가까운, 존재하지만 감지되지 않는 소리. 한적한 시골길이 병원 뒤편을 따라 이어졌고, 가끔 그 길을 트럭 한 대가 느리게 지나가는 소리가 공간을 갈라 놓곤 했다. 그 소리마저도, 어디선가 먼 과거에서 오는 것처럼 들렸다.

이 병원은 의외로 컸다. 아니, 커서 무섭다기보다 커서 내가 작아지는 기분이 들었다. 층계와 복도, 나선형처럼 연결된 공간들, 창문마다 똑같은 풍경. 그 모든 것이 내가 여기에 속해 있지 않다는 것을 반문하는 듯했다. 겨우 이 일. 하지만 벌써, 나라는 개인이 이 병원이라는 구조물 안에 잊혀져 가는 느낌을 받았다. 마치 몸 안으로 삼켜지는 느낌. 누군가는 이 병원을 '숨죽인 성'이라고 불렀다. 슬픔과 무관심이 층층이 쌓여 굳어진 탑. 나는 그 말이 근사하다고 생각했다.

병원은 도시 외곽에서도 한참을 벗어난 시골 언덕에 있었다. 차를 타고 한 시간을 달려야 겨우 외부 문명과 연결되는 곳. 원래 결핵 요양소였다는 말을 듣고는, 왠지 모르게 수긍이 되었다. 여긴 오래된 병의 기억이 스며 있는 곳이다. 정신적 고통도, 폐와 같은 장기처럼 오랜 시간 쌓이면 구조를 바꾸는 법이다. 병원이 아니라 기억의 보관소 같다는 생각도 들었다. 사람들은 여기서 병을 치료하러 오는 것이 아니라, 병을 맡기러 오는 것 아닐까.

창문 아래로는 작고 오래된 정원이 보였다. 잔디는 너무나 정직하게 깎여 있었고, 키 작은 은행나무들이 병원의 벽을 따라 규칙적으로 줄지어 서 있었다. 병원복을 입은 누군가가 그 나무 아래를 천천히 걷고 있었고, 간호사들은 멀찍이 떨어져 수군대며 담배를 피웠다. 그 담배 연기가 잔잔한 공기 속에서 천천히 흘러 올라갔다. 어느 한 부분도 급한 것이 없는 풍경. 그래서 더 무서운.

나는 생각했다. 나에게 이 병원은 어떤 장소인가. 세상으로부터 도

피한 동굴인가, 아니면 고통을 견뎌내기 위한 마지막 숨구멍인가. 아직은 알 수 없었다. 단지 이 공간이 '내 것' 같지는 않았다. 모든 것이 낯설었고, 모든 것이 아직 익숙해지지 않았다. 그 낯섦은 때때로 슬픔보다 더 무거운 감정이었다.

침대는 딱딱했고, 움직일 때마다 철제 프레임에서 삐걱거리는 소리가 났다. 겨우 삼 일이 지났지만, 그 소리조차도 하나의 언어처럼 들리기 시작했다. 나는 너무 쉽게 고요에 잠식당하고 있었다. 익숙해지는 것은 무서운 일이다. 절망에도, 혼자라는 감각에도 익숙해질 수 있다는 사실은 인간의 강점이기도 하지만, 동시에 얼마나 쉽게 고장이 나는지를 보여 주는 신호이기도 하니까.

그리고 하루카. 그녀와 함께 보낸 계절, 그리 길지 않았지만 내겐 평생을 대신할 만큼 선명했다.

병실 천장에 고정된 시계보다 더 정확하게, 그녀의 이름이 나의 시간들을 분할했다.

창밖을 바라보며, 나는 다시 그녀를 떠올렸다. 짧은 시간. 짧았지만 영원보다 길었던 어떤 감정. 숨을 들이쉬고, 내쉬었다. 하지만 그 숨은 따뜻하지도, 차갑지도 않았다. 그저, 이 병원의 공기처럼, 무취(無臭)하고 무명(無名)한 숨이었다.

화요일이었다. 이 병원에 들어온 지 세 번째 날, 그러니까 아직은 모든 것이 낯설고, 모든 것이 내 것이 아닌 채로 나를 감싸고 있는 시기.

그럼에도 아침이 되면 일정한 리듬으로 일어나는 소리들-식판을 나르는 수레, 간호사의 짧은 발걸음, 누군가 소리를 지르고 다시 조용해지는 음성들-그 모든 것이 어느샌가 내 하루의 배경음이 되어 있었다.

오늘은 미술요법이 있는 날이었다.

나는 무언가를 그려 본 적이 없었다. 아니, 무언가를 "표현"하는 일이 늘 두려웠다. 마음속에서 꺼내는 모든 것들이 부끄러웠고, 그런 나를 누군가 마주 보는 건 더더욱 끔찍했으니까. 하지만 이곳에선 그걸 '치료'라고 불렀다. 고통을 문장으로, 색으로, 형태로 바꿔 말하는 것. 정제되지 않은 감정을 뱉고 나면 조금은 가벼워질지도 모른다고, 사람들은 말했다.

치료실의 불은 조금 어두웠다. 형광등이 가끔씩 깜빡였고, 종이 냄새와 크레파스의 기름기가 섞인 공기가 희미하게 퍼져 있었다. 오늘의 주제는 '잊고 싶은 풍경'. 치료사는 우리에게 조용히 종이를 건넸고, 나는 어깨 너머로 N의 옆모습을 흘깃 보았다. 그녀는 무심한 표정으로 연필을 쥐고 있었고, 손가락 사이의 혈관이 도드라져 보였다. 나는 손끝으로 종이의 결을 느꼈다. 그리고, 아무 생각 없이 색연필을 들어 푸른 선을 그었다. 푸르고, 길고, 비틀린 선. 그 선은 해질녘의 산처럼 보였다. 하지만 나만 알았다. 그건 하루카의 머리칼이었다. 빛을 받으면 어둡게 보이고, 어둠 속에선 가끔 투명해졌던 머리칼. 나는 몇 줄의 선을 더 그었다. 그 선들은 점점 무너져 내리는 탑 같았고, 마치 나였다.

치료사는 다가와 무언가 말했지만 나는 듣지 않았다. 아니, 들었지만 머릿속으로 번역하지 않았다. 그저 펜을 잡은 손에 약간의 땀이 배어들고 있단 사실만 느꼈다. 다 그린 그림 위에, 아주 작은 점을 찍었다. 하루카의 눈동자. 그녀가 나를 바라보던 그 눈. 그 눈을, 이제는 더 이상 떠올릴 수 없는 것 같아 무서웠다. 미술요법이 끝난 후, 간호사와의 면담이 있었다. 짧고 간단한, 루틴처럼 이어지는 대화. 하지만 그런 대화조차도 이 병원에서는 유일한 '소통'이었다.

"어제는 좀 어떠셨어요?"

나는 고개만 끄덕였다.

"식사는 조금 드셨고요?"

또 끄덕였다.

그녀는 내 팔의 멍 자국을 보며 조금 찡그렸다. 채혈의 흔적, 주사 흔적, 그리고 내가 스스로 남긴 자국. 그 자국은 나를 대신해 말해 주는 언어 같았다.

"나는 아직도 고통을 느끼고 있다."

"나는 아직, 하루카를 보내지 못했다."

"오늘도 잘해 보자구요,"

간호사는 그렇게 말하며 웃었다.

하지만 그 웃음은 너무 연습된 것이어서, 차라리 울음에 가까워 보였다.

나는 그녀의 웃음을 보며, 문득 하루카가 마지막으로 지었던 웃음을 떠올렸다.

조금 떨렸고, 입꼬리가 끝까지 올라가지 않았던-그 웃음.

면담실을 나와 복도로 나왔을 때, 나는 한참을 그 자리에서 멈춰 섰다. 빛이 창틀을 타고 흘러들고 있었고, 복도 끝 유리문 너머로는 저 멀리 야산이 보였다. 나는 생각했다. 만약 하루카가 아직 살아 있었다면, 이런 오후에 함께 걷고 있었을까.

손을 맞잡고, 병원 근처의 산길을 걸으며 아무 말 없이, 바스락대는 낙엽만을 밟고 있었을까.

그 상상은 너무나도 달콤했기에, 곧장 쓰디쓴 고통으로 바뀌었다. 내가 그녀를 지키지 못했다는 감각이 다시금 목덜미를 끌어당겼다. 그녀가 떠나기 전, 나에게 남긴 그 작은 숨결들, 눈빛, 손길, 말끝, 그 모든 것들이 내 안에서 썩어가고 있었다.

병실로 돌아가는 길. 복도 벽면에 걸린 오래된 액자가 눈에 들어왔다. 희미하게 퇴색된 색연필화. 잔디 위에 피어난 노란 꽃 한 송이. 꽃이 너무 밝았다. 그래서 슬펐다. 나는 다시 생각했다. 과연, 나는 이 병원에서 나갈 수 있을까. 아니, 나가고 싶은 마음은 정말 남아 있을까. 그녀 없이, 나는 무엇을 회복해야 한단 말인가. 내 손가락엔 아직도 미술요법 시간에 쥐었던 색연필의 끈적한 기름기가 남아 있었다. 그 기름기 위로, 하루카의 이름을, 마음속으로 천천히 써 보았다. 보이지 않는 이름. 하지만 너무 선명한 이름. -그리고 그날 밤, 꿈속에서-나는 다시 그녀를 만났다. 그녀는 말없이 나를 바라보고 있었고, 나는 그녀에게 무언가 말하려 했지만, 목이 말라 아무 소리도 낼 수 없었다. 그녀의 눈동자는 여전히 깊었고, 그 안에는 내가 알 수 없는 슬픔이 담겨 있었다. 그 눈을 본 순간, 나는 깨달았다. 나는 아직, 그녀의 죽음을 완전히 믿지 못하고 있다는 것을. 그녀는 내 마음속에 살아 있었고, 살아 있는 한, 나는 이 병원에서 나갈 수 없을지도 모른다는 것을.

오늘은 화요일. 그리고, 나는 여전히, 그 '푸른 선' 안에서 헤매고 있었다.

수요일 오전, 회색 벽과 불투명한 창문들로 둘러싸인 상담실 안. 그곳은 마치 세계와 격리된 듯한 분위기를 풍겼다. 낡은 시계의 초침이 무표정하게 시간을 가르고 있을 때, 나는 다른 환자들과 함께 둘러앉아 있었다. 가운데 테이블엔 따뜻한 물 한 주전자와 종이컵 몇 개, 그리고 이름이 적힌 명찰들이 가지런히 놓여 있었다. 의사는 부드러운 미소를 띠고 말했다.

"오늘 주제는 '잃어버린 것들'입니다. 각자 한 가지씩, 이야기해 볼 수 있을까요?"

정적이 내려앉았다. 아무도 먼저 입을 열지 않았다. 마치 누군가 먼저 무너져 주길 바라는 듯한 침묵이었다. 가장 먼저 말을 꺼낸 건, L이었다.

"나는 아들과 아내를 잃었어요."

그의 말은 너무 짧고 단호했기에, 오히려 더 많은 말이 숨겨져 있다는 걸 모두가 느꼈다. ㄱ는 천장을 바라보다 다시 시선을 떨구었다.

"그 애는 말이 없었어. 어릴 땐 그저 조용한 아이라고 생각했는데, 나중에 보니 조용하다는 건… 외로웠다는 말이더군."

누구도 감히 질문을 덧붙이지 않았다. 그 다음은 H. 그는 시선을 옆으로 흘기며 씁쓸하게 웃었다.

"나는… 나 자신을 잃었지. 이름, 얼굴, 시간. 그게 왜 그토록 쉽게 흩어졌는지 아직도 모르겠어. 사람들은 나를 불쌍하다고 하더군. 근데 그 사람들 눈엔 내가 몇 명으로 보였을까?"

그는 의사를 향해 눈짓을 했다.

"선생은 어떤가요? 자기를 잃는다는 게 어떤 기분일 것 같아요?"

의사는 정중히 고개를 숙였다.

"저는 상상할 수밖에 없겠지요. 그러나 그 상상이 가끔은 무섭기도 해요. 내 이름이 더는 나를 지칭하지 않을 때, 그 공포는…."

"이름도, 가족도, 사랑도, 그 모든 게 허상 같아."

H는 속삭이듯 말했다.

"그 허상 속에서 진짜 고통만이 유일하게 살아남지."

내 차례가 되었을 때, 나는 말없이 입술을 눌렀다. 수없이 꾹 눌러 삼켰던 말들이 내 안에서 미세하게 진동했다. 어느 순간엔 정말 말문이 닫혀 버렸었는데, 지금은 다시 이렇게 누군가 앞에서 '말할 수 있다'는 사실이 나 자신에게조차 낯설었다.

"나는… 어떤 사람을 잃었어요. 그 사람을 잃고 나니까, 내 내부의 구조가 바뀌었어요. 시간을 느끼는 방식도, 공간을 걷는 발걸음도, 잠들기 전의 감각도. 모든 게 달라졌어요."

의사는 고개를 끄덕였다. "무엇을 가장 많이 바꿔 놓았다고 느끼시나요?"

나는 잠시 눈을 감았다. 눈꺼풀 뒤로 흐릿한 기억들이 떠올랐다.

"기다림이요. 아무것도 기다리지 않게 됐어요. 어쩌면, 아무도 나를 기다리지 않는다고 느꼈기 때문인지도 몰라요."

침묵. 그러나 그 침묵은 어색함이 아니라 공명이었다. 내 말에 누구 하나 대놓고 울지도, 흥분하지도 않았지만, 누군가의 심장 박동이 내 말에 리듬을 맞췄을지도 모른다는 묘한 확신이 들었다.

상담이 끝날 즈음, L은 한 손으로 나무 의자의 팔걸이를 가만히 쓰다듬었다. 그의 손은 오래된 책장 위 먼지를 쓸어내리는 것처럼 조심스러웠다.

"그래도 이런 데서 이야기라도 하니까… 산다는 게 뭐랄까, 좀 덜 괴로워지긴 하네."

H는 작게 웃었다. "산다는 건 그저 말할 수 있는 장소를 찾는 일인지도."

그리고 나도, 조용히 고개를 끄덕였다.

우리는 모두 상실의 대가로 이 방에 있었다. 잃어버린 사람들, 망가진 기억들, 무너진 감정들. 그 상실은 모두 다른 이름을 달고 있었지만, 이 공간 안에서는 조용히 서로를 알아보았다.

그날의 상담은 마치 오래된 콘서트 같았다. 말은 음이 되고, 침묵은 쉼표가 되었으며, 우리 각자의 고통은 거대한 교향곡처럼 얽혀 울렸다.

집단 상담이 끝나고 난 뒤, 복도에 앉아 기다렸다.

희미한 소독약 냄새와 규칙적인 기계음이 귓속에 고막처럼 들러붙었다. 벽에 기댄 L은 눈을 감고 있었고, H는 벤치 위에 다리를 올린 채 낮은 콧노래를 흥얼거렸다. 그 콧노래가 내 신경을 간질였다.

문득 창문 밖을 바라보니, 쓸쓸하게 흩어지는 빗방울이 느릿느릿 창틀을 타고 흘러내리고 있었다. 한참을 멍하니 그 물길을 따라가다 보니, 간호사가 내 이름을 부르는 소리가 들렸다.

"최민준 씨, 들어오세요."

나는 천천히 몸을 일으켰다. 문틈으로 스며드는 노란 전등빛이 문득 낯설었다.

진료실은 예상보다 소박했다. 나무 책상 하나, 노트북 하나, 그리고 주치의가 앉아 있었다. 그는 서류를 넘기며 내 얼굴을 올려다봤다.

"요즘은 조금 어떻습니까? 잠은 좀 자나요?"

나는 짧게 대답했다.

"자는 척은 잘합니다."

그는 작게 웃으며 노트를 넘겼다.

"그 척이 언젠간 진짜 잠으로 바뀝니다. 우리 몸은 기계 같아서, 억지로라도 시동을 걸면 결국 작동하게 돼요. 하지만… 감정은 다르지요."

그의 손길이 서류 위를 맴돌았다.

"현재 복용 중인 약물은 벤라팍신, 라모트리진, 로라제팜, 그리고 보조 수면제까지. 이 조합으로 최근 환각이나 강한 충동이 있었나요?"

나는 머뭇거리다 고개를 저었다. 사실은 있었다. 가끔씩 하루카의 실루엣이 내 베개맡에 웅크려 있었고, 나를 부르고 있었다. 하지만 그 것은 약 때문이라기보다 내 마음 때문이라는 것을 나는 알고 있었다.

"위험한 생각은요?"

나는 잠시 숨을 골랐다. 천장에 달린 오래된 형광등이 작은 소리로 깜박였다.

"그런 건 없습니다."

그의 펜이 서류 위에서 작게 긁히는 소리를 들었다.

"좋습니다. 그렇다면 용량은 그대로 유지할게요. 다만…."

그는 안경을 벗고 눈가를 문질렀다.

"민준 씨는 약보다 중요한 게 있습니다. 반복되는 낮과 밤 속에서, 자기가 스스로의 안쪽을 조금씩 건드리는 거예요. 잊어버린 감정들, 말하지 못한 말들, 무너진 것들을 서서히 복원하는 거죠. 약은 그걸 돕는 보조 기둥일 뿐이에요."

나는 고개를 끄덕였다. 그의 말은 뻔한 교과서 문장이었지만, 이상하게도 그 순간만큼은 사람의 말처럼 들렸다.

"혹시 약을 몰래 끊을 생각은…."

그가 물었을 때, 나는 짧게 웃었다.

"이번엔 안 할 겁니다. 적어도…. 이번엔요."

그는 나를 믿지 않는 눈치였지만, 더는 캐묻지 않았다. 책상을 탁 하고 닫으며 내 손에 다음 진료 날짜가 적힌 작은 쪽지를 쥐어 줬다.

"나가도 됩니다."

문을 열고 나왔을 때, L과 H는 여전히 복도 끝에 앉아 있었다. L이 내 눈을 보더니 짧게 중얼거렸다.

"살려면 먹어라, 약. 안 그러면 너도 나처럼 된다."

H는 키득거리며 곧장 덧붙였다.

"그래도 미친놈 둘보단 낫잖아, 너는."

나는 피식 웃었다. 그 웃음이 어쩐지 눈물과 닮아 있었다.

그들은 다시 웃었고, 우리는 그렇게 저마다의 약물과 저마다의 무너진 마음을 안은 채, 한때 인간이었다는 것을 증명이라도 하듯 낡은 복도를 함께 걸었다.

목요일. 어제보다 공기가 덜 차갑다고 간호사는 말했지만, 내 폐로 들어온 바람은 여전히 소금을 뿌린 듯 쓰라렸다. 출입문을 통과할 땐 항상 간호사 한 명이 함께 따라붙었다. 그러나 그들도 알고 있었다. 이 길 위에선 누구도 도망갈 수 없다는 것을.

나는 L과 나란히 걷고 있었다. L은 두 손을 주머니에 깊이 찔러 넣고 있었고, 손가락 끝이 검게 언 듯한 그 모습이 왠지 모르게 낯설지 않았다. 몇 발자국 뒤엔 H가 우리를 따라오고 있었다. 그는 귀에 걸친 이어폰에서 흘러나오는 음악을 흉내 내듯, 헛소리 같은 멜로디를 작게 흥얼거렸다.

바람이 불 때마다 멀리 있던 나무들이 서로 몸을 부대꼈다. 가지와 가지가 닿는 소리는 마치 속삭임 같았다.

"살 것 같냐."

L이 내 옆에서 툭 내뱉었다. 그의 목소리는 담배 냄새가 밴 옷처럼 거칠었지만, 이상하게 따뜻했다.

"모르겠어요." 나는 솔직하게 대답했다.

"모른다고 하는 놈은 살 거야."

L은 코웃음 쳤다.

"죽을 놈들은 다 아는 척하거든. 오늘 죽겠다고, 내일 죽겠다고. 근데 결국 못 죽어. 그게 더 지옥 같지."

나는 웃지 않았다. 대신 허공을 바라보았다. 그 속엔 언젠가 이 길을 함께 걸었을지도 모르는 하루카의 뒷모습이 어렴풋이 있었다. H가 어느새 옆으로 다가왔다. 그 특유의 투명한 눈동자가 나와 L 사이를 번갈아 보았다.

"L, 너 또 뻔한 얘기한다. 철학자인 척하기는. 네가 살아 있는 이유는 뭔데?"

L은 걸음을 멈췄다. 그리고 나를 보았다. 마치 나 대신 대답해달라는 눈빛 같았다. 나는 고개를 저었다. 대신 그가 말했다.

"내가 살아 있는 이유? 간단해. 아직 죽을 만큼 괜찮아진 적이 없어서지."

H는 피식 웃더니, 내 손에 떨어진 낙엽 하나를 집어 내 손등 위에 올려놓았다.

"이거 봐라. 이 낙엽도 너보다 낫다. 얘는 바람에 실려 갈 자유라도 있잖아."

그의 말은 무심한 농담 같았지만, 내 귀에는 어떤 진단보다 깊이 스며들었다. 자유라는 두 글자가 이렇게 잔혹하게 들릴 수도 있구나.

산책 코스 끝자락에는 작은 벤치가 있었다. 우리는 함께 걸음을 멈추고 그 벤치에 걸터앉았다. 아무도 먼저 말을 잇지 않았다. 대신 서로의 숨소리가, 바람에 부서져 흩어졌다.

멀리서 간호사가 우리를 부르는 소리가 들렸다. 산책 시간 종료.

H가 낮게 중얼거렸다. "사람이란 게 웃기지. 한 시간 산책하고 나면, 다시 갇혀야 마음이 편해지는 병신 같은 동물."

나는 고개를 끄덕였다. 그 순간만큼은 나도 그 병신 같은 동물 중 하나였다.

돌아오는 길, 나는 뒤를 돌아보았다. 바람에 쓰러진 작은 나무 표지판이 덜덜 떨리고 있었다. 누구도 그것을 세워 주지 않았다. 언젠가 나도 저렇게 쓰러진 채로, 아무도 세워 주지 않을 날이 올까. 아니, 이미 쓰러져 있었는지도 몰랐다.

산책을 끝내고 다시 병동으로 들어오니, 얇게 덧입힌 바람의 냄새가 옷깃에 배어 있었다. 손끝은 조금 시렸고, 발뒤꿈치는 둔한 피로감으로 욱신거렸다. 그러나 그 감각이 오히려 살았다는 증거 같아서, 나는 발걸음을 괜히 더디게 옮겼다.

점심은 병동 식당에서 L과 H와 함께 먹기로 했다. 식당은 벽이 높고 창이 넓었으나, 언제나 습기 섞인 빛으로 가득했다. 구석엔 같은 시간에 밥을 먹는 얼굴들이 앉아 있었다. 입원복의 색깔만 다를 뿐, 모두 비슷한 표정이었다.

L은 음식 트레이를 받고 자리에 앉자마자 수저를 들었다.

"야, H. 너 또 반찬 나한테 줄 거냐."

H는 이미 국그릇 속 파만 골라내며 히죽 웃고 있었다.

"내 입에는 안 맞아. 너나 먹어."

나는 그 둘의 익숙한 농담을 들으며 밥숟갈을 들어 올렸다. 수저 끝으로 전해져 오는 밥의 무게가 참 가벼웠다. 마치 씹는 것마저 잊어버릴 수 있을 것 같았다.

식탁 위로 김이 올라왔다. 그 김 사이로 L의 낮은 중얼거림이 비집고 나왔다.

"이게 참. 인간이란 게 배는 고프네. 마음은 다 썩었는데 배는 꼬박꼬박 고파."

H가 밥을 씹다 말고 킥 하고 웃었다.

"그게 생존본능이잖아. 죽고 싶어도 배고프면 못 죽어. 배를 채워야 비로소 죽을 용기가 생기는 거지."

나는 숟가락질을 멈췄다. 그 말이 농담이 아닌 걸 안다. 나도 그랬으니까.

L이 나를 보더니 물었다.

"너 요즘엔 좀 자나?"

나는 고개를 살짝 끄덕였다.

"자는 척은 잘해요. 꿈도 안 꾸고."

L은 흘끗 웃었다. 그 웃음엔 오랜 피로와 쓸쓸한 동지가 배어 있었다.

"잘해라, 최민준. 여기 있는 놈들 중에 너는 좀 살아야 한다."

그 말을 듣고도 나는 웃지 않았다. 대신 입안의 밥을 천천히 넘겼다. 고개를 돌려 창밖을 보았다. 창 너머엔 구름이 두 겹으로 겹쳐 흐르고 있었다. 그 흐름이 꼭 내 속과 닮아 있었다. 두 겹으로 나뉜 마음. 살고자 하는 마음과, 사라지고 싶은 마음.

식사를 마치고 나면 정기적인 의사 상담이 있었다. 복도 끝 진료실 앞에 서 있으니, L이 내 어깨를 툭 쳤다.

"가서 솔직히 말해라. 그래야 약도 제대로 주고. 쓸데없이 숨기지 말고."

H도 휘파람을 불며 덧붙였다.

"그래도 의사는 속이 좋아야 하니까 적당히만 울어라, 민준아."

나는 피식 웃었다. 그 웃음은 짧고 얇았지만, 어쩐지 인간 같았다.

간호사가 문을 열어 주며 내 이름을 불렀다. 나는 작게 숨을 삼키고, 문턱을 넘었다.

안에는 담당 의사가 기다리고 있었다. 의사는 의자에 앉은 채 고개를 들어 나를 보며 말했다.

"최민준 씨, 오늘은 산책이 어땠습니까?"

나는 잠시 머뭇거렸다가, 조용히 말했다.

"바람이 좀 선선했어요. 그게… 이상하게 살고 싶어지더라고요."

의사는 살짝 웃었다. 그리고 펜을 들어 내 상태를 기록하기 시작했다. 의사는 내 손짓 하나, 눈꺼풀의 떨림 하나까지 놓치지 않으려는 듯 내 얼굴을 똑바로 바라보고 있었다. 그 시선이 때로는 위로 같고, 때로는 해부 같았다.

"민준 씨, 어제까지 상담 기록과 간호 기록을 봤어요. 식사는 큰 무리 없이 하고 있고, 잠도 예전보다는 조금은 나아졌다. 산책 프로그램도 빠짐없이 참여했고요."

그는 펜 끝으로 책상 위 종이를 톡톡 두드렸다.

"그런데 한 가지. 마음은 좀 어떤가요? 오늘 하루만으로 말해 보세요."

나는 숨을 고르며 말했다.

"조금은… 편안한 척하고 있어요. 산책할 땐 잠깐 잊히더라고요. 근데 돌아오면 다시 곰팡내 같은 생각이 목까지 차올라요."

의사는 내 목소리에 힘이 빠지는 순간을 기다렸다는 듯 부드럽게 이어 갔다.

"민준 씨는 지금 약물이 정신을 잡아 주는 중이에요. 안정제와 기분조절제가 다 같이 들어가 있죠. 그런데 생각이란 건 약으로 잠깐 눌러 놓는 거예요. 마음속 바닥을 스스로 뒤집지 않으면 다시 곰팡이가 피어납니다."

그의 손끝이 내 앞에 놓인 종이컵을 잡았다.

"보세요. 이 컵 안에 찬물을 가득 부어 두면, 잠시 갈증은 해결되지만 물은 금방 식고 없어지죠. 근본적으로는 목이 마르지 않을 몸을 만들어야 합니다."

나는 쓸쓸하게 웃었다.

"그럼… 제 몸이 바뀌기 전까지는 약으로라도 갈증을 덜어야겠네요."

의사는 작게 웃으며 고개를 끄덕였다.

"맞아요. 그래서 지금은 약이 필요해요. 스스로 살아가고자 하는 힘이 아직 약할 때는 의사인 제가 약으로 버텨 드려야 합니다."

그는 노트에 무언가를 적었다.

"자살 충동은요? 혹시 아직도 구체적으로 떠오르나요?"

그 질문에, 나는 고개를 천천히 저었다.

"구체적이진 않아요. 그냥… 아주 가끔요. 무심하게요."

그는 이번엔 내 눈을 깊게 들여다봤다. 병원의 어두운 전등 아래에서 그의 눈은 유독 맑아 보였다.

"민준 씨, 이 병원에서 나가고 나면 그 '무심한 충동'은 다시 구체적인 행동으로 돌아옵니다. 그게 반복되면 결국 언젠간 누구도 못 말려요."

그는 약간 몸을 숙였다.

"지금 민준 씨가 살아야 할 이유는 뭡니까?"

나는 대답하지 않았다. 가슴이 탁 막힌 것 같았다. 대신 L과 H의 농담, 창가에서 본 흐린 하늘, 그 하늘 아래 내가 아직 살아있다는 사실이 머릿속에 몽글몽글 떠올랐다.

"……. 그냥… 한 번만 더 살아 보자는 거요."

그 말은 내가 예상하지 못한 내 속의 문장이었다.

의사는 고개를 깊게 끄덕였다.

"그 답이면 충분합니다."

그는 진료기록에 빠르게 메모하며 덧붙였다.

"약은 지금 용량 그대로 갑니다. 새로운 불안제는 처방하지 않을게요. 대신 다음 주에는 사회복지사 선생님과 퇴원 후 계획을 조금씩 논의해 봅시다."

나는 그저 고개를 끄덕였다. 문을 나서기 전, 의사가 내 등을 조용히 두드렸다.

"잘하고 있습니다. 하루하루가 어려울 거라는 걸 저도 알아요. 하지만 적어도 지금의 민준 씨는… 그 하루를 버텨내고 있으니까요."

나는 그 손의 무게를 등에 느낀 채 문을 열었다.

복도에 다시 나왔을 때, L과 H가 멀찍이서 내 눈치를 살피고 있었다. 그들의 낮은 웃음소리가 내 마음 한편에 작은 온기를 남겼다.

병실의 불은 10시 정각에 꺼졌다. 희미한 비상등 불빛 아래서 L의 낮은 숨소리가 내 귓가에 스며들었다. 나는 몸을 돌려 천장을 보았다. 밤은 늘 생각을 더 진득하고 질척이게 만든다. 그런 나를 L이 먼저 알아차렸다.

"못 자냐?"

나는 작게 숨을 내쉬었다.

"조금요."

L의 말소리는 어둠 속에서도 담배 연기처럼 느리게 흘렀다.

"그래도 오늘은 좋았잖아. 산책도 하고, 밥도 먹고, 상담도 하고… 사람 구실 했다, 우리."

나는 웃지 않고 대답했다.

"사람 구실… 쉽지 않네요."

L은 낄낄 웃었다. "아들 녀석이 살아있을 때는 나도 사람 같았지. 다 잃고 나니까, 난 이제껏 사람인 척만 하고 산 거더라."

그는 기침을 두어 번 하고 다시 말했다.

"근데 너는 아직 사람 같다, 민준아. 아무리 봐도."

나는 한동안 대답하지 않았다. 밤공기는 천천히 내 폐로 들어왔다가, 내 안에 남아 있던 허기까지 함께 뽑아내는 것 같았다.

"L 형은… 왜 아직 살아 있어요?"

그가 웃는 소리가 들렸다.

"죽을 용기마저 사라져서지. 사람은 끝까지 비겁하더라."

그 말이 왜인지 모르게 따뜻했다. 나는 눈을 감았다. 눈꺼풀 뒤로 하루카의 옅은 그림자가 살며시 떠올랐다가, 파도처럼 다시 빠져나갔다.

금요일 아침.

어제보다 덜 무거운 발걸음으로 음악 감상실에 들어섰다. 작은 스피커에서 흐르는 고전음악이 공간을 채우고 있었다. 벽에 기대앉은 L, 다리를 덜덜 떨며 반쯤 졸고 있는 H, 그리고 나.

오늘의 곡은 베토벤의 월광 소나타였다. 먼지들이 공중에서 유영하며 마치 우리보다 자유로워 보였다.

음악이 시작되자, 내 몸은 자연스레 의자 등받이에 기댔다. 피아노의 잔향이 머릿속의 울퉁불퉁한 생각들을 가만히 다독여 주었다. 그 순간만큼은 누구도 상처 입은 환자가 아니었다.

L은 감은 눈 뒤로 무언가를 떠올리고 있었다. 그의 주름진 손가락이 미세하게 박자를 타는 게 보였다. 아마도 그 안에 죽은 아들과 나눴던 말들이 흐르고 있을 것이다.

H는 처음엔 코를 골았지만, 어느 순간 눈을 뜨고 음악에 귀를 기울이고 있었다. 그의 분열된 자아가 잠시 하나로 합쳐진 듯한 고요함이었다.

나는 눈을 감고 하루카의 마지막 음성을 떠올렸다. 음악은 내 귀에 머물렀지만, 마음속엔 여전히 그녀의 목소리가 새어 들어왔다.

피아노의 마지막 건반이 조용히 사라지고, 실내는 숨죽인 고요로 가득 찼다. 그 고요는 우리 각자에게 다르게 스며들었다.

간호사가 작은 박수를 쳤다.

"오늘도 잘 들어 주셔서 고마워요."

아무도 대답하지 않았다. 하지만 그 무언의 대답이 오히려 더 커다란 환희 같았다.

나는 L과 H를 따라 복도로 나왔다. 머릿속엔 아직 마지막 음이 맴돌았다.

음악 감상이 끝나고 잠깐의 휴식이 흘렀다. 복도로 스며드는 겨울 햇빛이 조금은 누그러져서, 바닥에 묘하게 긴 그림자를 만들었다. 나는 그 그림자 위를 천천히 걸었다. 어쩌면 내 발자국보다, 내 그림자가 먼저 이 병원을 떠날 준비를 하는 듯했다.

사회복지사 상담실은 병동 끝자락에 있었다. 익숙한 간호사의 안내를 받으며 문 앞에 섰다. 손잡이를 잡자, 손끝에 가벼운 떨림이 느껴졌다.

문을 열자, 작은 원목 책상과 화분 하나, 그리고 두꺼운 서류철이 어지럽게 쌓인 공간이 나를 맞이했다. 복지사는 내 또래보다 조금 나이가 많아 보이는 여자였다. 둥근 안경 뒤로 부드러운 눈빛을 가졌고, 목소리엔 늘 누군가를 안심시키려는 낮은 진동이 깃들어 있었다.

"민준 씨, 어서 와요. 앉으세요."

나는 조용히 자리에 앉았다. 그녀는 내 얼굴을 보며 잠시 숨을 골랐다.

"오늘 음악 감상은 어땠어요?"

나는 작게 웃었다.

"잠깐이라도… 편했어요. 음악이 있으면, 복잡한 생각이 조금 멀어져요."

그녀는 고개를 끄덕였다. 그리고 내 앞에 작은 메모장을 펼쳤다.

"이런 순간들이 아주 중요해요. 지금 민준 씨는 약물치료로 증상을 잡아가고 있지만, 결국 바깥세상으로 나갈 땐 이런 작은 안락함들을 스스로 만들어야 하거든요."

나는 그 말을 가만히 새겼다. 음악 같은 안락함. 하루카가 있었을 때는 모든 순간이 그랬는데, 지금은 없으니까. 스스로 만들어야 한다는 말이 새삼 잔인했다.

그녀는 연필을 잡고 몇 가지를 적었다.

"퇴원 후 계획을 조금씩 정리해 보려고 해요. 너무 먼 미래는 필요 없고, 아주 가까운 목표부터요."

나는 물었다.

"계획이… 다 필요할까요?"

그녀는 부드럽게 웃었다.

"필요 없을 수도 있죠. 근데 계획이 없으면 사람은 가끔 길을 잃어요. 민준 씨는 지금까지 정말 큰 폭풍을 통과했잖아요. 이제는 작은 우산이라도 준비해야 해요."

그 말에, 나도 모르게 짧게 숨을 토했다. 하루카가 내 우산이었다는 생각이 불쑥 떠올랐다. 이젠 그 우산을 내가 만들어야 한다니. 마음 한편이 조용히 젖었다.

"혹시 하고 싶은 일, 다시 해 보고 싶은 게 있을까요?"

그 질문은 너무 커서, 오히려 머릿속이 하얘졌다. 나는 한참을 생각하다 조심스럽게 말했다.

"글을… 다시 써 보고 싶어요. 짧게라도."

그녀는 눈을 크게 뜨더니, 잇따라 고개를 끄덕였다.

"너무 좋아요. 글을 쓸 수 있다면 그 자체로 마음이 굴러가는 거예요. 약이나 상담보다 더 강한 약이 될 수도 있어요."

그녀는 메모장에 동그랗게 '글쓰기'라고 적었다.

"자, 오늘은 이걸로 충분해요. 천천히, 한 문장씩 시작해 봐요. 아주 짧게라도 좋아요."

나는 작게 웃었다. 무겁고 곰팡내 나는 웃음이 아니라, 정말로 살짝만 부서진 웃음이었다.

상담실을 나와 복도를 걷는데, 마주 오던 L과 H가 내 어깨를 툭툭 쳤다.

"사회복지사 선생님한테 잔소리 좀 듣고 왔냐?"

H가 허공에 손가락으로 원을 그리며 말했다.

"우린 다 이렇게 굴러다니다가… 조금씩 인간처럼 굴고, 또 굴러다니는 거야."

하루 종일 눅눅한 병동 복도가, 유일하게 조금 사람 냄새가 나는 곳은 저녁 식당뿐이었다.

의사도, 간호사도 식판을 들고 들어오면 더는 전문가가 아니었다. 그저 허기를 달래야 하는 한 마리 동물일 뿐이었다.

스테인리스 식판 위에 놓인 미지근한 국, 딱딱하게 굳은 밥, 냉장 보관의 흔적이 묻은 단무지.

환자들이 그것을 입안에 밀어 넣는 모습은 무덤 속 시체가 다시 숨을 들이키는 것 같았다.

L은 늘 그렇듯 국에 밥을 말았다. 국물을 후루룩 들이키며 내 눈치를 살폈다.

그의 눈빛은 자주 내 아버지를 닮았다. 무언가 해주진 못해도, 숨만이라도 붙어 있으라고 묵묵히 바라보는 눈빛.

"야, 민준아."

L은 뜨거운 국물을 꿀꺽 삼키고, 젓가락으로 내 식판을 툭 쳤다.

"낮에 그 여자 말야. 너, 제대로 봤냐?"

나는 젓가락으로 반찬을 괜히 뒤적였다.

"누구요."

"벤치에 있던 여자. 너랑 비슷한 눈빛이더라."

나는 일부러 물컵을 집어 입술에 대었다. 미지근한 물이 혀를 스쳤다.

"비슷한 눈빛… 그게 뭐예요."

L은 쓴웃음을 지었다. 목젖이 꿀렁하고 움직였다.

"그 있잖아. 살고 싶은데, 죽고 싶어도 되는 눈빛."

그 말에 H가 입에 넣은 반찬을 그대로 뱉고는 박장대소했다.

"야 L! 너 오늘 시인 모드냐? 하, 민준이랑 그 여자랑 눈빛이 같으면 둘이 바로 결혼해라!"

H는 정신분열로 입원한 지 반년이 넘었지만, 이런 뻔한 농담만큼은 기가 막히게 현실적이었다.

나는 억지로 웃었다. 웃음은 났는데, 턱관절이 뻑뻑해졌다.

"연애 같은 거 못 해요."

내 목소리는 내 의지와 달리 담담했다. 아무렇지 않게 말했는데, 속이 비어졌다.

L은 무겁게 고개를 끄덕였다. 그 동작만으로도 그의 지난 불행들이 스며 나왔다.

"못 하는 게 아니라, 하면 안 된다고 생각하는 거겠지."

H가 귀를 파다가 대뜸 소리를 질렀다.

"에이~ 야, 민준아! 너도 한번 해 봐라! 너도 사람인데, 사람 냄새 나게 살아 봐야지."

나는 말없이 물컵을 다시 들었다. 식판 위의 계란말이가 축축하게 식어 갔다. H는 숨 고를 새도 없이 L에게 질문을 던졌다.

"야, L, 너는? 너 죽으면 어떻게 될 거 같냐?"

L은 국그릇을 비운 뒤, 젓가락 끝으로 빈 그릇을 천천히 돌렸다.

"죽으면? 글쎄…. 내가 죽으면, 내 뇌도 썩겠지. 내 자살 충동도 같이 썩을 거고."

H는 킥킥대며 나를 툭 쳤다.

"그럼 너는? 민준이는 어디서 썩을 거냐?"

나는 대답 대신 반찬을 한 점 들어올렸다. 그 조각을 입에 넣는 순간, 이상하게도 하루카의 마지막 손끝이 떠올랐다. 목젖 밑이 쓰라렸다. 목으로 넘어가는 음식이 사포 같았다. L은 내 표정을 보고 미소를 지었다. 그 미소엔 같은 병리의 동지애가 숨어 있었다. 그는 내 식판 위에 남은 국을 자기 그릇으로 조금 덜더니, 내 어깨를 살짝 밀었다.

"야. 사람은 그래도 먹고 싸야 살아. 먹어라, 최민준."

나는 반쯤 씹은 반찬을 억지로 삼켰다.

그 삼킴 하나로, 내 위장이 아직 일을 하고 있다는 사실이 새삼 낯설었다.

식탁 위 수저들이 다시 부딪혔다.

맞은편 테이블에서도 누군가 자해한 팔에 붕대를 감은 채 밥을 씹고 있었다. 그 붕대가 흰 쌀밥보다 더 하얗게 눈에 띄었다.

H는 입안의 음식을 다 삼키고 허공을 향해 말했다.

"사람은 말야, 다 똑같아. 다 무너졌다가 또 밥 한 숟갈에 붙는다니까. 기가 막힌 종족이지."

L은 그 말에 짧게 웃더니 내 숟가락을 가리켰다.

"이 새끼는 오늘 좀 사람 같다."

나는 그제야, 짧게 웃었다. 턱관절이 조금 풀렸다. 나는 살아있었다. 아직은, 살아 있었다. 식사를 마친 우리는 서로의 국물 그릇을 비운 뒤 식판을 반납하며 복도로 나왔다. 식당 문이 닫히자마자 다시 병동의 축축한 공기가 폐를 덮쳤다. 내 손끝은 다시 차가워졌고, 머릿속엔 벤치에 앉아 책을 읽던 N의 뒷모습이 스며들었다. 겹쳐진다. 하루카와, N이. 그리고 그 둘의 그림자가 내 안에서 얽힌다.

토요일. 이 병동에서 토요일은 유난히 느리게 흘렀다. 정해진 프로그램은 오전의 짧은 외래 활동과 자유 일과뿐. 누구도 큰소리로 웃지 않고, 누구도 대놓고 울지 않는다. 모두들 무언가를 삭히고 있다는 듯, 복도의 공기가 부풀었다가 꺼지기를 반복한다. 나는 아침 식사를 마치자마자 L과 H와 함께 병동 안뜰로 나왔다. 주말이라고 해서 특별히 허락된 외출은 없었다. 대신 짧은 산책 시간과 자유 활동이 있었다. L은 손을 호주머니에 넣고, 한 발자국씩 자갈길을 천천히 밟았다. H는 나무 아래 서서 바람에 떨어진 낙엽을 주워 이마에 붙였다.

"민준아, 나 이 낙엽 왕관이야. 나 왕이야."

그가 허튼소리를 하면 L은 항상 지겹다는 표정을 지었다. 그러나 나는 그 둘의 이런 엉뚱한 소리가 마음에 들었다. 이 병원에서 유일하게 사람 냄새가 나는 순간이기 때문이다. 산책 코스의 끝자락에는 벤치 몇 개가 놓여 있었다. 나는 L 옆에 앉았다. H는 벤치 등받이에 올라서 허공을 향해 소리쳤다.

"야, 나 왕이다! 다 엎드려!"

그 모습이 우스워서 피식 웃음이 났다. 그 웃음이 참 낯설었다. 내 입꼬리가, 내 턱 근육이, 나도 모르게 움직였다.

점심이 지나고, 자유 일과 시간이 흘렀다.

누군가는 TV실에서 트는 재방송 드라마에 기대어 한숨을 덜어내고, 누군가는 복도 끝에 서서 간호사에게 사소한 약을 더 달라고 조르며 불안을 달랜다. 나는 작은 공용 책상에 앉아 있었다. 테이블 위에 종이 한 장, 볼펜 하나. 그리고, 쓸 말은 없었다. 그래도 적었다.

"오늘 L과 H와 걸었다. H는 여전히 바보 같고 L은 가끔 아버지 같다. 바람이 덜 차가웠다. 나도 덜 차가웠다."

그 한 줄을 다 쓰고 나니, 숨이 트였다. 저녁 무렵, L과 H와 다시 복도를 돌았다. 오늘만큼은 싸움도 없고, 누구 하나 발작하지 않았다. 간호사들이 멀찍이 우리를 지켜보며 웃었다. H가 나를 툭 쳤다.

"민준아, 너 나가면 뭐 할 거냐?"

나는 생각하다가 대답했다.

"잘 살아 볼 거예요."

H는 낄낄대더니, 등받이 없는 의자에 벌렁 누워 버렸다.

"에이, 거짓말. 너는 또 무너질 거다."

L이 그 위로 툭 내리쳤다.

"그럼 또 붙이면 되지. 인간은 원래 다 붙였다 떨어졌다 하면서 살아. 안 그러면 짐승이지."

나는 작게 웃었다. 이 병동에서, 나는 가장 연약했지만 가장 사람 같았다. 오늘 하루가 그렇게 흘렀다. 아무도 자해하지 않고, 아무도 울부짖지 않고. 단지 살아 있었다. 밤, 침대에 누웠다. L의 숨소리, 그리고 창문 밖으로 스며드는 겨울과 봄 사이의 공기. 나는 마음속으로 천천히 되뇌었다. '내일도, 살아내야 한다. 조금은 덜 무너진 나로.'

일요일 아침의 병동은 언제나 느슨하다. 문을 여는 간호사들의 발소리마저 어딘가 축 늘어져 있고, 환자들의 기침 소리조차 덜 절박하다. 나는 늘 그렇듯 작은 식판에 담긴 미지근한 죽을 한 숟갈씩 삼키며 L과 H를 마주 앉았다. H는 숟가락을 들고도 먹지 않고, 나를 보며 느닷없이 물었다.

"야, 민준아. 너는 왜 아직 안 죽었냐?"

L이 콧잔등을 찌푸리더니 바로 H의 뒤통수를 톡 쳤다.

"야, 이 미친놈아, 사람한테 그런 걸 왜 묻냐."

H는 아프지도 않은 듯 키득 웃었다.

"아니, 그냥 궁금하잖아. 나 같으면 저렇게까지 힘들면 벌써 뛰어내렸을 것 같아서."

나는 죽을 듯이 말라 버린 밥알을 삼켰다. 대답 대신 물을 한 모금 머금었다. L은 H를 노려보다가 한숨을 쉬었다.

"민준이는 너랑 달라. 너는 네 안에 세 명이 싸우니까 죽는 게 편해 보이는 거고. 민준이는 하나라서, 그 하나라도 붙들고 살아야지."

H는 갑자기 정색하더니 고개를 끄덕였다.

"그래…. 나랑 달라. 민준이는 아직 사람이다."

나는 피식 웃었다.

"형들은 사람 아니에요?"

L은 숟가락을 입에 넣고, 입가에 남은 국물을 손등으로 쓱 닦았다.

"나? 난 반쯤 남았지 뭐. 한때는 남편이었다가, 아빠였다가, 지금은 그냥 폐허야. 근데 신기하지? 폐허에도 쥐새끼는 산다."

그 비유가 어쩐지 내 귀에 들어와 눌러앉았다. H는 고개를 들썩이며 빈 식판을 툭툭 쳤다.

"나는 내가 뭔지도 모르겠다. 삼 인분이라 그런가?"

그 말에 L이 웃음을 터뜨렸다.

"야, 너 그 셋 중에 하나만 사람 놔둬라. 나중에 퇴원할 때 간호사가 헷갈려서 다른 놈 놓고 보내겠다."

H는 손바닥으로 L의 팔뚝을 툭 쳤다. 그 사이 나는 멍하니 두 사람의 농담을 듣고 있었다. 이 병동에서, 이 황량한 테이블에서, 그들만은 내 '사람 구실'을 붙잡아 주고 있었다. 식사를 마치고 우리는 벤치가 놓인 병동 안뜰로 나왔다. 주말이라 그런지 조금 더 길게 산책이 허락됐다. L은 벤치에 앉아 담배 피우는 시늉을 하고, H는 낙엽을 모아 발로 차며 중얼거렸다.

"야 L, 있잖아. 죽으면 진짜 아무것도 없을까?"

L은 하늘을 흘끗 보더니 대답했다.

"아무것도 없지. 있으면 어쩔 건데. 또 지옥이겠지."

H는 갑자기 나를 향해 물었다.

"민준이는? 너는 죽으면 뭐 있을 거 같냐?"

나는 망설였다가, 작은 목소리로 말했다.

"모르겠어요. 그냥… 없어졌으면 좋겠어요. 아무 기억도 없이."

그 말에 L은 내 어깨를 툭 쳤다.

"그래. 근데 있잖아, 민준아. 그럼에도 지금 여기서 밥 뜨고, 바람 쐬는 거. 그게 네가 아직 지옥보다 이쪽을 택한 증거야."

나는 말없이 고개를 끄덕였다. 이 병동의 일요일.

죽지 않은 자들의 바보 같은 농담, 그리고 내일도 살아야 한다는 소리 없는 약속.

간호사가 나를 불러 세워 어딘가로 데려갔다. 한참을 걸어 간 후 도착한 곳은 면회실이었다.

면회실 문이 열리자, 나는 제일 먼저 K와 눈이 마주쳤다.

K는 늘 그렇듯 담배 냄새를 묻힌 트렌치코트를 입고 있었고, 그 옆에는 주머니에 손을 찔러 넣은 C가 뻔뻔한 얼굴로 서 있었다.

"우리 민준이. 살아 있네?"

C가 먼저 와서 내 어깨를 툭 쳤다. 나는 애써 웃었다.

"오랜만이야."

K는 묵묵히 의자에 앉았다. 그가 먼저 입을 열었다.

"최민준 씨. 여기 오니까 조금 사람 같네?"

나는 어깨를 움찔했다. K 앞에서는 아직도 존댓말이 익숙하다.

"…. 덕분에요."

C가 킥 하고 웃으며 K를 힐끗 보았다.

"야, 너도 참…. 그때 민준이 데리고 올 때 나도 심장 덜컥했잖아."

K는 팔짱을 낀 채로 무표정한 얼굴을 내게 돌렸다.

"지금 괜찮아? 솔직히 말해 봐. 밖에 나가고 싶은 생각은 없고?"

나는 고개를 천천히 저었다.

"아직은요. 여기 있으면 마음이 좀… 덜 아프니까."

K는 그 말을 듣고서야 눈썹 끝을 살짝 풀었다.

그 표정은 칭찬 같았다.

"그래, 잘했어. 네가 그 말을 할 줄 알았다면… 내가 여기 데려올 때 조금 덜 힘들었을 거야."

C가 허리를 테이블에 기대며 코웃음을 쳤다.

"형, 그때 민준이 데리고 오느라 내가 삭신이 다 빠졌어요. 그래도 이렇게 보니까 내가 밥 한 숟갈 얻어먹은 기분은 난다."

나는 작게 웃었다.

"K랑 C 아니었으면… 저 아직도 거기 어딘가 구석에서 술이나 마시고 있었을 거예요."

C는 내 머리를 쓱 쓰다듬었다.

"맞아. 그래서 너 데려온 거야. 병원에 처박혀 있어도 살아만 있으면 돼."

K가 고개를 돌려 C를 노려봤다.

"야, 처박혔다는 말은 좀 그렇잖아. 이 새끼야."

C는 히죽 웃더니 K의 등을 툭 쳤다.

"민준이는 알아들었잖아."

나는 둘의 티격태격에 괜히 눈시울이 뜨거워졌다. 그래서 얼른 고개를 들어 K를 바라보았다.

"형…. 저 나가면, 다시는 이런 꼴 안 보여 드릴게요."

K는 깊게 숨을 내쉬더니 자리에서 일어났다.

"나중에 봐서. 그때까지 여기서 더 사람 되어 있어."

C도 자리에서 일어나 내 어깨를 한 번 더 두드렸다.

"다음엔 우리 술집에서 보자. 꼭. 여기 말고."

나는 둘을 배웅하며 조용히, 작게 웃었다.

"네. 꼭…."

면회실 문이 닫히는 순간, 문틈 사이로 K의 낮은 웃음소리가 흘러나왔다. 그리고 그 웃음은 한동안 내 귀에 남아, 내 안의 먼지를 살짝 털어냈다.

 월요일 아침, 간호사들이 복도를 오가며 종이를 나눠주고, 병동 복도 끝 작은 강의실 문이 열렸다. 나는 L, H와 함께 느릿한 걸음으로 자리에 앉았다. 오늘도 교양 수업이었다. 그리고 오늘도 박윤철 교수가 들어왔다. 그는 마른 손에 낡은 서류철 하나를 쥔 채 교탁 위에 올려두었다.

 학생도 아니고, 환자도 아니고, 우리는 어딘가 그 중간쯤에 묶여 앉아 그를 올려다보았다. 박윤철 교수는 목소리를 가다듬었다.

 "여러분, 오늘은 조금 무모한 주제로 이야기를 해 보겠습니다. 주제는… 사랑입니다."

 순간, 강의실 구석에서 웃음 같은 것이 터졌다. 어느 누군가의 마른 기침과 함께 그 웃음은 곧 잠잠해졌다. 교수는 개의치 않았다.

 "사랑은 병일까요? 약일까요? 혹은 이곳, 여러분이 앉아 있는 이 정신병동 안에서도… 사랑은 가능할까요?"

 나는 그의 말이 공기 중에 흩어졌다 다시 내 귓가로 돌아오는 걸 느꼈다. 하루카의 이름이 머릿속에 불쑥 떠올랐다. 교수는 손가락으로 교탁을 가만 두드리며 말을 이었다.

 "고대 그리스에서는 에로스, 필로스, 아가페로 사랑을 나누었습니다.

욕망으로서의 사랑, 우정으로서의 사랑, 그리고 헌신으로서의 사랑. 우리는 보통, 가장 위험한 에로스를 사랑이라고 착각합니다. 그런데 여러분, 위험한 사랑이야말로 가장 강력합니다."

그의 시선이 내 쪽으로 스쳤다. 내 가슴이, 가만히 쿵 하고 내려앉았다.

"정신병원 안에서 가장 많이 일어나는 것이 뭔지 아십니까? 사랑입니다. 왜일까요? 상처받은 사람끼리는 본능적으로 서로를 알아봅니다. 그리고 서로의 균열에 손가락을 집어넣고, 동시에 위로받지요."

누군가 숨죽여 흐느꼈다. 그 소리는 곧 다른 이의 기침 소리에 묻혔.

"그러나 여러분, 잊지 마십시오. 가장 찬란한 사랑은 가장 쉽게 병이 됩니다. 아름다운 꽃이 제일 빨리 시드는 것처럼."

나는 숨이 막혀 왔다. 그의 말이 나를 죄었다. 하루카의 웃음, 울음, 차가운 손끝. 모두가 내 폐에 눌러붙어 있었다. 박 교수는 마지막 말을 던졌다.

"그래도… 그 병을 앓으십시오. 사랑의 병을 앓을 수 있다는 건, 아직 살아 있다는 증거니까요."

그 말에 강의실은 쥐죽은 듯 잠잠해졌다. 나는 눈꺼풀을 내리며 작은 숨을 삼켰다. 그 사랑을 이미 잃어버린 내가, 여전히 살아 있다는 증거 하나로 남아 있었다.

교수는 잠시 말을 끊고, 교탁 위 물병의 물을 한 모금 마셨다. 강의실 안은 정적 속에서 묘한 긴장이 흐르고 있었다. 잠시 후 그가 다시 입을 열었다.

"사랑 이야기를 왜 먼저 꺼냈느냐면, 정신병이라는 것은 결국 우리가 '앓고 있는 삶'의 한 방식이기 때문입니다."

그는 천천히 강의실을 가로질러 걷다가, 가장 창가 쪽에 앉은 환자들의 얼굴을 한 명씩 찬찬히 바라보았다. 그의 시선은 마치 병든 환자들을 위로하는 의사 같았다.

"흔히 정신병을 이야기할 때 사람들은 두 가지로 나눕니다. 정상과 비정상. 그런데 여러분, 정상이라는 게 과연 존재할까요?"

그의 말이 공간을 짓눌렀다.

"모든 사람은 어느 순간 자신이 이상하다고 느낍니다. 그것을 드러내느냐, 숨기느냐의 차이만 있죠. 여러분은 숨기지 못했거나, 숨길 수 없는 사람들일 뿐입니다."

나는 그 말에 몸이 굳었다. 숨길 수 없었다, 라는 말이 나를 묘하게 찔렀다. 교수는 손가락으로 교탁을 몇 번 두드리고 말을 이었다.

"흔히 정신병을 앓는 사람을 보면, 사람들은 '어떻게든 그 병을 고쳐야 한다.'고 말합니다. 하지만 때로는 병이 아니라, 삶 그 자체가 아픈 것일 수도 있습니다."

그는 다시 한 번 강의실을 둘러보았다.

"우리의 삶은 본질적으로 아픔과 상실의 연속입니다. 여러분 중에는 사랑하는 사람을 잃고 병이 든 사람도 있고, 꿈을 잃고, 믿음을 잃고, 또는 자기 자신을 잃어서 병이 든 사람도 있을 것입니다. 그러나 중요한 건, 그 아픔을 '병'이라는 이름으로밖에 부를 수 없게 된 현실입니다."

H가 옆에서 내 어깨를 살짝 찔렀다.

"야, 민준아. 너 이야기 같지 않냐?"

나는 웃지 않았다. 대신 숨을 삼켰다. 박 교수의 목소리는 점점 더 조용해졌다.

"정신병은요, 여러분, 결국 상실의 병입니다. 무언가를 잃었고, 그것이 다시는 돌아오지 않을 때, 우리의 마음은 갈 곳을 잃고 헤매다 미쳐 버립니다."

그의 말에 몇몇 환자들은 울음을 터뜨렸고, 또 누군가는 그저 조용히 고개를 숙였다. L은 앞줄에서 입술을 꽉 다물고 있었고, H는 아무런 말없이 창밖만 바라봤다. 교수는 마지막 말을 이어갔다.

"하지만 기억하십시오. 여러분이 미쳤다고 해서, 삶이 끝난 것은 아닙니다. 상실로 인해 미쳤다면, 상실과 함께 살아가는 법을 배우면 됩니다. 정신병은 때로 우리 삶의 마지막 희망이자 가장 솔직한 자기 고백입니다."

교실은 깊은 정적에 빠졌다. 나는 손끝이 차가워지는 것을 느끼며 생각했다. 상실과 함께 살아가는 법이라니, 그 말이 너무도 아프게 내 폐를 후벼 팠다. 교수가 다시 말을 맺었다.

"여러분의 병을 부끄러워하지 마십시오. 그 병이야말로 여러분이 진실하게 살아왔다는 증거입니다."

강의실의 침묵이 다시 깊어졌다. 나는 그 침묵 속에서 스스로에게 작게 되뇌었다.

교수의 강의가 끝나자마자 사람들은 무거운 침묵을 지닌 채 천천히 자리를 떴다.

나는 병실로 돌아가지 않고 복도 끝의 창가에 멈춰 섰다. 서쪽 하늘이 불타고 있었다. 붉은색과 보라색이 뒤섞인 노을은 창문 너머로 어둠과 경계를 이루며 흐려져 갔다. 나는 그 사이에 놓인, 희미한 내 얼굴을 바라봤다. 창문 위로 겹쳐진 나의 눈동자에 하루카의 그림자가 희미하게 서려 있었다. 나는 작은 목소리로, 나 자신에게 물었다.
"나는 왜 아직 살아 있는 걸까."
그 대답을 아는 사람은 아무도 없었다. 의사도, 간호사도, K도, C도, 그리고 나 자신마저도. 하지만 그때, 어렴풋한 목소리가 내 안에서 속삭였다.
"네가 아직 누군가를 그리워할 수 있으니까, 너는 살아 있다."
나는 숨을 한 번 깊게 들이쉬었다. 하루카. 여전히 이름을 부르자 목구멍이 타들어 갔다. 아직도 가슴 한구석에 남아 있는 무수한 그림자들, 그녀의 웃음과 눈물, 얼어붙은 손끝의 온기까지 모두. 나는 그 모든 기억이 점점 흐려지고 있다는 사실이 두려웠다. 아픔이 사라지면, 기억도 사라질까 봐. 그녀가 있었던 흔적마저 내가 잊어버릴까 봐. 하지만 나는 이제 알고 있다. 기억이 사라지더라도, 내 안의 슬픔과 고통이 희미해지더라도, 나는 끝내 살아남을 것이라는 사실을.
그것이야말로 나에게 주어진 가장 고독한 형벌이자 축복이었다. 나는 천천히 창문을 열었다. 차가운 저녁 공기가 폐 깊숙이 들어와 내 온몸을 천천히 잠식했다. 문득, 복도 끝에서 익숙한 목소리들이 들려왔다. L과 H의 웃음소리였다.

그들은 또 시시한 농담을 주고받으며 복도를 지나갔다. 나는 그 소리에 귀를 기울이며 작게 웃었다. 나는 아직 혼자가 아니었다. 그리고 내가 사랑했던 사람은 이미 내 안에서 영원히 살고 있었다.

나는 창밖을 다시 한번 바라봤다. 마지막 햇살이 수평선을 따라 점점 사라졌다. 어둠이 내 안으로 조용히 번져들었다. 나는 나지막이 속삭였다.

"나는 살아 있다. 병들었고, 아프고, 슬프지만 살아 있다. 그리고 아직 이곳에서 해야 할 이야기가 남아 있다."

창문을 다시 닫으며, 나는 깊게 숨을 들이쉬었다.

다음번 이 창문을 열 때, 내 안의 어떤 이야기가 펼쳐질지 아직은 알 수 없었다. 그러나 이제는 알고 있었다. 살아 있음의 이유는 찾는 것이 아니라 만드는 것이고,

그 이유가 없다면, 그것마저도 살아 있는 동안 찾아야 한다는 것을. 나는 고개를 돌려 복도 끝으로 천천히 걸음을 옮겼다. 내일도 나는 살아 있을 것이다. 지금은, 그것으로 충분했다.

『킬리만자로의 표범(상)』끝.

작가의 말

지금 이 글은 2025년 7월의 중턱, 한낮의 빛이 조금씩 누렇게 바래는 시기에 써 내려가고 있어요. 원고를 출판사에 넘긴 뒤, 마지막으로 남겨야 할 말들을 조심스럽게 되새기며, 이 문장을 적어내리고 있는 지금 이 순간조차도, 마음 한구석은 떨림으로 가득해요. 이 글은 이 책 속 어떤 장보다도 오랫동안 고심하고 되묻고, 수없이 고쳐 써 내려간 문장이기도 합니다. 왜냐하면, 여기에 담긴 것은 이야기가 아니라, 바로 '나'였기 때문이지요.

사실, 저는 참 힘든 시기를 지나왔어요. 짙은 어둠 속에 혼자 버려진 듯한 날들이 참 많았습니다. 차갑고 단단한 바닥에 앉아 텅 빈 밤을 견디며 스스로의 존재를 의심하던 시절이 있었어요.
더 이상 내일이 오지 않았으면 좋겠다는 생각을 하기도 했고, 때로는 그 내일을 두려워하기도 했습니다. 돌아보면 제 삶의 순간순간마다 작은 균열이 있었던 것 같아요. 그 균열은 아주 사소하게 시작되었지만, 시간이 흐를수록 조금씩 더 커졌습니다. 하지만 이 글을 쓰는 지금, 그 균열들 덕분에 제가 새로운 무언가를 깨닫고, 조금씩 성장했음을 느끼고 있어요.

무너진 시간 속에서 저를 일으켜 세워 준 가장 강력한 힘은 바로 글쓰기였습니다. 저에게 글을 쓴다는 것은 그저 문장을 엮는 일이 아니라, 스스로를 구원하는 일이었어요. 세상이 귀 기울여 주지 않을 때, 세상이 이해해 주지 않을 때에도 글은 언제나 제 곁에서 묵묵히 말을 들어 주었죠. 종이 위에 쏟아낸 수많은 문장들은 내가 살아야 할 이유가 되었고, 그 글자들 사이에서 저는 무너지지 않을 용기를 얻었어요. 저에게 글쓰기란 구원이자, 생명의 한 조각이었습니다.

그리고 저는 어둠 속에서 점점 자기 자신과 마주하는 법을 배웠어요. 스스로를 객관적으로 바라보게 되었고, 저를 괴롭히던 외로움과 고독함을 조금씩 받아들이기 시작했습니다. 그때 깨달았어요. 고독이란 나를 파괴하는 것이 아니라, 때로는 나를 진정한 나로 성장시키는 필연적이고도 아름다운 과정이라는 것을요. 저의 이런 삶을 바탕으로 탄생한 것이 바로 『킬리만자로의 표범』이에요. 이 책을 쓰게 된 이유는 아주 단순했어요. 내면에서 끓어오르는 설명할 수 없는 감정들을 글로써 녹여내고 싶었고, 그 어지러운 내면을 '민준'이라는 한 사람의 삶에

투영하여 이야기하고 싶었습니다. 민준은 저의 또 다른 자아예요. 그가 겪는 감정기복, 고통스러운 공허함, 자아의 혼란은 모두 제가 겪었던 것이기도 합니다. 책 속에서 민준은 사랑과 우울, 희망과 좌절, 생과 사의 경계를 끊임없이 오가죠. 그의 인생은 고통스러운 혼돈으로 가득하지만, 그 속에서도 여전히 사랑하고, 여전히 살아 보려 애쓰며, 결국엔 스스로의 존재를 증명하려 노력합니다.

민준이 사랑했던 하루카라는 인물은, 제가 품었던 감정의 총체이자 삶을 살아가며 잃고 싶지 않았던 수많은 것들의 상징입니다. 이 책에 등장하는 정신병원, 병실 속의 대화들, 치유와 회복의 과정들은 모두 제 삶 속에서 실재했던 시간들과 맞닿아 있습니다. 그것은 단지 상상이 아니었고, 저는 그 장면들 속에서 울었고, 때로는 무너졌으며, 또다시 살아보려 했습니다. 『킬리만자로의 표범』은 단지 우울과 아픔을 말하려는 책이 아닙니다. 저는 이 이야기를 통해 말하고 싶었습니다. 우리가 비록 무너질 때가 있더라도, 그 무너짐 속에서도 여전히 아름다운 무언가가 있을 수 있다는 것을. 삶의 벼랑 끝에서도, 아주 희미한 빛 한 줄기쯤은 발견할 수 있다는 것을. 아무리 긴 어둠이라도, 언젠가는 반드시 새벽이 찾아올 수 있다는 것을요.

만약 이 책을 읽은 당신이, 아주 작게라도 희망을 얻었다면, 이 책이 당신의 어둠 속에서 한 순간이라도 빛을 밝혀 줄 수 있었다면, 그것만으로 저는 충분합니다. 이 책은 제게 삶의 기록이자, 당신에게 건네는 작은 위로이고 싶습니다. 지금 이 순간도 저는 여전히 살아 있습니다. 아직 아픔 속에 살아가고 있고, 여전히 무너질 때도 있지만, 그럼에도 저는 글을 쓰며 살아가는 법을 배우고 있어요. 부디 당신도 삶의 균열 앞에서 너무 쉽게 무너지지 않기를 바랍니다. 어둠 속에서 잠시 눈을 감더라도, 다시 눈을 뜨고 조금씩 걷다 보면 어느새 당신 앞에도 새로운 아침이 찾아올 테니까요.

글을 쓰며 언제나 떠올렸던 생각은, 어쩌면 우리 모두 각자의 마음속에 킬리만자로를 품고 살아간다는 것입니다. 때로는 견딜 수 없이 무거운 짐을 지고 끝없이 오르며 숨이 턱까지 차오르고, 때로는 희미하게 보이는 정상을 바라보며 허무와 고독에 휩싸이곤 하지요. 그렇게 오르고 또 올라가다가 문득 뒤를 돌아봤을 때, 비로소 자신이 얼마나 멀리 왔는지 깨닫게 되는 것입니다. 우리가 견뎌온 슬픔과 눈물이, 발밑에 조용히 내려앉은 눈송이처럼 그렇게 포개져 아름다운 삶의 흔적이 되는 것이지요.

저는 이 책을 통해 제 인생의 가장 깊숙한 내면을 꺼내어 당신께 보여 드렸습니다. 그러나 그것은 저 자신을 살리기 위한 작은 몸부림이었습니다. 끝내 살아내겠다는 조용한 약속이었습니다.

부디 당신도 그 약속을 믿어 주세요. 삶이라는 것은 때로 이렇게, 아프고 차가우면서도 그 자체로 견딜 만한 가치가 있다는 것을. 당신과 제가, 우리가 짊어진 이 모든 것이 결코 헛되지 않았다는 것을. 그러니 조금만 더 살아 주세요. 저 또한 그렇게 하겠습니다. 언젠가 어딘가에서, 우리 서로의 여정을 알아보고 말없이 미소 지을 수 있도록요. 부디 그날까지, 살아 있어 주세요. 부디 그때까지, 함께 있어 주세요. 마지막 페이지를 넘긴 당신의 눈동자에, 따스한 온기가 영원히 머물기를 바랍니다. 그것이 제 마지막 부탁입니다.

이 책을 다 읽고도 마음에 구멍이 남아 있다면, 그건 일부러 그렇게 남겨 둔 겁니다. 당신의 감정이 들어올 수 있도록요. 이 이야기는 이제 당신의 것이기도 하니까요. 언제 어디서든, 당신이 조금이라도 덜 외로웠으면 좋겠습니다. 언젠가 우리의 고독이 같은 파도에 머물기를. 그 파도 위에서 우리는 서로를 알아보게 되기를. 저의 긴 여정의 반을 함께해 주셔서 정말 감사합니다.

킬리만자로의 표범 上

ⓒ 최찬혁, 2025

초판 1쇄 발행 2025년 8월 15일

지은이   최찬혁
펴낸이   이기봉
편집   좋은땅 편집팀
펴낸곳   도서출판 좋은땅
주소   서울특별시 마포구 양화로12길 26 지월드빌딩 (서교동 395-7)
전화   02)374-8616~7
팩스   02)374-8614
이메일   gworldbook@naver.com
홈페이지   www.g-world.co.kr

ISBN   979-11-388-4601-1 (03810)

- 가격은 뒤표지에 있습니다.
- 이 책은 저작권법에 의하여 보호를 받는 저작물이므로 무단 전재와 복제를 금합니다.
- 파본은 구입하신 서점에서 교환해 드립니다.